VIRTUALMENTE DURO

MISHA BELL

♠ Mozaika Publications ♠

Copyright © 2022 Misha Bell
www.mishabell.com/es/

Publicado por Mozaika Publications, una marca de Mozaika LLC.
www.mozaikallc.com

Traducción de Isabel Peralta

Portada de Najla Qamber Designs
www.najlaqamberdesigns.com

Fotografía por Wander Aguiar
www.wanderbookclub.com

ISBN-13:978-1-63142-766-4
Print ISBN-13: 978-1-63142-767-1

Capítulo Uno

—EL DIABLO ESTÁ a punto de convertir el trabajo de toda mi vida en porno. —Le dirijo a mi gemela una mirada de súplica—. Tienes que enseñarme a forzar cerraduras.

Gia me mira y parpadea sorprendida.

—Por las pelotas de Houdini, ¿de qué narices hablas?

—Forzar cerraduras. Enseñarme.

Ella sacude la cabeza, como si intentara aclararse las ideas, y luego abre un poco más la puerta.

—Pasa y cuéntamelo todo.

—Vale. —Por respeto a la germofobia de mi hermana, me salto los abrazos y los besos y entro con cautela en la casa de piedra rojiza que ella comparte con algo así como un millón de compañeros. Ella me conduce a su habitación, y mientras vamos hasta allí, yo lucho contra la tentación de ocuparme del caos que me rodea por todas partes.

—Siéntate. —Señala una silla en la esquina, junto a un maniquí.

¿Es que está chalada? Esa silla es de las de cuatro patas: de la peor clase. Prefiero las sillas de oficina, porque suelen tener cinco patas, o los taburetes de bar, porque suelen tener una o tres. ¿Qué le parecería a ella si yo le pidiese que lamiera una de las barras del metro?

Una sonrisa traviesa se dibuja en sus labios pintados de oscuro.

—Perdona. No tiene un número primo de patas. ¿En que estaría pensando? Tu cerebro podría haber estallado.

Mientras oculto una mueca de exasperación, paso junto a la baraja de cartas y el resto de parafernalia de prestidigitador que hay esparcida por todas las superficies y no me detengo hasta que llego a un puf, que no tiene patas.

—¿Te importa?

Gia se encoge de hombros, saca una baraja de cartas de su bolsillo y me la da con la punta de los dedos.

—¿Te sentirías más a gusto si te diera este mazo para que lo organizaras?

Dejándome caer en el puf, miro la baraja con ojos entornados.

—¿Cincuenta y dos?

Suspirando, ella tira uno de los naipes en un escritorio cercano... como si no estuviese ya lo bastante revuelto.

—Ahora, cincuenta y uno.

—El cincuenta y uno no es un número primo.

Ella mira detenidamente la baraja.

—¿Ah, no?

—Tres por diecisiete son cincuenta y uno. ¿Cómo pudiste pasar de cuarto de primaria?

—Probablemente nos intercambiásemos para que tú clavases mi examen de mates. —Deja cuatro cartas más sobre la mesa—. ¿Cuarenta y siete suena mejor?

—Gracias. —Cojo los naipes con cuidado... ¡que Dios no permita que mis microbios rocen a su higiénica majestad!—. ¿Qué querrías que te explicara antes de enseñarme?

—Empieza por lo del trabajo de toda tu vida. —Ella se sienta en la abominación con número de patas inadecuado—. No sabía que tuvieses ninguno. ¿Es la cosa esa de la mascota virtual que siempre me estás enseñando?

—Más o menos. —Comienzo a ordenar las cartas, obviamente de la forma más lógica: las que son números primos delante, y las otras detrás—. No he tenido ocasión de contártelo hasta ahora, pero he estado trabajando con el área pediátrica del Hospital Langone de la NYU. Si llega a sus oídos que tengo algo que ver con la pornografía...

—Rebobina. ¿Cómo que has estado trabajando con ellos?

—He estado haciendo pruebas preliminares para usar mi proyecto de la mascota de realidad virtual como terapia para niños que han de estar ingresados durante un largo período de tiempo. —Levanto la vista de mi tarea clasificadora y me encuentro con una cara idéntica a la que veo en el espejo todos los días: ovalada, de pómulos marcados, con una nariz con personalidad y unos ojos grandes y azules. Por supuesto, a diferencia de mi artística hermana, yo llevo el pelo en su tono rubio rojizo natural, mientras que ella ha teñido el suyo un tono un punto más oscuro que el de un agujero negro. Yo tampoco uso tanto maquillaje como ella. Sus ojos llevan unas sombras tan oscuras que harían enamorarse perdidamente a cualquier mapache, y su base de maquillaje es tan pálida que valdría para que la usara una geisha-vampiro—. La idea es reducir el nivel de dolor y ansiedad de los niños —prosigo, mientras ella asiente con gesto de aprobación.

—No está nada mal para ser el trabajo de toda tu vida. Pero, ¿dónde encaja el porno del diablo en todo eso?

Yo dirijo una mirada hacia el desorden que me rodea.

—¿Te importa?

Gia suelta un suspiro.

—Si eso hace que me lo cuentes antes, adelante.

Levantarme y ponerme a ordenar me calma lo suficiente como para que pueda articular mis pensamientos.

—Tampoco te lo había contado, pero mi empresa se metió en problemas financieros hace algún tiempo, y el Grupo Morfeo nos ha comprado.

Ella arruga la nariz.

—Jamás he oído hablar de ellos.

Cojo un sombrero de copa de esos de los que podría saltar el conejo de un mago… aunque no es que Gia se fuese a arriesgar a tocar algo capaz de comerse sus propias heces.

—Yo tampoco, hasta que nos adquirieron. Creo que se formó justo antes de que se hicieran con nosotros. —Pongo el sombrero al lado de una diadema de Gia, designando mentalmente el lugar como *accesorios para la cabeza*—. Al principio, nos pidieron las especificaciones de nuestros visores y guantes de realidad virtual y desaparecieron, dejándonos a lo nuestro, como si nada hubiese cambiado. Pero acabamos de enterarnos de que planean integrar los visores y los guantes en un traje especial que han creado, uno destinado a hacer que todo el cuerpo sienta cosas dentro de la realidad virtual.

Ella parece intrigada.

—Que sienta cosas… O sea: ¿cosas sexuales?

—Eso es lo que dicen los rumores de la oficina. —Cojo algo que parece un pulgar falso y lo coloco en un estante junto a sus guantes, designando el lugar como *perteneciente a apéndices*.

—Mmm. —Se rasca la barbilla—. Sexo por realidad virtual. Cero gérmenes. Cero contacto físico. Cero complicaciones. ¿Cómo puedo conseguir uno de esos trajes?

—Deberías ligarte a un hombre de carne y hueso

—digo, y me arrepiento al instante... lo último que quiero es sonar como mamá.

Gia arquea sus cejas oscuras e imita el acento británico del que yo tuve que deshacerme después de estudiar en el extranjero.

—Como dirían en tu amada Inglaterra, eso es como si la sartén llamase negro al cazo.

Tiene razón. No soy ninguna experta en la que se refiere a los hombres ni al sexo... mi única relación real fue con un tío que al final resultó ser gay.

Me ha debido de cambiar la cara porque ella añade:

—Lo siento, Holly. No tenía la intención de sacarte eso. Lo próximo será que me ponga en modo Octomamá total y te diga cuánto deberías estar deseando tener «una comunión sexual».

Yo me estremezco. Odio el apodo que ella usa para nuestra madre. Sin tener en cuenta lo de respetar a nuestros mayores, sencillamente no es exacto. Mamá nos tuvo a nosotras dos, y luego a nuestras hermanas, las sextillizas. Un alias adecuado sería o bien Bimamá ¿O sería mejor Duomamá? O puede que Hexamamá... aunque, lo sé, ninguno de esos suena genial tampoco. Por supuesto, si he de ser honesta, la razón principal por la que no me gusta el prefijo *octo* es que me recuerda a que somos ocho hermanas en lugar de ser algún otro número más normal, como siete, cinco u once.

—«Lo que necesitas es un poquito de amor a la vieja usanza» —está diciendo Gia con su mejor imitación de la voz de contralto de mamá cuando vuelvo a la tierra y a escucharla.

Sonriente, hago mi propia versión de nuestra bochornosa unidad parental.

—Los orgasmos reducen el estrés, curan el insomnio, alivian el dolor, te hacen vivir más tiempo, estimulan tu cerebro, te mantienen más joven... Ah, y pueden lograr la paz mundial.

¿Se habrá dado cuenta de que he puesto siete cosas en esta lista?

Gia se estremece.

—No olvides lo útiles que son los orgasmos cuando uno está intentando dejar preñada a una cerda.

Aj, sí. Aunque yo no soy tan aprensiva como Gia, también me estoy traumatizada por las anécdotas cargadas de falsa modestia de mamá sobre sus habilidades de cría de ganado. Una vez, ella nos dijo que había conseguido que Petunia, una cerdita que era como una mascota para nosotras cuando éramos pequeñas, llegase al orgasmo durante una sesión de inseminación artificial. En serio. No, no es la imagen que quieres te venga a la mente cada vez que ves una loncha de beicon.

Al darme cuenta de que nos hemos salido del tema, clavo a mi hermana una mirada intensa.

—Entonces, ¿puedes enseñarme lo que necesito saber o no?

Ella tamborilea en su muslo con sus uñas pintadas de negro.

—Todavía no me has explicado todo ese asunto del diablo.

Ah. Eso. Cojo un libro sobre hacer trampas jugando a las cartas y lo meto en un hueco de su estantería al azar... si tratase de ordenar su biblioteca por año de publicación, ella volvería a enfadarse y se negaría a ayudarme.

—De acuerdo con más rumores de los que rondan la oficina —le explico—, los nuevos dueños son hermano y hermana. Al parecer, su apellido es Chortsky.

—¿Al parecer? ¿No se han presentado ellos mismos?

Cojo un reluciente vaso para trucos de magia y lo pongo junto a una taza de café vacía que hay sobre la mesa.

—Pues no. Yo he estado trabajando por correo electrónico con un tipo llamado Robert Jellyheim. De todos modos, cuando busqué en internet a personas apellidadas Chortsky, encontré a un Vlad Chortsky, que posee una compañía de software y a un Alex Chortsky que es dueño de un estudio de videojuegos. No hay mención alguna de una hermana, ni fotos de ninguno de los dos, ni presencia en redes sociales. La única información útil que averigüé es que la palabra *chort*, de la que proviene su apellido, significa *el diablo* o *el demonio* en ruso.

—Vale —dice Gia—. Así que «el Diablo» es sólo tu apodo para quien resulte ser el esquivo dueño del Grupo Morpheus. ¿Y cómo vamos de aquí a eso de forzar cerraduras? ¿Quieres hacer un intento de abrir tu cinturón de castidad?

Mis latidos se aceleran al pensar en lo de la cerradura, y me pongo a ordenar más deprisa para calmarme.

—Hay un despacho en mi planta de la oficina donde ayer se entregaron los trajes de realidad virtual integrados. —Cojo tres aros metálicos y los pongo en la mesa de café al lado de su llavero—. Está cerrado con llave. Quiero entrar en esa oficina y ver si los rumores son ciertos.

Ella frunce el ceño.

—¿Por qué?

—Para poder hacer algo al respecto... si tengo que hacerlo.

Ella frunce más el ceño.

—¿Hacer qué?

Yo me saco un pen drive del bolsillo.

—La rumorología oficial afirma que los nuevos propietarios se reunirán en unos días con una importante firma de capital-riesgo para enseñarles el trabajo que llevan hecho. Deben de necesitar una nueva inyección de capital. Tengo la esperanza de que si un virus informático arruinase esa demostración, el proyecto del porno se estancaría y yo podría cerrar mi acuerdo con el hospital antes de que el Diablo encontrase otra fuente de financiación.

—Entonces, ¿vas a cometer allanamiento para poder perpetrar un sabotaje industrial?

Yo aprieto la memoria USB que tengo en la mano.

—No exactamente. Yo trabajo allí.

—Pero estás planeando liberar un virus. ¿No es eso un delito?

Me guardo el USB en el bolsillo.

—He pedido prestadas a papá algunas de sus herramientas. Si me pillan, puedo alegar que estaba comprobando nuestra seguridad.

Nuestro padre es un «Testador de penetración»... que no es para nada lo que parece. Hace ciberataques simulados contra empresas que quieren identificar los puntos fuertes y débiles de sus sistemas informáticos.

Gia me estudia con gesto de preocupación.

—Eres una mentirosa pésima.

—Mi plan es desactivar las cámaras de la oficina. Nadie podrá saber lo que ha pasado.

Ella se pone de pie de un salto.

—No sé. Puede que no deba ayudarte con esta locura.

—Si no me ayudas, entraré usando una palanca.

Ella me mira de arriba abajo.

—Eso es un farol. Tú odias la violencia.

La miro con gesto decidido.

—Puedo cargarme una maldita puerta si tengo que hacerlo.

Ella se muerde el labio, y luego suspira.

—Esto va a costarte caro.

¡Sí! Si se pone a negociar, es que va a hacerlo.

—¿Qué es lo que quieres? —pregunto,

conteniendo demasiado tarde ese entusiasmo mío tan fácil de explotar.

Ella vuelve a sentarse.

—Dejarás de ponerte en plan Marie Kondo con mis cosas.

—Hecho. —Dejo caer a regañadientes su fálica varita mágica sobre el revoltijo de objetos de su mesa. De cualquier modo, tampoco es que supiese dónde clasificarla... aparte de poniéndola al lado de algún consolador.

—Y me deberás dos favores en el futuro, sin hacer preguntas.

Casi vuelvo a coger la varita pero me detengo a tiempo.

—¿También quieres las llaves de mi casa? ¿O tal vez un cheque en blanco?

Ella se encoge de hombros.

—Si nuestros papeles se invirtieran, tú pedirías aún más.

Eso es tan, tan falso... pero discutir no serviría de nada.

—¿Qué tal si me dices cuáles son los favores para ver si vale la pena?

—No hay trato. ¿Qué tal si lo dejamos en un término medio? Te pediré uno de los favores ahora y el otro más adelante

Maldita sea, qué bien se le dan las caras de póquer.

—¿Cuál es el favor de «ahora»?

—¿Tú ya has salido a comer con nuestros padres?

Rechino los dientes.

—Sí. —Está claro lo que quiere. Nuestros padres están en la ciudad y, por supuesto, no se marcharían sin soltarles una dolorosa charla sobre los peligros de ser unas solteronas a sus dos hijas mayores.

—Te vestirás como yo y te harás pasar por mí durante el almuerzo —dice Gia, confirmando mis sospechas —. Y *no* me transmitirás ninguno de los consejos sobre sexo que seguramente te darán.

Maldita sea. Tenía la esperanza de que quisiera usarme en algún truco de magia... tener una gemela es muy útil para fingir que tienes poderes de teletransporte y cosas así.

—¿Cuándo es esa comida? —pregunto.

Con más alegría de la que me gustaría, ella me da los detalles.

Esa hora me parte justo mi rato de usar hilo dental del mediodía, pero por mucho que odie los cambios en mi horario, no rechisto. Gia no sería comprensiva si lo hiciera.

—¿Cuál es el otro favor? —pregunto, temiéndome lo peor.

Ella sonríe con suficiencia.

—Buen intento. Te lo diré en cuanto lo sepa.

—Vale. Tenemos un trato... suponiendo que *seas capaz* de enseñarme de verdad cómo forzar una cerradura.

Ella se pone en pie.

—¿Son capaces las sextillizas de hacer que hasta Ghandi tenga que acabar recurriendo a la violencia?

Oh, sí, lo son. Que yo aborrezca la violencia es lo que me hace limitar mi exposición a la camada del mal. Las quiero con todo mi corazón, por supuesto, pero todas juntas, son demasiado para mi salud mental. Gia me da envidia y pena a partes iguales por andar juntándose con ellas y no tan solo en acontecimientos familiares. Yo ni me acerco a ser tan valiente.

Ella se levanta, revuelve en un cajón y saca un par de guantes, un estuche de cuero y un surtido de cerraduras.

—Toma, póntelos. —Me pasa los guantes.

Lo hago, poniendo los ojos en blanco.

—Ahí está. Así ya no dejaré gérmenes en tus preciosos materiales.

Ella me tira el estuche de cuero a las manos.

—Te he dado unos guantes para que aprendas a forzar una cerradura con ellos puestos. ¿O es que quieres dejar tus huellas por toda la escena del crimen?

Abro la cremallera del estuche y me quedo mirando las herramientas que hay dentro.

Si he sido capaz de aprobar la temible asignatura de Inteligencia Artificial Avanzada de Cambridge, también podré hacer esto.

O eso espero.

—Primero, déjame contarte como funciona una cerradura de tambor de levas —dice Gia, señalando una cerradura hecha en cristal donde quedan expuestas las levas y el resto de estructuras.

Ella procede a abrir la cerradura, primero con una llave y después con sus herramientas, haciendo que parezca fácil.

—Ahora, esto es una llave de tensión. —Me pasa una cosita metálica y me dice lo que debo hacer con ella. Luego me da una ganzúa y me explica como usarla.

—Suena razonable —digo cuando la lección ha terminado por fin—. Déjame intentarlo.

Su sonrisa es maléfica.

—Adelante.

Tengo fama de ser muy meticulosa al seguir cualquier tipo de instrucciones, así que, igual que un robot, hago lo que Gia me ha dicho al pie de la letra. Pero sin embargo fracaso en mi intento, para gran deleite de mi gemela.

Grr. Forzar una cerradura parece ser más un arte que una ciencia.

Dos horas y docenas de comentarios sarcásticos de Gia después, ya lo hago mejor, aunque todavía no tengo la confianza suficiente para ejecutar el golpe.

Por fin, Gia dice:

—Creo que lo tienes. Al menos, no hay mucho más que yo pueda enseñarte. Vete a casa y juega con las cerraduras por tu cuenta.

—Vale. —Escondo las herramientas de mi recién adquirida habilidad—. Te llamaré si tengo alguna pregunta.

Para mi sorpresa, ella guarda las cerraduras que

hemos estado utilizando en vez de echarlas sin pensar sobre el escritorio, todavía desordenado.

—Dale alguna vuelta a lo de abortar todo tu plan, ¿quieres? No te dejes tentar por el minimalismo de la vida en prisión.

—Lo haré —miento mientras salimos de su habitación.

—Y no dejes de ir enviándome mensajes con las novedades. —Me conduce a través de la desordenada sala de estar hasta la puerta principal—. También llámame si necesitas que te pague la fianza.

—Tienes mi gratitud —digo... y caigo en la cuenta de mi error cuando la sonrisa de Gia se amplía a niveles de la del Joker.

—¡Muy encantada, señora mía! —exclama socarrona clavando un marcado acento cockney londinense—. No te olvides del almuerzo con mamá y papá.

—No lo haré —refunfuño.

—Excelente. —Me dice adiós con la mano como imitando el gesto de la reina—. Hasta lueguito.

—Gracias y adiós —digo marcando claramente un perfecto acento americano.

Ella cierra la puerta y la oigo soltando unas risitas al otro lado.

No me puedo creer que de entre todas mis hermanas sea *ella* el mal menor.

Al llegar a casa, sigo practicando a abrir cerraduras hasta bien entrada la noche, y cuando me duermo, sueño con ello.

Para el lunes por la mañana, me siento más preparada que nunca.

Ha llegado el momento.

Iré a trabajar, esperaré a que todos se vayan y pondré en marcha la Operación Allanamiento.

Capítulo Dos

IGUAL QUE PASA cuando te quedas mirando una maldita olla a ver si hierve por fin, mis compañeros de trabajo parecen negarse a irse a su casa.

Apuesto a que ni siquiera están trabajando.

En retrospectiva, ese era un fallo en mi plan. Como soy la Directora de Tecnología aquí, hay mucha gente que se queda hasta tarde para demostrarme cuantísimo trabajan... especialmente desde que nos absorbieron.

Como si lo hubiese conjurado al pensar en el cambio de gerencia, un correo electrónico de Robert Jellyheim, mi homólogo en el Grupo Morpheus, aparece en mi buzón.

Mierda. ¿Me estarán vigilando de algún modo?

Pero no. Es para decirme que planean acelerar la integración y que en breve me reuniré con él y con los principales responsables de la gerencia cara a cara.

Esta debe de ser la razón por la cual han traído los

trajes. Tengo que decir que el Diablo está bastante confiado en conseguir esta ronda de financiación.

Bueno, ya veremos... es decir, suponiendo que los estúpidos de mis compañeros de equipo se vayan alguna vez.

Me ruge el estómago, y eso me da una idea. ¿Puede que se marchen por fin si piensan que yo también me he ido a casa? Y si alguien ve las cámaras más tarde, me verá regresar con comida: algo perfectamente natural.

Agarro mis cosas y me dirijo con pasos enérgicos hacia el ascensor.

Espera. ¿Y si mis compañeros de trabajo no se dan cuenta?

Oh, ya sé. Paso por algunos escritorios y los ordeno un poco, matando dos pájaros de un tiro. Para cuando agrego un bolígrafo adicional a un bote que contiene solo cuatro, estoy segura de que han notado mi presencia.

Estupendo. Me encamino al ascensor y cuando entro, pulso los botones de todos los pisos que son números primos, un lujo que solo me permito cuando voy sola.

Mi almuerzo diario son los diecinueve raviolis que me traigo de casa, pero siempre que he de cenar en el trabajo voy al mismo japonés: Miso Hungry. Allí también pido siempre lo mismo: una sopa de miso con cuarenta y siete cubos de tofu y diecisiete rodajitas de cebolleta, y tres rollos de sushi de aguacate cortados en ocho, con un pedacito quitado en uno de ellos para que sumen un apropiado total primo de veintitrés.

Después de todo, una de las cosas que distingue a los seres humanos de los animales es nuestro deseo de orden y previsibilidad, o al menos eso es lo que le digo a Gia cuando hace burla de mi idílica vida, que funciona como un mecanismo de relojería.

—¿Para llevar? —pregunta la camarera en cuanto me ve.

Asiento.

—Sí, para llevar.

Mientras ella va rápidamente hasta la barra de sushi para darle mi pedido al chef, echo un vistazo por el restaurante casi vacío... y me sorprende ver a un hombre repasándome *a mí* con sus penetrantes ojos azul cielo.

Y qué hombre.

Un rostro perfectamente simétrico.

El cabello negro azabache de aspecto sedoso.

Unos hombros anchos y atléticos.

Los pómulos de un ángel y los labios más besables que he visto en mi vida.

Lo único que lo aparta de la perfección es la incipiente barba mal afeitada de su rostro y lo revueltos que están los mechones negros de su cabeza.

Lucho contra el impulso de correr hacia él, peinarle ese cabello rebelde hacia atrás y robarle un cuchillo de sushi al chef para afeitarle esa hermosa cara.

Sí, bueno. He de admitir que tengo una especie de

fetiche con los tíos bien afeitados. Cuando vi por primera vez las fotos de Henry Cavill como Superman, todo arregladito y pulido, me dieron ganas de tocarme. Pero ya *no* estuve tan contenta cuando apareció haciendo de malo en *Misión: Imposible: Fallout* con esa pinta desaliñada y con bigote. Los 25 millones de dólares que DC Films se gastó en eliminar su bigote por ordenador en el rodaje de *La Liga de la Justicia* fueron un dinero bien gastado, en mi opinión. No puedo esperar al día en que los avances tecnológicos me permitan borrar todos los bigotes de las caras de mis pantallas.

Maldita sea. Me he quedado mirándole con la boca abierta... algo que resulta ser peor por el hecho de que no está solo en su mesa. Le acompaña una mujer tan espectacular como él. Y a diferencia de su desaliñado pero sexy galán, ella tiene un aspecto extremadamente elegante, con un maquillaje impecable y su cabello negro perfectamente peinado.

Al apartar la mirada, pillo al cabrón sonriendo con suficiencia.

Vaya sinvergüenza. Qué granuja.

La camarera vuelve con mi pedido para llevar, y veo cómo el desconocido le susurra algo a su hermosa pareja.

La mujer me mira de arriba abajo y empieza a levantarse.

Mierda. ¿Vendrá a echarme en cara que me estuviese comiendo a su hombre con los ojos?

Detesto cualquier tipo de violencia en general,

pero aún más cualquiera susceptible de involucrarme a mí. Le quito frenéticamente de las manos mi pedido a la camarera, le lanzo unos billetes, y salgo disparada del Miso Hungry.

Todavía tengo el pulso en la estratosfera cuando llego a la oficina. Supongo que excitarse con guapos desconocidos no es un buen preludio para dar un golpe adecuado.

Al menos, hay buenas noticiase en ese frente. Como esperaba, mi planta se ha quedado vacía por fin. Supongo que todos esos farsantes se esfumaron corriendo como gamos en cuanto las puertas del ascensor se cerraron tras de mí.

Dejo la comida a un lado (he perdido el apetito al pensar en lo que estoy a punto de hacer) y finjo escribir un código antes de lanzar el programa que tengo preparado para librarme de las cámaras.

¿Va a pasar de verdad?

¿Tendré los ovarios para hacerlo?

Me pongo derecha.

Esto *va* a pasar. Me niego a acobardarme.

Haciendo caso omiso del nudo de mi estómago, me levanto y voy rápidamente a mi destino.

Cuando llego a la puerta, echo un vistazo a la cámara que, con suerte, estará desactivada.

Es ahora o nunca.

Capítulo Tres

Muevo la manija de la puerta por si acaso alguien la ha abierto.

Pues no.

Cojo mis herramientas y empiezo a forzarla.

Rayos. No se abre.

¿Será esta cerradura distinta a las que he usado para practicar? ¿O será por mis manos temblorosas?

Respiro hondo y cuento hasta siete.

Ya con las manos más firmes, sigo trabajando en la cerradura hasta que algo hace clic dentro de ella.

Por fin.

Entro y examino la gran oficina. En el escritorio hay un monitor de gama alta y un teclado ergonómico. A su lado hay una silla de oficina de ejecutivo de primera línea (con cinco patas, como Dios manda), y en la esquina hay un pequeño sofá de cuero.

¿Será esta la futura guarida del Diablo? ¿O de la Diablesa?

Ignoro ese asunto por ahora e inspecciono los trajes.

Está claro que se trata de prototipos, diferenciados en dos modelos, unos color rosa, «mujer» y otros azules más grandes: «hombre». Algunos incluso tienen algunas piezas sujetas con cinta adhesiva. También hay hojas de instrucciones que cuelgan de ellos, junto con una etiqueta que dice *Estéril*.

No soy como Gia en ese tipo de cosas, pero hasta yo me siento agradecida porque hayan sido esterilizados: después de todo, mi cuerpo va a entrar en el traje. También siento una punzada de culpa. En cuanto me ponga uno, ya no estará esterilizado, lo que será un asco para la próxima mujer que se lo pruebe.

¿Y si dejo una nota cuando haya acabado?

Lo primero es lo primero. Agarro la hoja de instrucciones del traje rosa que me parece más aproximado a mi talla.

«Ajusta las tiras de velcro para que se adapten a su cuerpo» es el primer paso.

Es una bendición que mi altura y mi contorno sean números primos, así que gracias a las tiras etiquetadas, este paso es pan comido.

«Desnúdate» es la segunda instrucción.

Mmm. ¿No debería este traje invitarme a cenar primero?

Voy a cerrar la puerta. ¿Tendrán las de la limpieza

llaves para esta oficina? Espero que no. En cualquier caso, no deberían aparecer hasta dentro de un par de horas: lo comprobé cuando preparaba el golpe.

La sensación de desvestirme en el lugar de trabajo me resulta extremadamente incómoda, pero como lo exigen las instrucciones, lo hago, dejando mi ropa bien doblada sobre el respaldo de la silla del despacho.

«Acuéstate o siéntate mientras te pones el traje», aconseja la siguiente indicación. «Empieza por las piernas, luego el cuerpo y luego los guantes. El casco va al final».

Me siento en el sofá, notando el cuero helado en mi trasero desnudo, y me meto en el traje de acuerdo con las instrucciones. Luego lo ajusto todo para asegurarme de que quede bien.

El visor se enciende y un panel de control de realidad virtual aparece flotando en el aire frente a mí. La interfaz de usuario es similar a la que mi equipo había diseñado para este mismo modelo, pero con varios ajustes obvios... deben de ser obra de Robert Jellyheim y su equipo.

Hay un único icono de aplicación: «Demo» en el panel de control en este momento.

Levanto mi mano enguantada y lo señalo con un dedo.

El traje cobra vida y aprieta mi cuerpo con fuerza, creando la sensación de un abrazo. Al mismo tiempo, me encuentro en una habitación blanca con dos esferas flotando en el aire y dos líneas de texto planeando sobre ellas: «Diseñar pareja» y «Usar valores predeterminados».

«Diseñar pareja» suena como algo que diría una aplicación porno, así que hago clic en eso.

Aparecen dos esferas más con la siguiente elección: «Masculino» o «Femenino».

Las posibilidades de que esto sea porno aumentan.

Yo opto por masculino, ya que eso es lo que me atrae, y la sala blanca se llena de cabezas de hombres sin cuerpo.

Ajá. Vale. Los libros sobre diseño de interfaces de usuario no cubren cómo evitar que tu software dé mal rollo... un descuido, claramente. A menos que estés creando un juego con fantasmas, las cabezas incorpóreas son una mala idea.

Con un movimiento de mi mano, acerco las cabezas hacia mí para poder mirar más de cerca las caras.

Están muy bien. Aunque no son tan realistas como en la vida real, son de lo mejorcito que permite la tecnología actual: el Grupo Morpheus debe de trabajar con varios artistas de gran talento.

Tras un poco de deliberación, elijo una cabeza con un rostro simétrico, unos ojos azules de ensueño y con rasgos marcados.

«¿Cambiar el mentón?» la interfaz me pregunta a continuación.

Lo hago, haciéndolo más enérgico.

«¿Añadir vello facial?»

Diablos, no.

«¿Cambiar pómulos?» es la siguiente opción.

Los hago más marcados, más definidos.

«¿Cambiar el color de los ojos? »

Yo opto por un tono más oscuro de azul... cerúleo, para ser exactos.

A continuación, cambio el cabello corto y rubio por uno negro y sedoso, cuidadosamente peinado hacia atrás, como a mí me gusta.

Ahora tengo una cabeza incorpórea pero muy atractiva flotando en el aire.

¿Está mal que ahora mismo esté más excitada que asustada?

Espera un segundo.

La cabeza que he diseñado se parece sospechosamente a la del sexy desconocido del Miso Hungry. Aunque esta versión está recién afeitada y carece de cuerpo.

Gracias, subconsciente. Ahora me siento como una pervertida total.

«Tipo de torso» es la siguiente opción.

La sensación de carne de gallina regresa cuando la cabeza del tío bueno se desplaza volando hacia un lado y aparecen un montón de torsos sin cabeza ni piernas.

Como no estoy segura de si debería seguir recreando al tío del restaurante, y como no lo he visto desnudo, me decanto por un torso musculoso, de hombros anchos y de abdominales con tableta de chocolate. Porque, ¿y por qué no?

Una vez elegido, el torso se adhiere a la cabeza.

Estudio el espectro sin piernas. ¿Es extraño que ya quiera hacer de todo con él? ¿Es un *él* siquiera sin la parte inferior del cuerpo?

Tragando saliva de forma audible, toco los pectorales virtuales.

¡Maldita sea! El guante hace que parezca que esté tocando unos de verdad... lo cual no debería sorprenderme, ya que yo era parte del equipo que hizo posible esta tecnología. Aun así, estoy sorprendida. Cuando trabajaba en los guantes, mi prioridad era hacer que acariciar a una criaturita peluda y tierna resultara lo más realista posible, por lo que el sexo y las sensaciones de la piel humana que lo acompañaban eran lo último en lo que pensaba.

Siguen más opciones de torso. Dejo sus bíceps y otros músculos como están y rechazo los piercings en los pezones y los tatuajes.

Cuando aparece la siguiente opción, me hace pestañear un par de segundos.

Si aún me quedaba alguna duda, se ha esfumado.

Esto *va* derechito al porno.

El espacio a mi alrededor está cubierto de pollas.

Grandes. Pequeñas. Duras. Fláccidas. Gruesas. Delgadas. Con venas marcadas. Lisas. Rectas. Torcidas. De un tono púrpura profundo. Color rosa pálido. ¿Verdes y azules? Es evidente que alguien se ha recreado perversamente creando tantas variedades como es humanamente posible. Hablando de humanos, algunas de las opciones no parecen ser de mi especie: no a menos que haya por ahí tipos tan dotados como unicornios.

Esto me recuerda a la famosa escena de *Matrix* en la que Neo pide «Armas. Muchas armas». Salvo que esto son penes. Ahora que lo pienso, ¿estamos haciendo este plural de forma adecuada o en su origen latino la forma correcta sería peni, como con *casus belli* y ahora deberíamos llamarlos penises? No, eso no suena nada bien. ¿O deberíamos dejarlos sin la *s* como los *penne*, esa pasta que sirven en los italianos? En fin, me estoy liando, mi latín está muy oxidado. Tendré que comprobarlo cuando vuelva a tener acceso a Internet.

Ajenos a mis dudas sobre la nomenclatura adecuada, todos esos falos están danzando a mi alrededor, algunos alegremente, otros francamente amenazadores... todos claramente ansiosos por ser elegidos.

Cierro los ojos. Es duro concentrarse de esta manera... muy duro.

Debería dejarlo ahora. Estas pollas incorpóreas son mi prueba, después de todo.

Una prueba bien tangible.

Sin embargo, por alguna razón, no puedo decidirme a terminar esta sesión de realidad virtual. Estoy segura de que no tiene nada que ver con la épica sequía que he estado experimentando.

No. No se trata de nada así de indecente.

Trabajo con realidad virtual, así que esto es pura curiosidad profesional.

Sí, eso es. Se trata de mi trabajo.

Abro los ojos y gesticulo en dirección a las pollas. Es difícil decidir... ¡hay tantas! Me cuesta diez minutos optar por una por fin: una humana (o eso espero), extra grande y con no demasiadas venas marcadas.

¿Tendrá mi inspiración para este diseño una polla como esta? No tengo ni idea, y es poco probable que lo descubra jamás... ni que me la meta dentro... ni que la lama... ni que se la chupe.

La polla se posa en el lugar que le corresponde debajo del torso, y la sala se llena con tantas pelotas que serían capaces de generar toda la testosterona de una pequeña nación.

¿En serio hay quien le da tanta importancia a los testículos como para necesitar tanta variedad?

Ansiosa por ver la siguiente fase de esta demostración, agarro un par de bolas al azar y luego elijo unas piernas con la misma rapidez.

Aquí es cuando la siguiente opción llena la habitación: traseros.

Montones de traseros.

Redondeados. Con forma de corazón. Cuadrados. Con forma de V. Musculosos y no musculosos. Unos mostrando el agujero y por alguna razón, otros no. Con hoyuelos y sin ellos. Las opciones no son tan exhaustivas como con las pollas, pero casi.

Elijo el primer trasero apretado que veo y me pregunto si habrá más opciones... como hígados o amígdalas.

Pero no. Al final todo se acopla y mi novio virtual

recién diseñado se pone a bailotear, igual que en la peli *Magic Mike*.

¡Maldita sea! Mis ovarios se felicitan a sí mismos mientras devoro con los ojos esta perfección digital. Hasta puede que haya un poco de baba en la comisura de mis labios... y otra clase de humedad en mis partes privadas.

Quien haya diseñado esto es un genio del mal, sobre todo por lo poco que hace que se han hecho cargo de la empresa. Si han tenido que vender su alma al diablo, diría que podría haber valido la pena. ¿O ha sido el Maligno en persona quien ha hecho esto? Sería muy propio del Tentador crear el arma suprema de inducción al pecado sexual.

Un bocadillo de diálogo aparece sobre la cabeza del espécimen digital, que ya no baila pero no por eso es menos apetitoso, distrayéndome de mis cavilaciones pseudoteológicas.

«¿Quieres que haga una demostración de lo que puede hacer el traje?», pregunta, «Sí o no».

Elijo «sí» y el tipo se teletransporta hacia mí, acercándose tanto que su gran erección presiona contra mi vientre.

Guau. El traje crea una sensación de presión que es inquietantemente precisa.

«¿Continuar?», pregunta otro bocadillo de diálogo.

Selecciono «sí» con un dedo poco firme.

Mi compañero digital sostiene uno de mis pechos en su mano.

Yo exhalo una exclamación ahogada. Su contacto produce una sensación suntuosamente real, aun descontando el efecto de las hormonas que arruinan la capacidad de mi cerebro de observar las cosas de forma racional.

Otro «¿Continuar?» después, me aprieta ligeramente el pezón.

Dos veces guau. El pellizco es lo suficientemente realista como para enviar una nueva oleada de deseo hacia abajo.

Jodidamente in-cre-í-ble.

«¿Continuar?» pregunta la malvada interfaz.

Mi «sí» es reacio, y cuando le veo intentando alcanzar mis partes, le agarro instintivamente por la muñeca, lo que demuestra lo realista que es todo esto.

Mmm. Su muñeca parece real en mi mano, pero la acción en sí ha sido poco estable. Parece que hará falta algo de trabajo para acabar de integrar los guantes con el traje.

Otro bocadillo de texto aparece sobre su cabeza: «¿Quieres probar la fase del cunnilingus? ¿Sí o no?».

—¿Te estás quedando conmigo? —pregunto en voz alta.

El texto no desaparece... obviamente el traje no incluye reconocimiento de voz (a diferencia de mi proyecto favorito de realidad virtual).

¿Hasta dónde estoy dispuesta a llevar mi curiosidad? Estoy a punto de elegir «no», pero luego me pregunto cómo fingirán *esa* sensación.

Sí. Más curiosidad profesional. Obviamente. Esto

no tiene nada que ver con lo mucho que deseo tener esos labios ahí abajo. O con el hecho de que nunca antes me ha hecho eso un hombre en la vida real. Sí, nada de nada que ver.

Tomo aire y vuelvo a elegir «sí».

El tipo desaparece por un momento, luego reaparece en la posición del cunnilingus, con su rostro contra mi entrepierna y sus ojos azul cerúleo mirando hacia los míos.

Me recuesto en el sofá.

Su lengua me da el primer lametón.

Oh. Rayos. Joder. Caramba.

Es exactamente como siempre había imaginado que sería. Su lengua es cálida y flexible y más que asombrosa. Si hubiera un Premio Nobel por el invento más pervertido, el Maligno lo obtendría, sin lugar a dudas.

Otro lametón.

Y otro.

Luego se agarra a mi clítoris y comienza a succionar.

Se me curvan los dedos de los pies.

¡Santas políticas de RRHH! Estoy a punto de correrme en mi lugar de trabajo.

Agarro su cabeza pero no soy capaz de obligarme a apartarla. En todo caso, tengo que luchar contra el impulso de presionarlo más fuerte contra mi entrepierna.

De repente, para mi exasperación, todo se detiene.

¡Noooo! Estaba a escasos milímetros del gran O.

Una puta elección nueva aparece flotando.

«¿Quieres probar la fase de penetración? ¿Sí o no?».

Sí.

No.

Estoy lista para eso, pero ser penetrada aquí y ahora no es...

Oigo el sonido de una llave.

Mierda.

Mi corazón da un salto hasta la estratosfera, y se me quedan las tripas congeladas como un sorbete.

Alguien está a punto de pillarme.

Capítulo Cuatro

Me levanto de un salto e intento quitarme el visor.

Maldita sea. Los guantes me hacen difícil agarrarlo bien, así que intento quitármelo con una fuerte sacudida, pero lo único que consigo con eso es tropezarme con algo.

Aleteo con los brazos como si estuviese intentando aprender a volar y me agarro a lo primero que tengo delante, que parece ser la silla del despacho.

No me jodas. Esa cosa tiene ruedas y como era de esperar, giran, haciendo que mi caída continúe, acompañada por más gestos con los brazos y por los ruiditos del velcro al abrirse.

¡Cataplán!

Mi muñeca choca contra algo duro. A juzgar por el ruido de algo golpeando contra el suelo y por el sonido de plástico rompiéndose, debo de acabar de destrozar ese monitor tan bonito.

Unas manos fuertes me sujetan antes de que termine de caer de narices.

Como no me lo esperaba, reacciono como una loca, agarrando a ciegas lo que parece un teclado, preparada para darle a alguien con él.

Las manos me sueltan de inmediato.

—Sólo intentaba ayudar —dice una voz profunda y aterciopelada con acento ruso.

Eso es cierto, así que no le parto el teclado en la cara al que me habla. En vez de eso, dejo caer mi arma y doy un respingo cuando la escucho romperse en pedazos.

—¿Por qué no me dejas quitarte ese visor? —pregunta la voz.

—Ciertamente agradecida —le espeto, y antes de que pueda corregirlo a «gracias», me quitan el visor de la cabeza con cuidado.

Ahora que he recuperado la vista, miro a mi salvador con asombro.

Y me quedo ahí, boquiabierta.

Y abro más la boca si cabe.

¿Me he quedado dormida durante la demo, o es que esto sigue siendo realidad virtual?

Tengo delante al mismísimo tío que hace un instante me estaba comiendo lo mío en la realidad virtual: el tío bueno del Miso Hungry.

Capítulo Cinco

—¿Estás bien? —pregunta él, con sus ojos azul profundo clavándose hasta el fondo de mi alma.

—Ajá. —Con la cara ardiendo, me quito el primer guante con los dientes y luego uso la mano libre para quitarme el otro guante. En piloto automático, me pongo con el resto del traje... hasta que recuerdo que estoy completamente desnuda debajo.

—¿Necesitas un minuto? —pregunta él, con sus ojos deliberadamente fijos en mi rostro y no más abajo, como si estuviera evitando algo.

Miro hacia abajo.

Me cago en la puta.

Tengo el pezón derecho al aire.

Me había olvidado del todo de ese sonido de velcro abriéndose que escuché antes.

—¡Por favor, date la vuelta! —chillo, girando sobre mis talones tan deprisa que es un milagro que no destruya lo poco que queda sano en esta oficina.

—Hecho —dice él.

Miro por encima del hombro. Está de espaldas a mí. El trasero apretado dentro de sus vaqueros me recuerda al que elegí para él en la realidad virtual.

Espera. ¿Pero qué narices hago?

Recuperando el orden de prioridades adecuado, me arranco el traje y rodeo de puntillas el monitor roto y las piezas del teclado mientras voy recogiendo mi ropa esparcida por el suelo.

Me tiemblan las manos cuando me la pongo, y tengo la piel demasiado caliente y demasiado fría por momentos.

Hostia puta.

Esto es malo. Muy, muy malo.

Solo cuando estoy vestida del todo soy capaz de procesar por completo lo que acaba de pasar... y cuando lo hago, deseo que me trague la tierra. Puede que todo el camino hasta el vestíbulo del edificio.

Mis mejillas arden tanto como la superficie del sol cuando murmuro:

—Ya puedes mirar.

—Muy bien. —Él se vuelve y me examina intensamente de arriba abajo—. Así que, ¿quién eres?

Mis palabras salen apresuradas.

—Holly Hyman, a tu servicio.

Maldita sea. ¿Por qué habré dicho eso?

Él frunce el ceño y ese gesto hace, extrañamente, que su rostro se vea más sexy.

—¿La Directora Técnica?

—Culpable. —Uf. ¿Por qué habré dicho *eso*? A la desesperada, intento disimular mi tropiezo—. ¿Y tú eres?

—Alex. —Extiende su mano grande y masculina—. Alex Chortsky.

Abro tanto la boca que mi barbilla corre riesgo de acabar golpeando contra el suelo.

Chortsky.

O sea, el propietario del Grupo Morpheus.

El mismísimo Diablo.

Capítulo Seis

No ES de extrañar que tenga esos pómulos tan angelicales. Este es el ángel caído original.

Quiero salir corriendo, pero me está bloqueando el camino.

Espera. No todo está perdido. No sabe por qué estoy aquí. ¿Es posible que haya alguna manera de salir de esto?

El Diablo, confundido, baja la mano.

Maldita sea. ¿Cómo he podido dejarle así, sin estrechársela? Es algo súper grosero.

Antes de que yo pueda disculparme, él mira hacia el suelo y hace una mueca al ver el teclado destrozado.

—Acababa de instalar domos de goma debajo de todas las teclas —dice con pesar—. Me costó una hora.

Me embarga una nueva oleada de culpabilidad. Yo misma uso esas cosas: hacen que los teclados mecánicos, que son los mejores, sean menos ruidosos. Estoy a punto de ofrecerme a comprarle un nuevo teclado e instalarle las piezas circulares yo misma cuando él mira al suelo con los ojos entornados.

¡Oh no!

Se inclina y recoge una memoria USB.

La memoria USB... la que contiene el virus. Debe de haberse caído de mi bolsillo cuando mi ropa se fue al suelo.

—¿Esto es tuyo? —Sus ojos entrecerrados se clavan en mi cara... sin embargo, ni siquiera el gesto amenazador de esa mirada celeste disminuye su impacto devastador sobre mis hormonas.

—No. O sea, sí. —Extiendo mi mano visiblemente temblorosa—. ¿Me lo puedes devolver?

Apretando sus labios sensuales en dos finas líneas, el Demonio aparta bruscamente el USB de mi alcance.

—¿Qué estabas exactamente haciendo en mi oficina?

Me debato sobre seguir uno de mis dos impulsos en conflicto: salir corriendo y gritando o pelearme con él por la memoria USB. Me declino por tomar el camino de en medio.

—Yo, ejem, o sea, Robert me dijo que pronto íbamos a ponernos a tope con lo de la integración. —Lo cual es cierto—. Quería ver el traje para prepararme para ello. —Eso *podría* ser cierto.

Su expresión sombría no ha cambiado.

—¿Cómo has abierto la puerta? Anoche la cerré yo mismo.

¿Ha estado viniendo aquí por las noches? ¿Por qué ninguno de los cotillas de la ofi me advirtió de esto? ¡Obvio! Porque no trabajan hasta tarde si yo no estoy ahí.

—La puerta estaba abierta. —Joder. No me sueno convincente ni a mí misma. Estúpida, estúpida, estúpida. ¿Por qué no le habré pedido a Gia que me enseñara a mentir mejor?

Él se guarda la memoria en el bolsillo con la rotundidad de una pena de cárcel.

—¿Por qué estás aquí tan tarde?

—Yo... yo tenía demasiadas cosas entre manos. Acabo de sacar el tiempo para ponerme...

Ahora sus ojos parecen dos rendijas.

—Ni siquiera has tocado tu cena.

Mierda. Me vio comprándola.

—Me entró la curiosidad y perdí el apetito. —Dios. Un niño de cinco años podría haber inventado una mentira mejor.

Él saca su teléfono y teclea alguna cosa. Sea lo que sea lo que vea, no debe de gustarle, porque aprieta los dientes mientras me clava esa mirada laser de color azul.

—Tú no sabrás por casualidad por qué no funcionan las cámaras de seguridad, ¿verdad?

Me quedo ahí parada, tragando aire. Es oficial: he perdido la capacidad de hablar.

—¿Es esto espionaje corporativo? —Sus palabras suenan punzantes.

Todavía muda, niego con la cabeza.

Él me fulmina con la mirada.

—¿Entonces qué?

No le respondo. No puedo. Me late el corazón con tanta fuerza que me estoy encontrando mal.

Sus hermosos labios se aprietan de nuevo.

—Si confiesas, las consecuencias serán menos severas.

—Yo... solo estaba... —Tengo la garganta demasiado seca para poder articular palabra.

—¿Tú solo estabas qué? Acuérdate: lo puedo averiguar yo solo. —Se da unas palmaditas en el bolsillo donde lleva la memoria USB.

Siento que estoy a punto de vomitar de pánico.

—Yo... Yo quería... Yo quería detener el porno. —Oh, demonios. ¿Por qué habré dicho eso? Eso suena fatal. Debería...

Él se cruza de brazos.

—¿Qué quieres decir con lo de «detener el porno?».

Trago saliva esperando recolocar el acelerado corazón de mi garganta de vuelta en mi pecho. De perdidos al río.

—El trabajo de mi vida peligra. Los niños y la pornografía no combinan.

—¿Niños? —Me mira como si me hubiera brotado un pene de unicornio de la frente—. ¿Crees que estamos haciendo pornografía infantil?

—¿Qué? ¡No! —Espera, tal vez debería haber dicho que sí. Demasiado tarde. Me esfuerzo por encontrar una explicación razonable, pero solo consigo que me salga la verdad—. He estado trabajando en terapias basadas en mascotas de realidad virtual.

A partir de ahí, me lanzo a contarle la historia completa, tartamudeando en mi camino que explica mis buenas intenciones... que quiero que los niños se sientan más cómodos en los hospitales.

A medida que avanzo, la expresión del Diablo es inescrutable: habría podido competir con la cara de póquer de Gia. No tengo ni idea de si me cree o no. Espero que sí. Como el Padre de las Mentiras, debería tener las facultades de un suero de la verdad y una máquina de polígrafo combinados.

—Entonces —digo vacilante cuando termino—. ¿Estoy despedida?

Él se pasa una mano por su pelo desgreñado y yo lucho contra el impulso de asaltarle y de domarle ese pelo. Hacer eso no me ayudaría ni lo más mínimo.

—Discutiremos tu situación laboral después de la reunión de inversores de mañana —dice por fin.

La esperanza hace nido en mi pecho. No estoy fulminantemente despedida. Es asombroso. Yo me habría despedido, de haber estado en su lugar. Por otra parte, probablemente solo esté posponiendo lo inevitable. Dado el estado de su oficina, es posible que quiera testigos cerca cuando me despida, junto con cámaras que funcionen y guardias de seguridad.

—Hay algo que quiero que tengas en cuenta —dice él, con expresión aún indescifrable—. El Grupo Morpheus es tan importante para mi hermana como la terapia con mascotas de realidad virtual para ti, y su trabajo *no* es pornografía. Quiere acercar experiencias sexuales a personas que, por diversas razones, no pueden tenerlas, incluidos pacientes en hospitales, matrimonios separados por la distancia, soldados, pescadores que pasan tiempo en alta mar, trabajadores de plataformas petrolíferas... Sus ideales son tan elevados como los tuyos. —Una mirada aterradora reemplaza su gesto inexpresivo—. No dejaré que ni tú ni nadie destruyáis el sueño de mi hermana.

Me da vueltas la cabeza. Los rumores mencionaban a una hermana, pero no era consciente de que ella era el motor impulsor del Grupo Morpheus. Estoy aún más jodida de lo que pensaba. Aun cuando pueda que él no me despida, seguro que *ella* lo hará.

—Necesito saber que nos entendemos —exige en tono duro.

Asiento en piloto automático.

Como tengo siete hermanas, siempre me he preguntado cómo sería tener un hermano. Parece que en lugar de burlarse de ti sin piedad, te protegen de verdad de las amenazas. Debe de ser agradable para la Diablesa.

La expresión aterradora desaparece del rostro del

Príncipe de las Tinieblas, y la cara de póquer, que es mucho más preferible, vuelve a aparecer.

—Quiero que me digas que lo has entendido.

Trago saliva.

—Afirmativo. Me encanta... quiero decir, realmente necesito este trabajo.

—Pues sí. Lo que está en juego no es solo tu proyecto, tampoco. Perderías una fortuna en acciones, además.

Bueno, alguien confía en el futuro de esta empresa. ¿O es que confía en su hermana? En cualquier caso, lo más probable es que tenga razón. Para evitar que me fuese a trabajar a Google, nuestro antiguo propietario me otorgó un montón de opciones sobre nuestras acciones. Si a la empresa le va bien, yo acabaré forrada... suponiendo que siga trabajando aquí, lo cual no parece probable.

—Prometo que esto nunca volverá a suceder —digo, y me estremezco. Obviamente, *esto* no volverá a suceder. Incluso aunque estuviera lo bastante loca como para intentar otro sabotaje, no destruiría su oficina, ni estaría a punto de tener un orgasmo en su sofá, ni...

La puerta de la oficina se abre de repente, una hermosa mujer entra y su mirada salta entre él y yo varias veces, indicando su confusión.

Yo pestañeo.

Es su acompañante del Miso Hungry.

¿Se ha traído a su cita a la oficina?

—¿Qué pasa aquí? —pregunta ella.

Querrá decir: «¿Qué estabas haciendo con mi novio/esposo/amo?»

Sus ojos se posan sobre el traje usado y se iluminan.

—¿Estabas probando eso ahora mismo?

Espera un segundo. No será esta...

—Lo estaba —responde el Diablo, o debería decir, el Embustero, antes de que pueda pensar siquiera en responder—. El resto del lío solo ha sido un accidente.

Bueno, esa segunda parte es cierta.

La mujer parece transformarse por completo. Si antes tanta perfección parecía hacerla un poco fría, ahora me recuerda a una niña pequeña a quien acaban de regalarle un pony.

—Cuéntame qué tal.

La expresión del Diablo se suaviza.

—Creo que debería presentaros. Bella, esta es Holly, la Directora Técnica cuyo perfil te impresionó tanto. —Su mirada se vuelve hacia mí, con una amenaza silenciosa acechando desde las profundidades azules de sus ojos—. Holly, esta es mi hermana, Bella, la jefa del Grupo Morpheus.

Como había empezado a sospechar, ella es la hermana del Diablo.

No es de extrañar, en realidad... ahora mismo ella *viste* de Prada.

Lo sorprendente es su falta de acento ruso, pero supongo que si ella es más joven que su hermano, podría haber sido solo una niña cuando emigraron.

Una enorme oleada de alivio me invade mientras proceso todas las implicaciones.

Ella es su *hermana*.

No era una cita.

Estarían tomando algo de cenar antes de venir aquí.

Espera. ¿Me he vuelto completamente chiflada? ¿Por qué debería importarme que el Rey de las Tinieblas no esté saliendo con ella?

—¡Holly! —Con una gran sonrisa, Bella entra en la habitación y se escuchan los restos del monitor y el teclado crujiendo bajo sus tacones de aguja mientras me ofrece su mano—. ¡Estoy tan contenta de conocerte por fin!

Le estrecho la mano en lugar de dejarla colgando, como hice con su hermano. Sin embargo, se la estrecho sin fuerza, y con la palma de la mano sudada.

Estaba impresionada con mi perfil. ¿Por qué? ¿Es posible que, como Santa, las Diablesas tengan su propia lista de «niños traviesos»?

El Diablo se aclara la garganta.

—Holly estaba tan impaciente ante el próximo proyecto de integración que ha tomado la iniciativa de probar el traje.

El apretón de manos de Bella se vuelve aún más entusiasta.

—Muchísimas gracias —dice cuando me suelta por fin—. ¿Qué te ha parecido?

Yo sigo aturdida. ¿Por qué me está cubriendo el

Gobernante de la Oscuridad? ¿Por qué decirle que estaba haciendo pruebas y no sabotaje?

¿Tal vez no quiera preocuparla? Es posible, dado lo protector que parece. O, dado que este es el trabajo de toda su vida, él podría estar preocupado de que la verdad haga que ella me ataque y me mate, lo que podría provocar problemas legales molestos o llamadas a conexiones de la mafia rusa. Porque, naturalmente, todos los rusos tienen conexiones con la mafia.

—Oh, no —dice Bella, examinando mi rostro, cariacontecido sin lugar a dudas—. ¿No te ha gustado?

Mierda. Necesito dejar de pensar y empezar a reaccionar. El gesto de Bella parece idéntico al que tendría si yo le hubiese dado una patada a su cachorro enfermo, y cuando le echo un vistazo al Diablo, su expresión oscura dice: «Arregla esto, o si no...».

—Nada de eso —le suelto—. Ha estado genial, de hecho.

Si ella se lo cree, voy a dedicarme a la actuación.

Pues no. Ella no parece convencida, así que busco algo que sea verdad.

—Me impresionó mucho lo realistas que se veían las cosas. Y todas las opciones. —Eso es. Innumerables pollas *son* opciones—. Y también me impresionó el realismo facial.

Ella inclina la cabeza.

—Hay algo que no me estás contando.

Maldita sea.

—La integración —digo con un destello de inspiración—. Cuando intenté tocar algo durante la demostración, los guantes y el traje no parecían estar tan bien coordinados como deberían.

Ella asiente solemnemente y le lanza a su hermano una mirada mordaz.

—Te lo dije.

Un atisbo de sonrisa aletea en sus ojos.

—Nunca te lo he discutido. La integración *será* una gran prioridad a la hora de avanzar.

—Entonces —La atención de Bella vuelve a centrarse en mí—, ¿Hasta dónde has llegado?

Yo parpadeo. Este *es* realmente el trabajo de su vida... puedo decirlo por su entusiasmo inquebrantable. Probablemente pudiera pasarse horas hablándole de ello a cualquiera que quisiera escucharla, un poco como los padres primerizos que presumen de su renacuajo, o como hago yo con mi proyecto favorito de realidad virtual. Supongo que de alguna forma diabólica, tiene sentido. Este invento traerá mucha lujuria al mundo, y ese es uno de los siete pecados capitales.

Bella debe de haberse cansado de esperar a que le responda porque agarra un guante, se lo pone y se sujeta el visor contra la cara.

—Ah —dice tras unos gestos—. Acababas de terminar la fase del cunnilingus.

Me pongo más roja que el uniforme de la Guardia Real de Buckingham.

¿Ha sido eso que acaba de hacer el Diablo una sonrisita?

Sin quitarse el visor de la cara, Bella pregunta:

—¿Qué te ha parecido? ¿No ha sido realista?

—Yo… eh… ¿puede que no?

Grr. Ahora sí que él está sonriendo, burlón. Qué mamonazo.

—¿Eso crees? —Bella suena preocupada.

Me sonrojo todavía más.

—Yo… no tengo base de comparación. —Oh Dios, ¿por qué acabo de admitir eso?

Ella se quita el visor de la cara y me mira con tanta preocupación que pensarías que acabo de decirle que nunca he visto la luz del sol ni he probado el té. Volviéndose hacia su hermano, le pregunta:

—¿Tú sabías eso?

Él niega con la cabeza, y su sonrisa es aún más burlona.

Ella me mira.

—Pero te ha gustado, ¿verdad? Trabajé muy duro en las texturas y…

—¡Me ha encantado! —chillo al soltarle esa frase.

—Uf, vale. —Se pasa la mano por la frente haciendo un gesto teatral de alivio—. Por un instante, me habías preocupado. Pero no has llegado a la penetración, ¿verdad?

¿Por qué no podría el suelo tragarme ya y acabar con mi sufrimiento?

Me las arreglo para sacudir la cabeza.

—¿Pero has experimentado *eso* antes? —Ella

parece horrorizada ante la sola idea de que yo sea virgen, y yo me quiero morir. Quizás por combustión espontánea. O a consecuencia de que los de recursos humanos nos metan un tiro a todos.

Decir que este es un tema delicado para mí sería quedarse corto. He practicado el sexo, por supuesto, pero el tío que me desvirgó resultó ser gay... y encima de eso, de pequeña se reían de mí llamándome Holy Hymen, o sea «himen sagrado» en inglés, deformando poco creativamente mi nombre y mi apellido.

—Perdona. No quise entrometerme —se disculpa Bella, dándose cuenta de mi azoramiento.

Intento que mis mejillas ardientes se enfríen.

—No te preocupes. He practicado el coito antes, así que no pasa nada.

Eso es. Deberían darme algún tipo de medalla.

—Gracias a Dios. —Ella vuelve a presionar el visor contra su cara—. Aun así, sin haber experimentado el sexo oral, no eres el sujeto de prueba ideal. Una pena.

¿Requiere esa afirmación de alguna respuesta?

—Hermanita, en realidad Holly estaba a punto de irse —dice el Diablo—, ha tenido una larga jornada laboral y...

—¡Puaj! —Bella se arranca el visor de la cara—. El tío que has diseñado es clavadito a Alex. *Desnudo.*

En serio, ¿dónde está esa combustión espontánea?

La mirada celeste del Diablo se dirige hacia mí y

podría jurar que hay un destello de fuego en ella. Luego se vuelve hacia su hermana.

—«¿Puaj?» ¿En serio?

Ella pone los ojos en blanco.

—¿Preferirías que babeara? Como tú bien dices, no somos los Lannister ni los Borgia.

¿Se ha quedado el Maligno sin palabras?

Bella me dirige una sonrisa avergonzada.

—Podrías habérmelo advertido.

—Lo siento —murmuro—. No lo pensé.

—No pasa nada. —Agarra la parte abultada del traje donde estaría mi vagina si todavía lo llevase puesto—. Apuesto a que te estarás preguntando cómo se supone que funciona lo de la penetración.

Niego con la cabeza, pero ella no se da cuenta, o no le importa.

—Obviamente, no es práctico colocar una variedad de consoladores en el traje, así que me vi obligada a usar sistemas hidráulicos y...

—Hermanita. —El tono del Diablo es más contundente—. Holly ni siquiera ha tenido la oportunidad de cenar.

—Oh. —Me mira con gesto de culpabilidad—. Pobrecita. Lo siento. Ya hablaremos más tarde. Cómete tu cena y vete a casa.

—¡Gracias! Me la comeré por el camino. —Salgo de esa oficina como si me llevaran los demonios… y por lo que sé, podrían estar a punto de hacer precisamente eso.

Lo único que quiero es salir de aquí y recomponerme, asumiendo que eso sea posible.

Como estoy corriendo, saco los auriculares del bolsillo, me los meto en los oídos y pongo mi fiel música para correr: la banda sonora de *Downton Abbey*. Al llegar a mi escritorio, recojo mi comida para llevar, no porque todavía la quiera, sino porque les he dicho que me la comería por el camino.

De momento, lo estoy consiguiendo. Ya casi he salido de aquí. Un minuto más y estaré libre.

Volando hacia el ascensor, recojo toda mi frustración reprimida y mi adrenalina acumulada y la canalizo hacia los músculos de mis piernas.

Ya casi estoy ahí.

Casi.

Sí.

Estoy junto al ascensor. Clavo mi dedo en el botón y casi me muerdo las uñas de la impaciencia.

Después de esperar todo un siglo, las puertas del ascensor se abren lentamente.

Por fin.

Estoy a punto de entrar cuando una mano me agarra del hombro.

Joder.

No lo he conseguido.

Me doy la vuelta para enfrentarme al Diablo.

Capítulo Siete

Solo que se trata de la Diablesa, y que está sonriendo… no es algo que esperarías ver antes de ser arrojada a los calderos ardientes del infierno.

Me quito un auricular de la oreja. Es probable que mi mirada de pánico denote cómo me siento.

—Quería que tuvieses esto. —Bella me entrega una mochila decorada con genitales dibujados a mano.

Vaaale.

Le cojo rápidamente la mochila, me la aprieto contra el pecho y la miro, pestañeando. En la bolsa hay algo pesado. ¿Podría tratarse del corazón o el hígado de la última persona que intentó sabotear su trabajo?

Ella me mira con gesto expectante.

—¿Gracias —musito.

—Es el traje. —Ella menea las cejas con gesto

lascivo—. El que has probado. Pensé que querrías terminar la demo.

Vuelvo a sonrojarme... y ya tengo las mejillas bien adaptadas para eso.

Entonces noto que el mismísimo Diablo está ahí cerca escuchando con una sonrisita de suficiencia. Si yo tuviese la fuerza de un Hulk, tiraría esta mochila con estampados de penes a la cabeza de ese gilipollas. Por desgracia, no la tengo, además de que ese tipo de comportamiento seguro que hacía que me despidieran.

—Bueno, que vaya bien el viaje de vuelta a casa —dice Bella.

—Gracias. Adiós. —Entro de espaldas al ascensor y pulso el botón del vestíbulo.

Mientras se cierran las puertas, veo la maléfica sonrisita del Diablo ensancharse gradualmente hasta formar una exasperante mueca burlona.

Mi cena, que me como en piloto automático en el taxi, me sabe a serrín, y ni siquiera cuando llego a casa y emprendo mi rutina nocturna de siete pasos mi mente acepta dejar de darle vueltas.

¿Voy a perder mi trabajo?

Cualquiera que sea la respuesta, el trabajo de toda mi vida todavía está en grave peligro.

Mientras me paso meticulosamente el hilo dental por mis treinta y un dientes (por suerte, hace unos años tuve que sacarme una de las muelas del juicio), pienso si hay alguna manera de salvar mi proyecto.

Tal vez pueda convocar una reunión de urgencia con la administración del Hospital NYU Langone mañana e intentar convencerlos de que pasen de las pruebas beta a la adopción oficial de la terapia con mascotas de realidad virtual. Una vez que haya un contrato firmado y datos sobre la utilidad de la terapia, será menos probable que se retiren cuando se enteren de que la empresa con la que han hecho un trato es conocida por sus contenidos para adultos. Puede que el Demonio no lo considere pornografía, pero ellos seguramente lo harán.

Vale la pena intentarlo. Enciendo mi portátil y solicito que nos reunamos.

Ahora me hacen falta dos milagros. ¿O se llama de otra manera cuando el Diablo está involucrado?

Mi teléfono hace un ruidito. Es un mensaje de texto de Gia:

¿Necesitas que te pague la fianza para salir de la cárcel?

Vaya, ¡qué graciosa de cojones!

No hace falta, le respondo. *He cambiado de idea sobre el golpe.*

Rara vez le miento a mi gemela, pero todavía no soy capaz de hablar de lo que acaba de pasar.

Sabía que te achantarías, responde ella. *Pero sigues estando en deuda conmigo.*

Suspiro. Vale. *Hablando de eso, dile a los padres que queden «contigo» en Miso Hungry, un local cerca de mi oficina.*

Después de que ella prometa hacerlo, apago mi teléfono.

Según mi horario, es hora de irme a dormir. El problema es que no hay manera de que pueda dormirme estando así: siento como si me acabase de beber un tonel de café expreso aderezado con cocaína.

Es hora de pasar a mayores.

Enciendo la tele y pongo la primera temporada de *Downton Abbey*.

Pues no. Sigo sin poder dormir. Parece que me harán falta armas aún más potentes.

Pongo el episodio de la boda de Rose, principalmente porque incluye una de mis citas de Violet favoritas de todos los tiempos: «Puede que el amor no lo supere todo pero puede superar muchas cosas».

Cuando termina, intento dormir de nuevo.

No pego ojo.

Recurro a mi herramienta definitiva para conciliar el sueño: *Orgullo y prejuicio* de Jane Austen.

Sigue sin haber suerte.

Vale ¿y qué tal si pruebo con *Emma*?

Pues no. En todo caso, todas estas historias románticas lo están empeorando todo, haciendo que un par de ojos azules sigan apareciendo en mi mente.

Cambio de táctica y voy a por una taza de infusión de manzanilla. No me recuerda al Diablo, afortunadamente, pero tampoco ayuda, y no me atrevo a prepararme nada con cafeína.

Una idea loca me viene a la mente. Puede que

tener un orgasmo me ayude a conciliar el sueño, así que: ¿y si me pongo el traje que Bella me ha dado?

No. No debo.

Pero quiero.

Malditos seáis tú, Diablo, y tu hermana. Así debió ser como se sintió Jesús cuando fue tentado en el desierto.

Pero espera un segundo. Hay otra actividad de realidad virtual que podría tranquilizarme... aunque, por supuesto, no tanto como un polvo virtual.

Mi propia mascota de realidad virtual.

Sí, eso es.

Me pongo el equipo, abro la aplicación correspondiente y me encuentro cara a cara con Euclides, la mascota de realidad virtual personalizada para mí.

—Holly —canturrea Euclides —. Te he eshaado de menoz.

Fantástico. Mis nervios ya se han calmado. No puedo evitar sonreírle.

Puedes hacer que Euclides tenga el aspecto de una serie establecida de personajes que pensé que los niños encontrarían graciosos: un cerdito, un koalita, un bebé de nutria o de erizo, un gatito o un lémur. Por supuesto, no sería divertido que fuese exactamente uno de esos. Son versiones antropomórficas de esos animales, y están tan inspiradas en los Teletubbies como he podido sin que me puedan llevar a juicio por plagio.

En mi caso, Euclides se parece a un híbrido entre una nutria y el Teletubby Laa-Laa. Ah, y en estos momentos es morado, como Tinky-Winky, pero eso solo indica que está contento. El color de su piel indica cómo se siente... o eso intenta. Después de todo, es una IA.

—Hola, cariñito —digo—. ¿Tienes hambre?

—Eztoy hambiriento. —Hace un bailecito que es en parte Teletubby, en parte Ellen DeGeneres, con una pizca de Barney el Dinosaurio.

Extiendo mi mano enguantada y un par de golosinas digitales aparecen en mi palma. En cuanto a ellas, les hice parecerse a «natillas» y «tostadas», lo que a los Teletubbies les gusta comer, pero lo suficientemente diferentes como para, con suerte, nunca recibir una notificación de que si no dejo de utilizarlos me multarán.

Euclides se declina por una tostada, una galleta de chocolate en forma de estrella con una carita guiñando un ojo. Por supuesto, la forma de la tostada, como todo lo demás, es personalizable. Me gusta la estrella (en realidad, un pentagrama) porque tiene un número primo de puntas, no porque yo sea bruja o adoradora de Satanás... Maldita sea, ya estoy otra vez, acordándome de la persona por la cual me encuentro en este estado.

—Cuéntame algo interezante —tararea Euclides después tragarse la golosina.

—Bueno, ¿sabías que tu tocayo demostró que la

lista de los números primos es infinita? —le pregunto—. Lo hizo hace más de dos mil años, y sin internet.

El pelaje de Euclides se vuelve amarillo y él se ríe.

—A vezez erez máz tonta...

Asiento y le acaricio la piel. Así debe de ser cómo es estar en el cielo. Esta parte de la experiencia es para lo que fueron diseñados los guantes, no para sentir la dureza de las pollas.

Euclides se vuelve rosa.

—Juguemoz, tírame algo.

Con un clásico gesto de lanzar, hago aparecer un palo de color morado oscuro en mi mano. Mientras lanzo el palo, no puedo evitar recordar el reciente proceso de selección del pene... mi diseño de este objeto se parece inquietantemente a una de las opciones más exóticas.

Nota personal: mantener a Bella alejada de esta aplicación. No creo que la programación de Euclides pudiese sobrevivir a lo que haría ella con el palito.

Cuando me lo trae, jugamos a otras cosas durante un rato, hasta que estoy segura de que me siento mucho mejor y preparada para dormir.

—Voy a echarme un sueñecito —le digo a Euclides.

Su pelaje cambia a una variedad de colores antes de asentarse en un verde azulado claro.

—Hazta luego. Te quero.

—Yo también te quiero. —Lo abrazo con fuerza y luego me quito el visor y los guantes.

Ahora estoy lista.

Cojo mi peluche para dormir, un Transformer que me encanta, no porque sea fan de esa franquicia superviolenta, sino por su nombre: Optimus *Prime*, primo en inglés.

Me quedo dormida, abrazada a Optimus... aunque sueño con ojos azules y sonrisas malvadas.

Capítulo Ocho

A la media hora de empezar la temida reunión de inversión, me doy cuenta de que estoy tomando nota de unas detalladas minutas de la reunión en mi notepad.

Eso es una locura. ¿Quién documenta algo que quiere que fracase? Mi única excusa es que he estado intentando no mirar al Diablo, y centrarme en mi notepad es una distracción bastante decente.

Aparte de mí y de mi equipo, en la sala están también un hombre llamado Dragomir Lamian, la gente de Dragomir, y los hermanos Chortsky, y mis esperanzas no tardan mucho en desvanecerse.

A juzgar por las miradas que se intercambian Dragomir y Bella, ella ya lo tiene en el bolsillo. Para decirlo de forma delicada. Y oye, bien por ella. El tío está tan bueno como un modelo, y bien afeitado... a diferencia de cierto otro tío que ni siquiera se ha molestado en ponerse presentable para una reunión importante.

Lo que es para volverse loca, sin embargo, es que encuentro al Diablo más atractivo que ese otro tipo bien afeitado. Grr. ¿Pero qué me pasa?

Como notando mi mirada fija, el Maléfico se vuelve hacia mí y me siento secuestrada por sus ojos. Casi puedo imaginarme la voz de David Attenborough hablando desde los cielos:

—Y así da comienzo el ritual de apareamiento humano. La hembra de la especie comienza a ovular cuando el macho...

No. Debo resistirme.

Empiezo a contar mis parpadeos igual que lo hacía de niña.

No, no me distrae lo suficiente. Luego cuento los de Bella: mirarle a los ojos parece lo bastante seguro.

En diez minutos, los recuentos son 223 (número primo) para mí y 227 (también número primo) para ella, así que lo dejo mientras voy ganando y reviso subrepticiamente mi teléfono debajo de la mesa.

Por fin, buenas noticias. La gente del hospital NYY Langone puede verme a las tres de la tarde. Programo un recordatorio en mi agenda electrónica, aunque es difícil imaginar que lo necesitaré, dado lo importante que es esto.

Así que aún no está todo perdido. Si todavía conservo mi empleo cuando el Diablo hable conmigo después de esta reunión, bien podría lograr convencerles de que aceleren los plazos.

—Gracias a todos —dice Dragomir, y vuelvo a la tierra para ver si les niega el dinero a pesar de estar comiendo de la elegante palma de la mano de Bella —. Y enhorabuena —continúa—. La siguiente ronda de financiación queda oficialmente aprobada.

Y hasta aquí llegaron mis últimas esperanzas.

Todo el mundo se pone de pie, pero yo permanezco sentada y el Diablo también... parece que no se ha olvidado de nuestra próxima charla.

Excepto que Bella tampoco se va. Sonriendo, se acerca a mí.

—Oye, Holly. Vamos a dar un paseo por el parque con nuestros perros. ¿Te gustaría venir?

¿Me está invitando a ir a pasear unos perros?

¿Lo he oído bien?

—Necesito hablar con tu hermano —digo con cautela y le lanzo una mirada.

Parece que está ocultando otra sonrisa malvada, pero no puedo estar segura.

—Alex viene conmigo. —Ella lo mira—. ¿Podéis tú y Holly hablar durante nuestro paseo?

—Es algo privado —dice él—. Estaba planeando ocuparme de ello primero y luego unirme a ti.

Ella hace pucheros.

—¿Puedes hacerlo después?

Él suelta un suspiro.

—Vale.

—Genial. —Ella me dirige una gran sonrisa—. ¿Qué tal si vienes en el coche conmigo y Dragomir, y nos encontraremos con Alex y Belcebú allí?

¿Ella acaba de decir *Belcebú*? ¿Está al tanto de mi broma secreta?

No tengo ocasión de pensarlo demasiado porque Bella me saca de la habitación arrastrándome por un brazo.

—Entonces —dice cuando estamos en el ascensor—. ¿Utilizaste el traje después de llegar a casa?

Ruborizándome, miro primero al Diablo y luego a Dragomir.

—No tuve ocasión.

Ella parece extremadamente decepcionada por un momento, pero luego sus ojos se iluminan.

—Está bien, entonces cuéntame lo de tu primera demostración.

Me sonrojo todavía más.

El Diablo se aclara la garganta.

—No se habla de negocios cuando paseamos a los perros, ¿recuerdas?

¿Me ha vuelto a salvar el Gobernante de la Oscuridad? ¿O se está reservando para algo aún peor... como untarme en alquitrán y frotarme con plumas?

La expresión de decepción de Bella regresa, multiplicada por cinco.

—Los perros ni siquiera están aquí todavía. ¿Podemos al menos hablar sobre la estimulación del pezón? Trabajé muy duro para...

Dragomir pone una mano sobre el hombro de Bella.

—*Squirrelchik*, ¿no tenías un montón de preguntas sobre la experiencia de Holly en Cambridge?

¿Hay contacto físico entre ellos? ¿Y él tiene un apodo cariñoso para ella? La probabilidad de que esos fondos no se aprobasen había sido menos que cero.

—Tienes razón —Bella me sonríe—. Estudiaste informática, como Alex, ¿verdad?

Asiento... aunque no estoy segura de si me gusta estar incluida en la misma categoría que él, sin importar cuál sea.

Ella pone su mano sobre la que todavía está posada en su hombro y le da un pequeño apretón.

—¿Cuál era la proporción entre mujeres y hombres en tus clases?

Por fin pisando un terreno más firme, respondo a su pregunta, y ella comparte unas estadísticas similares de la MIT, su alma mater.

Se vuelve hacia su hermano.

—¿Y tú? ¿Recuerdas cuántas mujeres tomaron cursos de informática en la Universidad Politécnica?

Él se pasa una mano por su rebelde cabello, lo que me hace querer peinarlo hacia atrás, tal vez haciendo uso de la violencia.

—No conozco las estadísticas oficiales, pero definitivamente había muy pocas mujeres.

Me siento en conflicto por esto. Por un lado, quiero que haya más mujeres en mi campo, pero por otro lado, me gusta la idea de que no haya mujeres a su alrededor, sin importar el entorno.

Debería estar en una isla desierta, solo conmigo.

Esposado. También habría allí utensilios de barbero. Y no demasiada ropa...

Rayos. ¿En serio he pensado todo eso? Está claro que no estoy en mis cabales.

Las puertas del ascensor se abren y Bella me acosa con más preguntas sobre Cambridge mientras atravesamos el vestíbulo. Le respondo en piloto automático, deseando poder retroceder y preguntarle al Diablo a quemarropa: «¿Conservo el trabajo? ¿Sí o no?».

Por desgracia, tan pronto como salimos, se sube a un taxi cercano y lo veo desaparecer en el tráfico con tristeza.

Es decir, con alivio.

Sí.

Definitivamente, con alivio.

—Este es el nuestro —Bella señala un coche gigante igualito a una caravana que se hubiese comido trece limusinas.

Se abre la puerta del extraño vehículo y desciende una escalera. Un hombre vestido con una chaqueta de frac aparece en la puerta y nos saluda contenido, con una voz con acento británico:

—Pasen, por favor.

Oh, repámpanos.

Me voy a morir de celos.

Este es claramente un mayordomo, a lo Carson de *Downton Abbey*. Daría mi ovario derecho por tener uno.

—Gracias, Fyodor —dice Dragomir y nos hace un gesto para que vayamos nosotras delante.

Un auténtico caballero. Bien por Bella.

Subimos al interior y miro a mi alrededor, estupefacta.

—¿No parece más grande por dentro que por fuera? —susurra Bella en tono de complicidad—. Como la TARDIS de *Doctor Who*.

Es grande, enorme, y está desordenado, a pesar de que haya un mayordomo a bordo.

De acuerdo, tengo que retirar mi comparación anterior. El auténtico Carson no toleraría esto. Tengo que esforzarme mucho ahora mismo para evitar convertirme en un torbellino limpiador.

—¿Lista para conocer a los perritos? —pregunta Bella mientras Dragomir y Fyodor se unen a nosotros, y antes de que pueda formular una respuesta, los sabuesos del infierno descienden sobre nosotros.

Capítulo Nueve

LA BESTIA peluda que lidera la carga es grande. Tanto, que estamos hablando de un tamaño proporcional al de la caravana.

Básicamente, es un poni... un poni bien alimentado.

Se levanta sobre las patas traseras, pone las delanteras sobre los hombros de Dragomir y va directo a por su cara. Casi espero que Dragomir pierda por lo menos la nariz, pero la monstruosa criatura solo llena al pobre hombre de babas.

Si le ocurriera esto a mi gemela, caería muerta allí mismo.

Mientras la bestia le hace lo mismo a Bella, examino al segundo perro: un pequeño chihuahua que instantáneamente me hace desear comerme un burrito.

—¡Winnie, no! —dice Bella con severidad

mientras el perrazo con aspecto de sasquatch intenta lamer *mi* cara.

¿Winnie? ¿Como Winnie the Pooh?

Espera un segundo. Yo había asumido que esto era un perro, pero ¿no será alguna clase de oso? Sea cual sea su especie, Winnie no parece estar contenta con la restricción de lametones, pero se conforma con husmear mi entrepierna. Y husmear. Y seguir husmeando durante lo que parecen ser los siete segundos más largos en la historia de los olisqueos de entrepierna, hasta que por fin Dragomir la arrastra de allí, murmurando:

—Chica mala.

¿Winnie o yo? Si es lo primero, entonces Winnie es hembra. Me habría imaginado lo contrario, después de todo ese olisqueo de mi entrepierna. Además, si esa raza/especie tiene dimorfismo sexual, ¿qué tamaño alcanzarán los machos? ¿El de un elefante?

—Holly, este es Napoleón Bonaparte —dice Bella, cogiendo al Chihuahua—. O Boner para abreviar.

Boner. Nada menos que erección en inglés. ¿Por qué esto me ha hecho pensar de repente en su hermano? Peor aún, me ha recordado mi precaria situación laboral, y he sentido una punzada de ansiedad en el estómago.

Ya que se me ofrece la ocasión de una auténtica terapia con mascotas aquí mismo, paso mi mano sobre el pelo corto de Boner.

El cabroncete cierra sus ojitos con gesto de éxtasis.

—Le gustas —dice Bella—. Y es bueno juzgando a la gente.

Sonrío, absurdamente complacida.

Mi relación con los animales es compleja. Crecí en una granja, rodeada de ellos, y no me refiero solo a mis hermanas. Ahora que soy mayor, todavía adoro todos los bichos peludos, pero solo en teoría. Dicho de otra manera, me encantan las mascotas cuando viven con otra persona, pero cuando pienso en mí misma, no puedo imaginarme teniendo una debido al caos y el desorden que crearía. Sospecho que la mayoría de la gente piensa lo mismo acerca de los bebés de mono.

Querer jugar con animales sin todo el desorden que conllevan fue una de las razones por las que se me ocurrió mi proyecto de realidad virtual para mascotas, de hecho. Proporciona todas las partes buenas de tener una mascota y ninguna de las malas.

—¿Les apetecería tomar una taza de té? —pregunta Fyodor, muy fino.

Dragomir y Bella responden afirmativamente y se vuelven hacia mí.

—No me importaría que me sirvieran una —digo, sonriendo al no-Carson-del todo. Realmente ha ganado puntos con eso de la «taza de té».

Nos sentamos en un sofá cercano mientras él nos sirve el té y las pastas.

Maldita sea. Nota para mí misma: nunca digas «pastas» en vez de «galletas» delante de Gia. Para el caso, tampoco digas nunca «cáspita».

Mientras tomamos nuestro té, Winnie se tumba en el suelo y Boner le huele el trasero, haciéndome reír.

Al darse cuenta de eso, Bella hace gala de una dudosa habilidad: la ventriloquia. Solo que les pone voces a los perros en vez de al tradicional muñeco de aspecto siniestro.

«Winnie, *ma petite*». Proyecta su voz para que suene como si saliera del hocico del chihuahua y habla con un fuerte acento francés en lugar del hispano que yo hubiese esperado. «Cuánto adoro tu *postérieure*. Tiene un cierto *je ne sais quoi que me* hace sentir como si hubiese pillado la rabia».

Al darse cuenta de que él la husmea, Winnie se levanta de golpe y se sube a una cinta de correr que hay ahí al lado.

Sí. Una cinta de correr. Dentro de un vehículo.

Bella proyecta su voz en la criatura gigante, dándole un fuerte acento ruso. «Napoleón Carlovich, estoy escandalizada. ¿No puedes mantener tu nariz y tus otros apéndices alejados de mis orificios ni siquiera durante una hora? Tenemos compañía, y la acabamos de conocer. ¿No sabes lo que es la vergüenza?»

Soplo mi té.

—¿Fue esta tu prueba de talento en algún concurso de belleza?

Bella sonríe.

—Nunca he participado en uno de esos, pero es un detalle por tu parte insinuar que podría haberlo hecho.

Ay, vale. ¿No se supone que la vanidad es el pecado favorito del diablo?

—¿Entonces cómo aprendiste? —le pregunto—. Proyectas muy bien la voz.

—Mis padres son dueños de un restaurante —responde, arrugando la nariz—. Actué allí... durante un tiempo.

Antes de que pueda interrogarla más, la caravana se detiene por completo.

—Tú primero —me dice Bella cuando Fyodor nos abre las puertas.

En cuanto salimos, me topo de bruces con la hermosa cara del Diablo. Sus ojos celestes se encuentran con los míos, succionando todo el aire de mis pulmones, y preciso de toda mi fuerza de voluntad para apartar la vista de esa mirada hipnótica y volver mi atención al perro que tiene al lado.

Un perro que fácilmente podría ser un koala del tamaño de un pastor alemán.

Parpadeo, completamente distraída por su descomunal ternura. Hay una cierta torpeza en la forma en que se comporta, lo que me hace pensar que podría tratarse de un cachorro.

Al verme, Belcebú comienza a mover la cola y se levanta sobre sus cuartos traseros.

¡Oh no! Va directo a por mi cara.

Como no estoy dispuesta a que me babeen, me doy la vuelta.

Pero no puedo evitar que una garra se enganche en mi top.

Riendo, aparto al cachorro y, mientras lo hago, siento que la tela se abre, seguido de una sensación de frío en mi pezón izquierdo.

Una sensación de frescor que es inconfundiblemente contacto con el aire.

Capítulo Diez

Oh, maldita sea.

El ritmo de mi corazón se acelera y mi rostro se enciende violentamente mientras intento volver a poner la blusa en su sitio con frenesí.

Acabo de conseguir enseñarle un pezón al Diablo, otra vez... y como la última vez le enseñé el derecho, ahora ya ha visto el par completo.

A su favor hay que decir que el Diablo no se queda mirando fijamente mientras aparta a Belcebú, aunque hay un claro atisbo de sonrisita burlona en su rostro.

¿Pero por qué no lo hace? ¿Es que mi pezón es poco atractivo o algo así? Me hice la depilación láser en ese vello errante que brotó de allí, por lo que debería de haber desaparecido. ¿O es que ha vuelto?

Con el pretexto de seguir arreglándome la ropa, echo un nervioso vistazo dentro de la blusa y el sostén.

Falsa alarma, todo va bien. ¡Uf!

El Diablo le dice algo en ruso al demonio, que mueve la cola sin una pizca de contrición.

Sea lo que sea lo que le haya dicho, Belcebú no lo ha retenido.

En cuanto ve a Bella, a Dragomir y a sus peludos compañeros, se vuelve loco, lamiendo las caras de los humanos primero, los morros de los perros después, y husmeando los traseros caninos para postre.

Oye, al menos no ha olido el trasero de los humanos... ni sus entrepiernas.

—¿Quieres sujetar la correa de Boner? —me pregunta Bella magnánimamente.

—No, gracias —digo rápidamente. Como es propio de la Gran Tentadora, Bella tiene una asombrosa habilidad para colocar imágenes inapropiadas en mi cerebro. Ejemplo actual: me estoy imaginando al Diablo con una erección enorme, un anillo para el pene con una correa atada y yo sosteniendo...

—¿Y qué tal la de Belcebú? —pregunta el susodicho, arrancándome de mis sucios pensamientos —. ¿Quieres pasearlo a *él*?

Belcebú mueve la cola espasmódicamente, y apuesto a que si Bella le pusiese voz a sus pensamientos, estaría gritando: «¡Por favor, por favor, por favor. Escógeme, escógeme, escógeme!».

—Estoy bien —digo, ignorando al cachorro demasiado ansioso—. Caminaré sola si no te importa.

La cola de Belcebú se viene abajo igual que sus

orejas. Siento una pequeña punzada de culpa. Quizás tendría que haber dicho que sí.

Pero no. Ese camino me conduce a agenciarme mi propio cachorro, y después de eso seguramente se desataría el Armagedón doméstico.

Emprendemos la marcha y el paseo me recuerda lo mucho que amo Central Park... aunque al parecer, no tanto como lo aman los perros. Parecen estar disfrutando del mejor momento de sus vidas mientras husmean todos los rincones y grietas en los que algún otro ha orinado previamente.

—¿Te ha contado mi hermana por qué quiso comprar tu empresa? —pregunta el Diablo.

Niego con la cabeza.

Bella tira de Boner justo cuando intentaba comerse un inocente caracol.

—Las mujeres suelen ser más susceptibles en general al trastorno de mareo causado por la realidad virtual —dice ella—. Pero los visores de Holly son la excepción a esa desafortunada regla.

Aunque no es justo llamarlo *mis* visores, me pongo derecha.

—Para nosotros era importante que las mujeres y los niños pudieran usar el equipo. Es por eso que el visor es ajustable, especialmente en cuanto a la distancia interpupilar y...

—Gente, conocéis las reglas: no se habla de trabajo cuando se pasea a los perros —dice Dragomir.

Bella lo mira con gesto culpable.

—Uy.

Lucho contra la tentación de decir que no es culpa mía ni de ella. Empezó su hermano.

Una ardilla atraviesa el sendero, y Belcebú se excita hasta parecer capaz de vender a su propia abuela con tal de cazarla. Por el contrario, Winnie no le presta atención a la criatura peluda, mientras que está claro que Boner la ha visto, pero finge que el roedor no existe.

Noto que Bella y Dragomir se han adelantado un poco con respecto al Diablo y a mí, como si nos dieran privacidad a propósito.

Ajá. Qué cosa tan rara. ¿Es porque Alex dijo que él y yo necesitábamos hablar?

Como leyéndome el pensamiento, ella nos mira por encima del hombro con una sonrisa maliciosa.

Espera un segundo.

¿Está jugando a las casamenteras? ¿Por eso que me invitó aquí? ¿Para formar parte de su propia fantasía personal de *Emma*?

Si es así, es una locura. Su hermano y yo somos como el agua y el aceite. Por otra parte, ¿no leí algo sobre que los investigadores del MIT han desarrollado un proceso de preparación de emulsiones que permite que el aceite y el agua se mezclen y se queden mezclados? Y Bella fue al MIT, así que...

No. De ninguna manera. Además, aunque ahora le caiga bien, en cuanto se entere de que traté de sabotear su sueño, me odiará a muerte: una idea que encuentro bastante incómoda.

Bueno, sean cuales sean sus motivos, yo debería aprovechar la situación y preguntar por mi trabajo.

Sí, eso es exactamente lo que debería hacer... solo que me está costando lanzarme a ello. Tal vez primero inicie una conversación trivial y luego vaya acercándome lentamente al tema.

—¿Es Bella tu única hermana? —Ahí está. Mejor que hablar del tiempo, que es agradable y soleado, por cierto.

Como Belcebú está haciendo un pis, el Diablo se detiene, y yo le secundo.

—También tenemos un hermano —responde—. Se llama Vlad.

Ajá. Así que todos los Chortsky con los que me encontrado durante mi investigación son familia. Tiene sentido.

—¿Y tú? —pregunta el Ángel Caído mientras reanudamos la marcha—. ¿Eres hija única?

Ojalá... pero, ¿irá eso con segundas?

—Tengo siete hermanas. —¿Acabo de sonar como una chula?

Una de sus cejas se arquea... otra expresión extrañamente atractiva en él.

—¿Siete?

—Sí. Yo y mi gemela, más las sextillizas… todas monocigóticas.

Una segunda ceja se une a la primera.

—¿Monocigóticas quiere decir idénticas?

¿Por qué serán esas cejas tan jodidamente atractivas?

—Así es. Mi gemela y yo tenemos el mismo aspecto, al igual que las integrantes de «la camada del mal».

Su sonrisa de sátiro es tan seductora como sus cejas.

—La camada del mal suena a lo que llamamos a Belcebú y sus hermanos: el Chort Pack. Verás, mi apellido significa...

—Del diablo —le suelto.

Él se detiene, aunque no estoy seguro de si es para concentrarse en mí o para permitir que Belcebú orine en un tronco de roble de aspecto tentador.

—¿Hablas ruso?

—Por desgracia, no. Solo es que había muchos rumores sobre vosotros en la oficina, así que os busqué en internet.

—Entiendo. —Belcebú tira de la correa, por lo que el diablo vuelve a caminar—. Los sextillizos son excepcionalmente raros, ¿verdad?

—Mucho. Las posibilidades son astronómicamente pequeñas para un embarazo natural, pero más probables cuando se usa tecnología de reproducción asistida, que es lo que hicieron mis padres.

—Ah. ¿Y tenéis todas una relación cercana?

—Sólo yo y mi gemela. Principalmente interactúo con las demás solo en celebraciones familiares. Son un poco demasiado para mí. Demasiado caóticas y desordenadas... especialmente cuando están todas reunidas en un mismo espacio.

El Maligno se ríe.

—Apuesto a que sí. Nosotros solo éramos tres y de pequeños algunos días eran una locura. Es difícil de imaginar cómo sería con ocho.

Grr. Odio que me recuerden que somos ocho. ¿Por qué los Hymans no podían ser como los Chortsky y tener un agradable número primo de hijos? Especialmente tres.

Tres sería mucho mejor que ocho.

Sin embargo, no puedo decirle eso, así que opto por algo más seguro.

—Bella y tú os lleváis bastante bien. ¿También te llevas bien con Vlad?

Él tira de la correa de Belcebú para evitar que moleste a un yorkie.

—Vlad es mi mejor amigo.

—Excelente. —Sonrío—. Igual que yo y mi gemela.

Él ladea la cabeza.

—Sé que fuiste a la universidad de Cambridge, pero ¿también viviste en Inglaterra antes o después de eso?

—¿Por qué? —pregunto, sonando a la defensiva.

—Por ciertas palabras que eliges —dice—, como excelente.

Otra vez lo mismo.

—Solo estuve allí esos cuatro años. Resulta que absorbo los idiomas y dialectos como una esponja. Hasta tenía acento británico cuando regresé, pero después de un montón de bromas despiadadas, logré dejarlo.

Él sonríe.

—Quizá si pasas el tiempo suficiente conmigo aprendas ruso. Y adquieras acento ruso.

Cabrón descarado. ¿Quiere que me tiente la idea de pasar tiempo con él? Por supuesto que sí. De lo contrario, no sería el Tentador.

Basta ya de tonterías.

Respiro hondo y suelto las palabras a toda velocidad.

—¿Podemos hablar de mi situación laboral? Si necesito actualizar mi CV, debería…

Él me mira a los ojos.

—No se habla de trabajo cuando se pasea a los perros.

—Pero…

—Las reglas son reglas —dice con severidad—. Una vez que hayamos terminado aquí, podemos organizar…

Me suena la alarma del teléfono.

¿Qué demonios?

Cuando lo reviso, me dan ganas de abofetearme.

La reunión del hospital NYU Langone es en media hora, lo que apenas me deja tiempo suficiente para llegar hasta allí.

Levanto la vista del teléfono y me encuentro con el ceño fruncido del Diablo.

—¿Va todo bien? —pregunta él.

—Sí todo bien. Pero tengo que salir como un rayo.

El ceño se transforma en una expresión confusa.

—¿De verdad?

—Lo siento. —Más fuerte, grito—: Adiós, Bella. ¡Adiós, Dragomir!

Bella se da la vuelta y viene rápidamente hacia mí.

Mierda. No debería haber dicho adiós. Ahora voy a retrasarme.

—¿Te he oído decir que te vas? —dice, acercándose a mí.

—Sí. Tengo que correr.

Bella le lanza a su hermano una mirada con los ojos entornados.

—¿Qué has hecho?

—Nadie ha hecho nada. —Mi voz se eleva una octava—. Tengo un compromiso previo, eso es todo. Cuando acepté venir con vosotros se me olvidó.

—Oh. —Bella saca el móvil—. Antes de irte, dame tus datos de contacto, por favor.

Voy a llegar tan, tan tarde... Por otra parte, encuentro la idea de que Bella quiera ponerse en contacto conmigo un poco emocionante. Me recuerda a cuando iba al instituto y quería que la chica más guapa de la clase fuese mi amiga.

¿Podría Bella convertirse en la primera amiga con quien no comparta el cien por ciento de mi ADN?

Pero, ¿qué estoy diciendo? En cuanto se entere lo que traté de hacer, no querrá que seamos amigas.

Todo lo contrario: me despedirá, si su hermano no se le adelanta.

Sin mostrar nada de esto en mi cara, tecleo mi número en su teléfono y se lo devuelvo.

Justo cuando estoy a punto de salir corriendo, el Diablo me da *su* teléfono.

—En caso de que necesite contactar contigo por el trabajo.

Mmm. ¿Quiero que él me llame? No estoy segura, pero negarme a darle mi número sería un gesto inútil. Ahora es mi jefe, por lo que puede acceder a él desde los archivos de recursos humanos si lo desea.

—Bueno, en realidad, quería el número de Holly por razones personales —le dice Bella y le saca la lengua, haciendo que Dragomir la mire de reojo con cara lasciva. Con una cálida sonrisa, ella añade dirigiéndose a mí—: Te enviaré un mensaje de texto para que tú también tengas mi número.

Siento una punzada de tristeza al saber que una amistad cercana con Bella nunca será posible. Nota al margen: ¿cuál es el equivalente femenino al amor fraternal entre tíos o bromance? ¿Es un homance, como en *hos antes que bros*? No, lo de *ho*, o sea putón en inglés, suena ofensivo. Una búsqueda rápida en Internet revela el término: *womance*.

Al darme cuenta de que me estoy demorando, introduzco rápidamente mi información y le devuelvo el teléfono al Diablo.

Los dedos del Maligno rozan los míos, y una oleada de energía seductora se dispara por mi brazo, se desliza rodeando mi corazón y electrocuta algunas mariposas en mi estómago antes de asentarse pecaminosamente en lo profundo de mi vientre.

Rayos. ¿Sus ojos celestes se acaban de abrir como platos?

Bah, no. Su gesto solo deja ver una sonrisa burlona.

—Gracias —dice, y su acento me suena particularmente delicioso—. Yo te mandaré un mensaje también.

Su «también» me ha rimado con «tres», uno de mis números primos favoritos.

—Adiós, hasta pronto —le suelto. Maldita sea. El acento británico pijo del que pensaba que me había librado ha vuelto para vengarse—. De verdad que tengo que correr.

—Adiós —dice Bella.

—*Do svidaniya* —dice el Rey de la Oscuridad, con la misma sonrisa aún en su hermoso rostro.

—Ha sido un placer conocerte —añade Dragomir.

«Au revoir, *chèrie*», dice Boner. «Espero volver a olerte en el futuro».

Con un ademán de despedida como el de la reina, echo a correr hacia la salida del parque, donde salto al primer taxi disponible y soborno al conductor para que le dé caña.

Una vez en el camino, busco *do svidaniya*.

Svidaniye significa reunión o cita, y la frase se usa

como una despedida optimista con el significado de… hasta la próxima reunión.

—*Do svidaniya* —digo en voz alta.

Animándose, el conductor atrapa mi mirada en el espejo y me lanza un torrente de palabras en ruso.

—Lo siento, no hablo ruso —me disculpo.

—Oh, lo siento. Dijo usted *do svidaniya* igual que una auténtica rusa. Perdone mi confusión —explica el conductor, con un acento mucho más marcado que el del Diablo.

Así que ya ha comenzado. Antes de darme cuenta, tendré un acento ruso tan marcado como el de este tipo y diré *do svidaniya* en lugar de *adiós*.

Oye, eso podría funcionar mejor con Gia que «hasta lueguito».

Busco otros saludos rusos por si son útiles. Hay muchos, pero el más fácil de decir es probablemente *privet*, que es un saludo informal.

El teléfono avisa de que me ha entrado un mensaje.

Es el Diablo.

Guardo su número como: nombre, Lucifer, apellido, Satanás.

El mensaje de texto de Bella llega poco después.

Puede que sea un doble rasero, pero la introduzco en mis contactos con su nombre real.

Durante el resto del viaje, cuento los segundos que mi mente pierde imaginando cierto par de ojos cerúleos. A los ciento treinta y siete dejo de contar, ya que no quiero tener todavía más pruebas de lo chiflada que estoy.

Cuando paramos junto al NYU Langone, ya llego siete minutos tarde, y el hecho de que sea un número primo es un pequeño consuelo.

Agarro un billete de cien dólares y un billete sencillo, se los tiro al conductor y salgo corriendo del coche con un grito de «quédese con el cambio».

Es hora de hacer que ocurra un milagro.

Capítulo Once

Por el camino, consigo hacer realidad un pequeño milagro: no me llevo a nadie por delante en mi loca carrera.

Sin embargo, cuando llego a la sala de reuniones, me la encuentro vacía.

Maldita sea. ¿Ya se han marchado?

Me siento para recuperar el aliento.

Se abre la puerta y entra el Dr. Piper.

—Lamento haberte hecho esperar —se disculpa—. Los demás llegarán en breve.

¡Hurra!

En lugar de llegar tarde, el destino ha hecho que parezca que he llegado temprano. Cruzo los dedos para que siga así.

Hablamos de trivialidades mientras esperamos a que llegue el resto del personal de administración. Cuando están todos, el Dr. Piper me sonríe con gesto paternal y dice:

—Es bueno que hayas llamado. Estuvimos hablando de tu proyecto en algún punto de nuestra reunión matutina de locos de hoy.

Le devuelvo una sonrisa nerviosa.

—Hablando bien, espero.

—Por supuesto —me asegura él—. Hemos estado hablando con los niños que forman parte de la prueba en beta, así como con sus padres. Las reacciones han sido todas positivas. Deberíamos hablar de los siguientes pasos.

Guau. ¿Quizás ni tendré que intentar convencerlos?

—Eso suena genial —exclamo, entusiasmada—. Me encantaría hablar sobre los siguientes pasos.

—Me alegra oír eso —dice el Dr. Piper—. Hemos iniciado nuestros trámites de debida diligencia y hemos involucrado a un consultor externo para que nos ayude con los aspectos de esta tecnología con los que no estamos familiarizados. —Suelta una risita—. Que son casi todos.

Es razonable. No pueden confiar exclusivamente en mi palabra todo el tiempo.

—Hablando con este consultor, tuvimos una idea para el paso siguiente, una que también les encantó a los padres y a los niños —prosigue él.

¿Por qué tengo la sensación de que no me va a gustar lo que está a punto de decir?

—¿Qué idea? —pregunto.

—En primer lugar, solo quiero decir que una

mascota de realidad virtual es un uso muy eficaz para esta tecnología, puede que el mejor.

Mi corazón se acelera.

—¿Por qué eso suena a que ahora viene un pero?

—Nada de peros. Solo la verdad. Tú solo tienes una aplicación, la de la mascota. Eso es algo restrictivo. A los críos les gustan los videojuegos. El consultor sugirió que expandiéramos la lista de aplicaciones.

Le miro boquiabierta. De lo que está hablando es de un clásico en la gestión de proyectos. Se llama síndrome del lavadero... solo que esto no es ningún problemilla de flujos de objetivos descontrolados sino un maldito maremoto.

Carraspeo.

—La terapia con mascotas es una terapia de verdad. Los juegos no lo son.

—El consultor nos envió un artículo sobre este mismo tema. Se ha demostrado que los juegos de realidad virtual reducen el dolor.

¿Quién será ese maléfico asesor? Lucho contra mis ganas de jurar y señalar que yo ya conocía esos estudios... que fueron el punto de partida de mi trabajo. De hecho, dichos estudios fueron la forma en que convencí a estas mismas personas para que le diesen una oportunidad a mi proyecto.

Respiro hondo para calmarme y expongo la realidad del asunto con tono neutro.

—Estoy trabajando con recursos limitados. La

aplicación para mascotas es el resultado de muchos meses de trabajo. Añadir más aplicaciones es…

—Siento interrumpir, pero ya tenemos una solución a este problema —dice.

—¿De verdad? —Me abanico con la camisa, pero con cuidado, para no causar otro incidente de pezones al aire.

—Hay una empresa que fabrica juegos para las tablets con las que juegan actualmente los niños. Además, esta empresa se ha diversificado recientemente al campo de la realidad virtual. Te los podríamos presentar y tú podrías trabajar con ellos para encontrar una manera de añadir sus juegos a tu plataforma. Sería mucho menos trabajo, ¿verdad?

Salvo porque yo quería cuadrar todo esto *hoy* y acaba de ocurrir justo lo contrario.

—Depende —digo con cautela—. ¿Cómo se llama esa empresa?

—1000 Demonios —responde él—. ¿Has oído hablar de ellos?

Yo pierdo el habla y me quedo ahí sentada, conteniendo un grito.

Cuando investigué el nombre «Chortsky», lo poco que averigüé sobre los dos hermanos fue los sitios web de las empresas que poseen.

Una de los cuales era un estudio de videojuegos llamado 1000 Demonios.

Un estudio de videojuegos propiedad, nada menos, de Alexander (Alex) Chortsky, el Diablo en persona.

Capítulo Doce

¿Cómo se ha jodido la cosa para mí tan rápido? ¿Qué posibilidades había de que quisieran que trabajara con esa empresa, de entre todas las que existen?

Bueno, 1000 Demonios *es* famosa por sus contenidos enfocados a los niños, y está ubicada en Nueva York, por lo que no es algo completamente inesperado.

A menos que...

No. No puede ser.

Pero, ¿y si...? ¿Podría ser el Diablo su Consultor Maléfico? Es decir, él es también el Maligno, así que...

—¿Te encuentras bien, querida? —El Dr. Piper me mira con gesto preocupado.

¿Cuánto tiempo llevo aquí sentada, con la mente implosionando?

—Estoy bien —miento—. Esto es algo que necesito procesar. —durante un año.

—Me parece lógico —dice el Dr. Piper—. ¿Qué tal si aplazamos la reunión por ahora? Mientras preparamos la siguiente, te presentaré a Robert Jellyheim, mi contacto en 1000 Demonios.

Robert Jellyheim. De haber tenido algún atisbo de esperanza de que hubiera un estudio de videojuegos diferente llamado 1000 Demonios, esa esperanza se habría quedado hecha añicos ahora mismo. Robert es mi contacto en el Grupo Morpheus, una empresa que no puedo mencionar aquí en absoluto, por lo del porno.

El Diablo debe de estar empleando el personal de su compañía de videojuegos para ayudar a su hermana.

Estoy tan, tan jodida…

Todos salen de la sala de reuniones excepto el Dr. Piper.

—¿Estás *segura* de que te encuentras bien? —me pregunta.

—Sí, claro —Me levanto de un salto.

—Es sólo que —se reajusta la pajarita—… si *estás* enferma, no creo que debas visitar a Jacob y a los demás.

—No estoy enferma, lo prometo —digo.

Además, ha sido un genio. Visitar a Jacob podría ser el único rayito de sol en este día de mierda.

Nos despedimos y me dirijo al ala de cuidados pediátricos de larga duración.

Maldita sea. Bobze el payaso está aquí, entreteniendo a Jacob y a los demás. Aunque yo no sufra exactamente de coulrofobia, y aunque Bobze no parece recién salido del sótano de Stephen King, prefiero mantenerme alejada de él. Bobze es el epítome del desorden: lleva todos los colores del arco iris en su desmelenada peluca, unos zapatos desproporcionados y, para colmo de males, siempre acarrea no uno, dos, tres o cinco, sino exactamente *cuatro* globos.

Como noto que estoy hambrienta, me escabullo a la cafetería y pido lo que normalmente como en el hospital: siete manzanas y una bolsita con veintitrés almendras.

Devoro las frutas y las almendras y luego voy a ver qué tal está Jacob.

¡Uf! El payaso ya se ha ido.

Me preparo para invocar a mi Mary Poppins interior y me acerco a Jacob. Tiene la nariz metida en una tablet, así que carraspeo para atraer su atención.

Él levanta la vista y me recompensa con una sonrisa infantil conmovedora.

—Hola, tía Holly.

Jacob y yo no somos familia de verdad: él es el nieto de uno de los amigos de mis padres. Aterrizó en este hospital después de un accidente en el que se rompió varios huesos. Con las dos piernas escayoladas, el aburrimiento y el dolor (en ese orden) suponen grandes problemas para él, lo que le convierte en un candidato perfecto para mi terapia con mascotas de realidad virtual.

—Hola, peque. —Le revuelvo el pelo—. ¿Cómo está Master Chief?

Master Chief es el nombre de su versión de Euclides. También resulta ser el nombre de un personaje de *Halo*, un videojuego al que una vez Jacob me obligó a jugar. Lamentablemente, solo pude tolerar la ultra violencia durante diecisiete segundos antes de tener que dejarlo, y él me llamó flojucha, quizás con razón.

La sonrisa de Jacob se hace más amplia.

—Ha crecido unos centímetros y ha aprendido algunas palabras nuevas.

No cabe duda que serán palabrotas, pero eso se lo dejo a los padres de Jacob, para que ellos se preocupen.

Él me habla de los juegos a los que ha jugado con su amigo en la realidad virtual, y yo tanteo con delicadeza qué le parecería tener juegos de realidad virtual aparte de la terapia de mascotas. No es ninguna sorpresa que su entusiasmo se desborde ante esa posibilidad, especialmente si van a ser juegos de los de pegar tiros.

Rayos. Odio admitirlo, pero lo de añadir más juegos podría ser una buena idea. Es una lástima que eso vaya a arruinarlo todo al darle tiempo al equipo del Dr. Piper para enterarse lo de la conexión con la pornografía.

Pero por otra parte, ¿cuánto costaría trasladar los juegos ya existentes a una nueva plataforma?

—Tía Holly, ¿estás bien? —pregunta Jacob.

—Perdona. —Le sonrío, desterrando todos los pensamientos errantes de mi cabeza… el chico se merece toda mi atención.

Cuando Jacob y yo nos quedamos sin cosas de qué hablar, combino sus calcetines limpios en tres pares, doblo la manta junto a su cama en un triángulo ordenado y charlo con algunos de los otros niños de la sala mientras ordeno sus respectivos espacios.

Al salir del hospital, luzco una gran sonrisa en la cara. Creo que en otra vida podría haber sido maestra. Siempre que hablo con los miembros de mi mini-equipo beta, acabo sintiéndome supercalifragilisticoespialidosa.

Compruebo el móvil en el taxi que me lleva a casa. No hay ningún mensaje ni llamada del Diablo. Uf. A cierto nivel, me preguntaba si él habría organizado una reunión para despedirme… o me habría enviado una foto de su polla.

Supongo que ahora la pelota está en mi tejado en lo que a eso concierne: respecto a la reunión, quiero decir, no en lo de la foto en bolas.

Cuando llego a casa, sigo mi rutina habitual, pero mientras tanto mi mente intenta encontrar una forma de sacarme del embrollo actual.

Justo cuando estoy lista para meterme en la cama, me detengo a examinar una idea loca que brota de entre una horda de otras igualmente malas.

Es un clásico, en realidad. Fausto pasó por ello. Brendan Fraser lo hizo en *Al diablo con el diablo*. Keanu Reeves también, en *Constantine* y otra vez más o menos en *El abogado del diablo*. Cher, Michelle Pfeiffer y Susan Sarandon lo hicieron en *Las brujas de Eastwick*. *Ghost Rider y Spawn* lo hicieron en la película y en los cómics. Puede que Katy Perry y Oprah lo hayan hecho en la vida real.

¿Y si hago un pacto con el Diablo?

Capítulo Trece

Huelga decir que dormirme con esa idea en la cabeza se convierte en misión imposible. Por la mañana, estoy más que hecha polvo, y necesito tres tazas de café cargado para mantenerme medio-coherente.

De camino al trabajo, le envío un mensaje de texto al Diablo con las que podrían ser mis últimas palabras: *¿Tienes tiempo para tener una charla?*

La respuesta es instantánea: *¿7:30 pm?*

Genial, le escribo. *¿Dónde?*

Esta vez, se toma unos segundos para responderme: *¿Qué tal mi oficina? La recordarás: es el lugar que destrozaste.*

Nos vemos allí, es lo que le respondo, a pesar de que mis dedos arden por escribir algo mucho más grosero.

Plan para la reunión: buscar la manera de no ser despedida. También en la lista de cosas por hacer: no mirar al Diablo con ojos de cachorrita, no babear y nada de fantasías acerca de acicalarle. Debo resistirme a sus artimañas masculinas a toda costa.

Soy la primera en llegar a la oficina, pero tengo demasiada energía nerviosa para hacer algo útil. Una cosa lleva a la otra, y me sorprendo moviendo algunos escritorios que parecen desalineados, así como agregando/quitando bolígrafos y otras minucias en los espacios de trabajo de los demás para que sumen bonitas y agradables cifras.

Se abre la puerta del ascensor, poniendo punto final a mis esfuerzos.

Es Alison, la directora del equipo de garantía de calidad.

—Hola. —Sonrío a la mujer, que es más mayor que yo—. ¿Cómo estás?

—Hola, Holly —dice—. ¿Recibiste mi correo electrónico sobre un error que mi equipo encontró en Euclides?

Al grano y sin cumplidos: eso es lo que me gusta Alison.

—No, perdona. Aún no he tenido ocasión de revisar mi correo electrónico.

—Se bloquea del todo si le das cuatro tostadas y le lanzas el palo seis veces justo después. He hecho que varias personas replicaran el problema en varios dispositivos.

Cuatro y seis. Números no primos y desagradables. Por supuesto que bloquean la maldita aplicación.

—Lo investigaré, gracias.

Ella se va rápidamente a su escritorio mientras yo abro mi ordenador y entro en el código de Euclides.

Hacia después del mediodía, he solucionado el descubrimiento de Alison y se lo hago saber.

—Haré que alguien repita las comprobaciones —dice. Bajando la voz, agrega—: Por cierto, he escuchado un nuevo rumor.

Me acerco más a ella. Es tan buena descubriendo chismes jugosos como detectando fallos de software.

—Los Chorstky van a mudarse ya —me cuenta—. Quizás incluso lo hagan mañana.

Sí. Eso me cuadra… pero no se lo digo. Tampoco menciono la posibilidad muy plausible de que yo no esté aquí mañana para presenciar la invasión demoníaca. Todo depende de la conversación pendiente.

—Si escuchas algo más sobre los Chortsky, cuéntamelo —susurro—. O si encuentras alguna otra forma de bloquear al pobre Euclides.

Ella promete que lo hará, y yo vuelvo sobre mis pasos hasta mi escritorio, donde, desafortunadamente, Buckley está esperando para hablar conmigo.

No soy la fan número uno de Buckley. Le gusta carraspear un montón y por lo general, un número par de veces.

—Hola, jefa —dice y se aclara la garganta dos veces—. ¿Tienes un minuto?

Este hombre es un enigma. Me ascendieron a Directora Técnica por encima de él, así que pensé que me odiaría después. Imagina mi sorpresa cuando me invitó a salir. Por supuesto, tuve que negarme, sobre todo porque no creo que los romances de oficina sean apropiados, pero también había otra razón más superficial: encuentro su cuerpo y su cara asimétricos estéticamente desagradables.

—Puedo hablar —le respondo—. ¿Qué pasa?

Se aclara la garganta dos veces más.

—Me preguntaba si has tenido noticias de la nueva gerencia.

Me encojo de hombros sin comprometerme.

—¿Por qué?

Se rasca su perpetua barba incipiente... una elección estética que no sumó nada a sus posibilidades cuando me invitó a salir.

—Me preguntaba si la fusión significa que habrá oportunidades para que nos movamos dentro de la organización más grande. No es que no me guste trabajar para ti, pero...

—No digas más. —Le sonrío—. Escribiré a mi equivalente en el otro lado y veré qué tienen para ti.

—Gracias, Holly —dice y se aclara la garganta una sola vez, un milagro—. Aprecio de verdad que hagas eso.

Tan pronto como se va, le escribo un correo electrónico a Robert Jellyheim en el que hablo maravillas de Buckley. Si consigue el ascenso que quiere, es posible que nunca más tenga que volver a escuchar su carraspeo.

Ya que estoy con el correo electrónico, intento revisar el millón de mensajes que esperan mi atención. Para cuando mi bandeja de entrada está vacía, ya ha pasado la hora normal de salida.

Al igual que ayer, la gente no se va, sin duda esperándome otra vez.

Vale. Puedo volver a fingir que me voy. De todos modos, debería comer algo antes de la gran reunión. Y para que conste, que vaya a Miso Hungry no tiene nada que ver con la esperanza de ver al Diablo allí, como la última vez.

Para nada.

Pues no.

Enderezo unos cuantos escritorios más y muevo unos bolis para que sumen números primos mientras salgo, tanto porque me apetece como para atraer la atención de los demás. Luego salgo corriendo hacia el restaurante.

—¿Para llevar? —pregunta la camarera en cuanto me ve.

—Para llevar —respondo y miro a mi alrededor.

Ni Demonio, ni Bella.

Uf. ¿Qué es esta oleada de decepción que se estrella contra mí? No deben de ser criaturas de costumbres, no tanto como yo.

Oh, bueno. No todo el mundo es perfecto.

Con la comida en la mano, regreso a la oficina vacía y me como mi sopa de miso con cuarenta y siete cubos de tofu y diecisiete trozos de cebolleta. Luego consumo las veintitrés rodajas de rollo de aguacate. Lamentablemente, en mi estado actual, podría estar igualmente masticando la bolsa de papel en la que llegó el sushi y me sabría a lo mismo.

A las siete y cuarto, las puertas del ascensor se abren y de él salen los hermanos Chortsky.

Bella tiene todavía más aspecto de justo acabar de bajarse de una pasarela, y el Diablo de alguna manera está más desaliñado de lo habitual si cabe… lo que da al traste con mi intento de evitar esas fantasías mías de asearlo. *O con mantener los latidos de mi corazón a ritmo normal y mi libido bajo control.*

—Hola. —Bella me hace un gesto con su delicada mano de una manera sospechosamente parecida a la de una participante en un concurso de belleza para alguien que supuestamente nunca ha participado en ninguno.

Yo le devuelvo el gesto.

—Encantada de verte otra vez.

—*Privet* —dice el Diablo.

—Eso significa hola —traduce Bella.

—¡Ah del barco! —respondo yo al Diablo.

Espera, «¿ah del barco?». La última vez que lo comprobé, hoy no era el Día Internacional de Hablar como un Pirata. La maldita adrenalina realmente está haciendo estragos en mi cerebro.

Actuando como si «ah del barco» fuese una respuesta normal a un saludo ruso, los hermanos entran en sus oficinas.

Los siguientes once minutos parecen estirarse y durar todo un año.

Por fin, es la hora.

Me levanto y me dirijo a la oficina del Maligno.

Sigo teniendo la mente llena de piratas, al parecer, porque no puedo evitar sentirme como si estuviese a punto de pasear por la tabla. Su puerta cruje como la susodicha tabla y una vez la abro, casi espero ver el desastre que formé ayer.

Pues no. Alguien lo ha limpiado.

Bien. No me refrotarán la nariz contra mis pecados, como a un cachorro. Por otra parte, él no ha sustituido el teclado ni el monitor rotos... y en vez de eso está trabajando con un portátil, lo que debe de resultarle mucho más incómodo.

Bueno, a ver qué pasa.

Me adentro en la guarida del Diablo.

Capítulo Catorce

El Príncipe de las Tinieblas cierra el portátil.

—Siéntate, por favor.

Dado que el sofá es el único lugar disponible, me dejo caer allí y hago todo lo posible por no pensar en las cosas que una versión virtual de él me estaba haciendo anoche sobre esta misma superficie.

Los ojos celestes del Tentador me escanean con atención, como si planeara crear un modelo mío en 3D en la realidad virtual.

¿Acabo de pestañear coquetamente hacia él?

Me temo que sí.

¿Cuenta eso como ponerle ojitos?

Se acerca.

Maldita sea. Nada está yendo según lo planeado.

Por lo menos, no estoy babeando. ¿O sí? ¿Parecería raro si lo comprobara?

—Dado que en cualquier momento puede llegarte

un recordatorio de otra reunión más importante, iré al grano —dice él—. No estás despedida.

—¿Perdón?

Espera. ¿Pero qué hago?

Ha dicho que no estoy despedida.

Lo he oído bien... solo que no me lo esperaba.

Además, ¿no hace calor aquí?

Me siento mareada y eufórica a partes iguales.

—Acabo de decirte que conservas tu empleo —enuncia él—. Con ciertas condiciones, por supuesto.

Ah. Allá vamos. Saber que hay alguna pega me hace sentirme mejor. Si no, las cosas serían demasiado buenas para ser ciertas.

—¿Cuáles son las condiciones? —pregunto.

¿Estará a punto de hacerme una proposición indecente?

Y lo que es más importante, ¿tengo esperanzas de que lo haga?

—Hay dos. —Tamborilea con sus dedos largos y masculinos sobre el escritorio. ¿Está mal que esté imaginándome que me acarician a mí?—. Vas a colaborar con el proyecto de integración —dice, arrancando mi mente de los deliciosos masajes imaginarios—. Los problemas que mencionaste, el visor y los guantes que no funcionan como deberían con el traje, serán tu máxima prioridad.

—Me parece bien —digo, y lo digo de verdad—. ¿Cuál es la segunda?

—Sí. —Frunce el ceño—. Esto debería ser evidente, pero voy a dejártelo muy claro. Nada de poner palos en la rueda en cuanto al trabajo de mi hermana. Si se te ocurre introducir ni un error mínimo siquiera en el código de la integración, serás historia. Si las cámaras dejan de funcionar en cualquiera de nuestras oficinas, se acabó. Si un virus infecta cualquiera de nuestros ordenadores, o en otro sentido, a algún empleado de valor crítico, estás fuera. Si hay...

—Me hago una idea —digo—. Tenemos un trato.

—Parece que sí. —Él abre su portátil—. *Do svidaniya*.

Carraspeo, inspirándome en Buckley. No ser despedida es solo el primer punto de mi plan, pero no estoy segura de cómo proceder.

—Podemos discutir los detalles del proyecto de integración mañana, cuando mi hermana y yo nos hayamos trasladado oficialmente a estas oficinas —dice él, claramente malinterpretando mi vacilación en marcharme.

A ver qué pasa.

—Hay algo más que quería discutir contigo.

—¿Sí? —Me deja paralizada con esa intensa mirada celeste—. ¿De trabajo o personal?

Siento la piel decididamente caliente y hormigueante.

—De trabajo. Estrictamente profesional. No personal en lo más mínimo.

Me obligo a callarme, ya que me parece que sueno a esa «dama que protesta demasiado» en *Macbeth*.

Él frunce el ceño.

—Así que de trabajo.

¿He detectado un gesto de decepción revoloteando por sus rasgos? Bah, no. Deben de ser mis ovarios hiperactivos desquiciándome.

—1000 Demonios tiene un contrato con el hospital Langone de la Universidad de Nueva York —comienzo.

Sus ojos se agrandan.

—Creía que no te dedicabas al espionaje corporativo. ¿Cómo lo sabes?

Le recuerdo que el sitio web de su empresa lo menciona públicamente como propietario y le hablo de mi reunión en el hospital y de por qué el Dr. Piper me informó sobre su contrato.

—Entonces, ¿quieres mi ayuda para poner algunos juegos en el visor? —pregunta él cuando termino de explicárselo.

—Sí. He supuesto que ganarías aún más dinero con NYU Langone de esta manera. Así que todos salimos ganando.

Se rasca esa maldita barba de su barbilla, activando mis fantasías de aseo una vez más.

—No estoy seguro de que pagasen más. Apuesto a que solo incluirían la realidad virtual como plataforma en el contrato ya existente... no hacen distinciones entre tabletas, consolas o teléfonos en este momento, así que esto es así.

Mi corazón se siente como si el hechicero de una tribu acabase de encogerlo.

—¿Así que no vas a ayudarme?

Una sonrisa de sátiro ilumina sus hermosos rasgos.

—Yo no he dicho eso. Creo que podría ayudarte... por un precio.

Allá vamos.

Prácticamente puedo imaginarme pinchándome un dedo y firmando un contrato cediendo a mi primogénito.

Empiezo a temblar por dentro, y ya no solo por mis ovarios.

—¿Qué es lo que quieres?

—Dos cosas más —dice, con una voz baja y profunda—. No relacionadas con el trabajo esta vez.

Lo sabía. El Diablo va a exigirme uno de sus tratos... uno no puede ocultar su verdadera naturaleza.

—¿Qué cosas? —Estoy impresionada conmigo misma. Mi voz es firme y el acento británico no ha vuelto a aparecer.

—Bella se está comiendo las uñas por saber qué te pareció el traje —dice—. Quiero que le hagas un informe completo. Eso la hará feliz.

Lo miro boquiabierta. Por un lado, esto no es completamente ajeno al trabajo, pero por el otro, es una locura.

—No estoy cualificada para eso —explico, dándome cuenta de que me agarro a un clavo ardiendo—. No soy de control de calidad.

—Oh, no te preocupes —dice él—. Bella tiene un

formulario y todo. Además, puede ponerte en contacto con Fanny... ella tiene experiencia en estas cosas.

¿Hay alguien llamado Fanny metida en esto? Pobre mujer. En Inglaterra, eso significa vagina, aunque aquí en los EE. UU. Significa trasero, por lo que tampoco es que sea una gran asociación.

Maldita sea. Ahora el Diablo me hace pensar en vaginas y traseros.

—¿Y qué más? —pregunto sin comprometerme.

Sus ojos chispean.

—Mañana es el cumpleaños de mi padre. Quiero que vengas conmigo a su fiesta.

Mi respiración se acelera.

—¿Cómo... en una cita?

La sonrisa burlona está de vuelta.

—No como en una cita de verdad. Es una cita fingida. Mi madre ha estado tratando de liarme con casi cualquier mujer, y quiero que deje de hacerlo.

Vaya una idiota. ¿Cómo se ha atrevido a intentar liarle con algún putón? Porque yo...

Guau. Me he venido arriba bien deprisa. Por lo que sé, su madre podría ser una dama encantadora.

—Una no-cita. —Saboreo las palabras y me parecen insípidas.

¿No debería sentirme aliviada de que no me haya exigido ese primogénito... o ser el padre de dicho primogénito? Además, ¿por qué me resulta tan fácil imaginarme a ese hipotético engendro demoníaco?

No cabe duda de que tendría sus ojos celestes, mi cara ovalada, su...

—Entonces —dice el Diablo, sacándome del delirio inducido por las hormonas—. ¿Has ido alguna vez a una fiesta rusa?

Niego con la cabeza.

—¿Un restaurante ruso?

Otro gesto de negación.

—Entonces prepárate para algo grande. La comida es increíble y hay un espectáculo incluido. —Me mira de arriba abajo—. Pero ten en cuenta que el código de vestimenta es bastante formal, así que deberías pensar en ponerte algo bonito.

¿Está diciendo que no llevo algo bonito *ahora*? Qué mamonazo. Para más inri, él lleva una sudadera con capucha. ¿No está viendo la paja en mi ojo en vez de la viga en el suyo?

—Vale —mascullo entre dientes—. Acepto tus condiciones.

—Genial. Te enviaré un mensaje de texto con los detalles.

Me doy la vuelta sobre mis tacones furiosamente y me dirijo a la puerta.

Con una velocidad digna de su naturaleza sobrenatural, el Diablo se pone en pie de un salto y me abre la puerta.

Parece que convencer al mundo de que él no existe no es el único truco que intenta hacer el Diablo. También quiere que yo crea que es un caballero.

Maldita sea. Ahora, si quiero salir de este lugar,

tendré que pasar cerca de él o pedirle de malos modos que se aparte, lo cual no quiero hacer.

Doy un paso adelante.

Un leve aroma a delicioso té entra en mis fosas nasales y se me hace la boca agua. Oolong, keemun, tal vez lapsang souchong, junto con algo inefablemente masculino.

Otro paso.

Nuestras miradas se fusionan.

Hay un tumulto en mi vientre: mis traicioneros ovarios sin duda están tratando de estrangularse entre sí.

Cuanto más me acerco, más hipnotizada me siento por su mirada.

Tal vez debería retroceder... ¿o qué tal ser grosera después de todo?

Eso sería prudente, pero tampoco lo hago. Como una estrella condenada, atrapada por la gravedad de un agujero negro, me siento atraída por él, que debe de ser la razón por la que acorto la distancia.

Vete, Holly.

Noto los pies soldados al suelo.

No lo hagas, Holly.

Me levanto de puntillas.

Su cabeza se inclina hacia mí.

No. No, no, no. No puedo hacerlo. No debería hacerlo. Si nos besamos de verdad, me estallarán los ovarios y...

—Oh, lo siento —dice la voz de Bella desde unos metros de distancia—. Volveré en...

No escucho lo que dice a continuación. Finalmente, apartando mi mirada de la del Diablo, salgo disparada hacia el ascensor.

Gracias a Dios, las puertas se abren al instante: de lo contrario, me habría lanzado hacia la escalera de la salida de incendios.

Mientras bajo y corro a por un taxi, tengo la mente en blanco y el corazón acelerado como un loco. No es hasta que llego a casa y me cambio las bragas empapadas cuando finalmente me quito de encima la conmoción provocada por ese roce con el Diablo.

Sigo mi rutina nocturna habitual como un robot, pero eso deja espacio en mi cerebro para pensamientos errantes. Pensamientos como: ¿me iba a besar o me lo he imaginado? Y si quería besuquearse, ¿significa eso que nuestra cita falsa no es tan falsa?

No. No puede ser. Estoy segura de que él no me ve de esa forma.

Y lo que es más importante, aunque lo hiciera, eso no puede ocurrir.

Después del desastre con mi ex, no estoy preparada para tener citas. Puede que nunca lo esté, aunque si lo estuviera, no las tendría con el puto Diablo.

No hay nada más complicado que mezclar el trabajo y la vida amorosa, incluso cuando RR.HH. considera que una relación es apropiada... digamos, cuando las dos personas están en departamentos diferentes. En este caso, sin embargo, es prácticamente mi jefe, por lo que definitivamente va en contra de la política de la empresa. Y no olvidemos que es malvado, de hecho podría ser el mismo Consultor Maligno. Peor aún, siempre va desaliñado.

Hablando de eso, ¿por qué me atrae siquiera?

Es un misterio de las proporciones del triángulo de las Bermudas.

Cuando termino mis rutinas nocturnas, me voy a la cama, pero aun teniendo el peso de todo el insomnio reciente presionando contra el fondo de mis ojos, sigo tumbada allí una hora antes de admitir que vuelvo a ser incapaz de dormirme una vez más.

Vale. Bien podría hacer algo útil en lugar de dar vueltas y más vueltas durante horas.

Me levanto y abro mi armario para elegir un modelo para el cumpleaños.

El problema es que mi filosofía habitual sobre la ropa se va a volver contra mí y a morderme el trasero. Para limitar el tiempo que se pierde en tomar decisiones, uso lo mismo todos los días: una de las siete blusas blancas idénticas con botones (cada una con cinco botones en la parte delantera) y uno de los siete pares de pantalones negros idénticos. Ya que estaba usando este combo exacto cuando el diablo dijo «ponte algo bonito», eso implica que mi atuendo habitual de trabajo no servirá. Ni mi ropa de estar por casa. También es toda idéntica, con camisetas y pantalones de yoga optimizados para la comodidad, no para ser «bonitos».

Uf.

Miro en la sección de «fuera de rango» del armario.

Hay tres vestidos idénticos de cuando salía con mi ex.

Espero que se ajusten al criterio «bonito» del Diablo.

Me meto en uno.

Grr. No puedo respirar y parece que mis tetas estén a punto de estallar. Parece que he cogido algo de peso.

Maldita sea. No puedo arriesgarme enseñar el pezón por tercera vez... especialmente porque voy a estar delante de toda la familia del Diablo al completo.

Uf. Esto significa que tendré que ir de compras.

Odio ir de compras, sobre todo porque si existiese algo como la inteligencia con respecto a la moda, mi la cifra de mi coeficiente intelectual estaría hundido en el abismo, sin pasar del 31.

Oh, bueno. Al menos soy lo bastante inteligente como para distinguir cuando debo pedir ayuda.

Saco mi teléfono y le envío un *Hola* a mi gemela. A pesar de su estilo basado en un cruce entre Criss Angel, estrella de rock y vampiro, su inteligencia en cuanto a la moda es al menos tres desviaciones estándar más alta que la mía.

Ella responde al instante: *¿No estás durmiendo? ¿No era sagrado acostarse a las once?*

Por supuesto. Ella no sabe sobre lo de mi insomnio desde que le mentí sobre el golpe fallido.

Será mejor que confiese.

¿Puedes hacer una videollamada?, pregunto.

Sí que puede, así que le llamo y se lo cuento todo, incluyendo que no tengo el vestido apropiado.

Cuando termino de hablar, su rostro muestra esa expresión traviesa que las sextillizas y yo aprendimos a temer en nuestra infancia, la que ves antes de que te enteres de que ha escondido una docena de despertadores en tu habitación, o que ha pegado una bocina con celo bajo el cojín de tu silla o que ha cambiado la crema de tu donut favorito por mayonesa.

—Antes de que hablemos de lo de ir de compras —expone—, tengo que decirte que estoy totalmente en desacuerdo contigo.

Suelto un sonoro suspiro.

—¿Con qué no estás de acuerdo?

—Esta salida al restaurante suena totalmente a cita.

Me acerco el teléfono a la cara para que pueda ver claramente mi ceño fruncido con desaprobación.

—No. No lo es.

Ella también se acerca el teléfono a la cara, hasta que solo puedo ver un gigantesco ojo azul.

—Sí lo es.

—No lo es.

A partir de aquí, la sofisticación de nuestras técnicas argumentativas acaba quedando reducida a:

—Que sí.

—Que no.

El ojo gigante se pone en blanco, y luego ella se aparta el móvil de la cara.

—¿Quedamos en que no nos vamos a poner de acuerdo?

Yo también me alejo del móvil.

—Si es eso lo que hace falta para conseguir que me ayudes...

—Oh, iba a ir de compras contigo de todas formas —dice—. Ya he visto tu armario. Hace muchísimo que tendría que haberse hecho.

Entorno los ojos.

—Sólo vamos a comprar lo que me hace falta.

Su sonrisa ahora mismo es francamente malévola.

—Exacto. ¿Qué tal si me paso por tu casa a las nueve? Vamos a ir a Madison Avenue. Te lo puedes permitir.

—Ideal —digo sin pensar.

—Formidable, *mileidy*, hasta pronto —contesta con un burlón tono snob y cuelga.

Maldita sea. Olvidé advertirle que de ningún modo pienso llevar ropa de putón para ir a esa fiesta... que será su primer instinto, sin duda.

Cuando pongo el móvil en el cargador, me doy cuenta de que existe un pequeño problema con nuestro plan.

Como Directora Técnica, nunca me ha hecho falta explicarle mis idas y venidas a nadie de la oficina, pero ahora las cosas son diferentes. Mañana es el día en que el Diablo y Bella se mudarán a nuestras oficinas y seguramente se preguntarán dónde me he metido.

La solución es simple. Le escribo un mensaje al Diablo:

No estaré en la oficina mañana. Tengo que prepararme para el cumpleaños. Si tienes algún problema con esto, estaría encantada de cancelarlo.

Eso es. ¿Quizás ahora se puedan evitar las compras?

Su respuesta es instantánea:

Te veo en la fiesta.

Oh, bueno. Era demasiado esperar que lo cancelara. No es que realmente quiera que él lo haga de todos modos. No si mi hermana tiene razón y hay una mínima posibilidad de que esto *sea* una cita.

Lo cual no es.

De ninguna manera.

Y yo no quiero que lo sea.

Me voy a la cama, pero el sueño vuelve a resultarme tan escurridizo como una anguila engrasada.

No me cuesta demasiado identificar a la principal culpable. Es la segunda exigencia del Diablo: compartir mi experiencia del traje con Bella. Hay tantos problemas distintos en ese concepto que no puedo decir cuál es el peor. Para empezar, cuando yo hago algo, me gusta hacerlo bien... y en este caso, carezco de la experiencia en control de calidad para poder hacerle justicia a esta tarea.

Me siento en la cama. Ese problema tiene

solución. Alison tiene un manual de formación para los nuevos empleados del departamento de calidad.

Enciendo el portátil, busco el manual y rápidamente encuentro un filón.

Empiezo a leer.

Fascinante. Justo lo que necesitaba.

Cuando termino, siento un renovado respeto por Alison y su equipo, pero por desgracia no estoy más cerca de dormirme, aunque hay gente que encontraría soporífero el material de lectura que acabo de terminarme.

Una parte de mí vuelve a sentirse tentada por el traje. Puede que tener un orgasmo me ayude a dormir, y si voy sin dormir, la fiesta puede suponer un calvario todavía peor.

No. No voy a dejarme llevar por mis deseos más básicos, ni a usar el traje para conciliar el sueño.

Pero espera. ¿Por qué me están llevando mis piernas hasta la mochila de estampado genital?

¿Y por qué estoy sacando de ella el maldito traje?

Cuando dejo el traje sobre la cama, la razón se hace evidente al instante: lo voy a usar para hacerle el informe a Bella. Sí, eso es. La última vez no completé la demostración y por eso no puedo darle a Bella una imagen completa. Hablando de cosas completas, a diferencia del cunnilingus, el coito *sí es* algo que he hecho en la vida real, así que seré capaz de responder a cualquier molesta pregunta de «¿La sensación es como si fuese real?»

Sí, eso es. No estoy haciendo esto por lascivia, es

solo porque me lo exige mi afán interno de acabar todo lo que empiezo.

Excelente. Esa es mi historia y la mantendré hasta el final. Después de todo, usar el traje con el manual de calidad en mente hará que preste atención a todas las cosillas que puede que se me pasaran por alto antes... como el grosor, la longitud y la dureza de ciertos elementos.

Cuando se trata del pollón del Diablo de realidad virtual, los pequeños detalles son los que marcan la diferencia.

Después de embutirme en el traje, paso por los mismos criterios de selección que la vez anterior... con una pequeña diferencia.

Le pongo al Diablo virtual una polla mucho, mucho más grande.

Capítulo Quince

EL SIMULACRO de Diablo desnudo empieza a bailar, igual que la última vez.

Tragando cubos de saliva, intento abordar esto como lo haría un empleado de control de calidad.

Pues no. Me estoy imaginando a la pobre Alison teniendo un ataque al corazón, y mirarlo a él tan de cerca hace que mi grado de distracción achacable a la excitación sexual empeore.

Tal vez esto no haya sido una gran idea.

«¿Quieres que haga una demostración de lo que puede hacer el traje?» pregunta la demo una vez más. «Sí o no».

Un «sí» teletransporta al Diablo virtual a mi lado, y su polla aumentada hace que resulte más duro estar demasiado cerca de él.

Más duro, pero mucho.

¿Cómo habrá conseguido Bella que el traje tenga

tal variedad de falos sin un montón de consoladores ocultos?

Será mejor que no le pregunte eso. Si lo hago, no conseguiré hacerla callar jamás. Además, como con la magia de Gia, algunas cosas son más divertidas cuando conservan su misterio.

Por otra parte, ¿deberían en realidad ser falos o phalos, dado que la palabra falo está basada en el latín y en latín se escribe la f con ph? Tendré que comprobarlo... junto con el caso de pene, otro elemento importante en mi lista de tareas pendientes.

«¿Continuar?» pregunta la demostración.

Cuando digo que sí, él vuelve a sujetarme un pecho con la mano.

¿Manual de control de calidad? ¿Informe para Bella? ¿Qué tonterías son esas? En serio, ya no me acuerdo de nada.

Después de responder que sí, él vuelve a apretarme el pezón.

Apostaría mi vida a que esto es lo que se sentiría si el verdadero Diablo lo hiciera, lo cual nunca hará.

Otra pregunta. Respondo.

Me toca el clítoris... y yo casi me corro en el acto.

«¿Quieres probar la fase del cunnilingus? ¿Sí o no?».

Jo, no lo sé... Sí, joder, por favor.

La sensación de una lengua húmeda allí abajo es tan realista que una vez más vuelvo a preguntarme vagamente cómo lo habrá logrado Bella.

Me lame una, dos, tres veces.

Me estoy acercando.

Me succiona el clítoris.

Se me curvan los dedos de los pies.

Ya casi estoy ahí.

Termina, por favor. He sido buena, lo prometo.

Pues no.

Maldita sea. Todo se detiene, como la última maldita vez.

Además, me he olvidado por completo del control de calidad.

«¿Quieres probar la fase de penetración? ¿Sí o no?».

Lo pienso durante todo un segundo. Nunca antes me había sentido tan vacía. Jamás había estado tan preparada para recibir...

Todo el mundo de la realidad virtual se pone rojo y aparece un gran recuadro en el aire: «Por favor, recarga las baterías».

¡Noooo!

Así es como debe de ser el infierno... acceso a una gran polla que se queda sin batería en el peor momento posible.

Me quito el traje y localizo su puerto de carga.

¡Uf! Un puerto USB normal.

Un poco celosa del orificio del USB, al que sí se lo han metido, a diferencia de mí, dejo el traje conectado a mi portátil para que se cargue. Luego me tumbo en mi cama y me debato sobre si debo esperar y reanudar las pruebas hoy o acabar a mano lo mío y lidiar con esto en otro momento.

Cada vez me pesan más los párpados, así que cierro los ojos: no los necesito abiertos para decidirlo.

Como si hubiese estado acechando a la espera de esta oportunidad todo este rato, el sueño se abalanza sobre mí y me deja noqueada.

Capítulo Dieciséis

Me despierta el sonido de la maldita alarma.

En mi sueño, el Diablo, el real, no su imitación virtual, estaba a punto de hacer que me corriese por fin.

¡Qué pena me doy! Si no fuese tan sensata, teorizaría sobre si esto es obra del Maligno: está haciendo que mis niveles de excitación sobrepasen de los de un chaval adolescente y se adentren en el territorio en el que podría vender mi alma a cambio de un orgasmo.

Un momento.

Mi pacto con el Diablo. La fiesta.

Gia estará en mi portal a las nueve, así que necesito sacar mi trasero de la cama y comenzar mi rutina matutina de siete pasos.

—Bueno, tengo un efecto mágico que quería probar contigo —dice Gia cuando entramos en unos lujosos grandes almacenes.

Por todos los dioses de la galaxia. Como si ir de compras no fuese ya lo bastante malo, ¿ahora tendré que lidiar con esto también? Cuando éramos niñas, nuestras hermanas y yo tuvimos que aguantar nuestra ración de la magia de principiantes de Gia, y yo recibía la peor parte. Si tuviera un dólar por cada carta que he elegido en mi vida, sería dueña de toda esta tienda.

—Es uno bueno —dice Gia, sin duda captando mi vacilación—. Y breve.

¿Breve? Supongo que no todo está perdido.

—Adelante.

—¿Puedo ayudarlas? —nos pregunta una vendedora de aire altanero antes de que Gia pueda continuar.

—Ella necesita un nuevo modelito —dice Gia, haciendo un gesto con la cabeza en mi dirección.

La señora me mira de arriba abajo con una mirada que parece decir: «Chica, ¡cuánto trabajo tienes por delante!».

—Antes de ponernos con las compras, tal vez pueda participar en un pequeño experimento que mi hermana y yo estábamos a punto de emprender —dice Gia, totalmente metida en su personaje escénico.

La señora la mira con recelo, pero eso no disuade a mi gemela en lo más mínimo.

—Cuando yo lo diga —dice Gia—, pensará en un

número impar de dos dígitos. Un número tan impar, de hecho, que ambos dígitos sean impares. ¿Sí?

El asentimiento de la dama es más reacio que el mío, pero no por mucho. También me pregunto si Gia es ciega a la ironía de pedirnos que pensemos en un número impar mientras actuamos de manera tan dispar con respecto a lo que deberíamos estar haciendo.

A menos que ¿será eso parte del truco?

—Ya tengo uno —digo, ya que sé manejar a mi gemela mejor que la dependienta.

—Yo también —dice la señora con todo el entusiasmo de quien ha entrado en *La dimensión desconocida*.

Con un destello de fuego y humo, un bloc de notas y un bolígrafo aparecen en la mano de mi hermana.

Guau. Gia ha mejorado mucho desde la última vez que me enseñó algo. No tengo ni idea de cómo lo ha hecho.

La dependienta se pone la mano en el pecho, sin duda inquietándose porque las alarmas de incendio estén a punto de sonar.

Gia escribe algo en la libreta.

—Venga, he apuntado mi respuesta así, a lo loco.

Pues qué divertido. Ciertamente está actuando como alguien que debería estar apuntada en las listas de locos pendientes de encerrar.

Pone la libreta en las manos de la atónita vendedora.

—Cuando cuente hasta tres, diréis vuestros números en voz alta.

Cuenta hasta tres.

—37 —digo al mismo tiempo que la empleada de la tienda dice exactamente lo mismo.

Dos veces guau.

—Mirad la libreta —dice Gia.

Sí. En la libreta hay un 37.

No solo es que una perfecta desconocida y yo hayamos pensado en el mismo número, sino que además Gia sabía cuál sería con antelación.

¿Cómo? Ella podría haber adivinado que yo diría 37... es un número primo permutable porque puedes sacar 73 de él, que también es primo, y a mí me gustan ese tipo de cosas. Por otra parte, nada me ha impedido elegir el 13. Es un número primo gemelo del 11 porque están a dos números de distancia, y se ajusta a su criterio de «ambas cifras impares».

La auténtica pregunta es: ¿por qué habrá dicho esta señora exactamente el mismo? ¿Y cómo sabía Gia que lo haría?

—¿Se trata de mensajes subliminales? —pregunta la señora.

Error de principiante. Gia nunca admitirá cómo lo ha hecho, ni siquiera a alguien con ADN idéntico al suyo.

Mi gemela sonríe con aire de misterio.

—¿Sabe guardar un secreto?

La dama asiente.

—Yo también —dice Gia con expresión triunfal.

Si tuviera un dólar por cada vez que he oído este chiste, también sería dueña de esta tienda.

La dama se frota las sienes.

—Me duele la cabeza. ¿Es a causa de usted?

—No, pero extienda la mano. —Gia agita sus manos enguantadas sobre la palma extendida de la dama y allí aparece una pastilla blanca.

La dama mira fijamente la píldora.

—Es Tylenol —dice mi hermana.

—Gracias —responde la señora pero no se la lleva a la boca… y no puedo culparla en lo más mínimo—. ¿Están ya listas para comprar?

Gia dice que sí, y antes de que pueda discutírselo, me encuentro siendo arrastrada hasta un probador con un vestido de cóctel negro de tirantes finos diseñado para una mujer fatal en una película de James Bond.

Me quito la ropa y el sostén, me pongo el vestido y me miro al espejo.

—No me gusta.

—¿A quién le importa eso? —pregunta Gia—. Sal para que pueda verte.

Salgo del probador.

La ayudante asiente con aprobación y Gia me examina como un carnicero a punto de hacer un corte excelente.

—Demasiado conservador —concluye, haciendo que suene como algo malo.

—Iré a buscar otra cosa —dice la señora, y se marcha a toda prisa.

Vuelvo a mirarme en el espejo y luego miro a mi gemela.

—Mi problema era justo lo contrario. No me parece apropiado.

Ella pone los ojos en blanco, entra en el probador y con sus manos enguantadas levanta con precaución mi sujetador beige perfectamente funcional.

—¿Es esta tu idea de lo apropiado?

Me encojo de hombros.

—¿Tendrás también bragas de abuela a juego con esta atrocidad? —pregunta ella.

Me pongo con los brazos en jarras.

—Paparruchas. ¿A quién le importa mi ropa interior? Nadie la va a ver.

Ella resopla.

—No, con esa actitud seguro que él no va a hacerlo.

Yo me ruborizo. La idea de que el Diablo me vea con *cualquier* ropa interior me hace sentir una incómoda calidez interna.

—¿Qué tal si vas a coger un vestido que te guste a ti? —sugiere mi hermana, sonando conciliadora de repente—. Iré a buscar ropa interior normal para ti.

Le dejo eso a ella y localizo algo apropiado.

Para cuando vuelvo, me está esperando, y tiene algo escondido a su espalda.

—Eso es algo que alguna sádica le pediría a sus damas de honor que se pusieran —dice, arrugando la nariz ante mi elección.

Ignorándola, entro en el probador y me pruebo el vestido.

Afuera, la escucho decirle algo a la dependienta, pero no puedo distinguir el qué.

El vestido me queda bien, creo. Me recuerda a lo que quería ponerme para mi baile de graduación antes de que mis hermanas me convencieran de no hacerlo.

—Creo que ya está —digo.

—Enséñanoslo —dice mi hermana con tono imperioso.

Yo salgo.

Los ojos de la vendedora se agrandan, mientras lucha por mantener una expresión neutra y profesional. Por su parte, mi hermana empieza a carcajearse como una loca y en mi cara.

—Eso podría funcionar como disfraz de Halloween —dice cuando recupera el aliento—. Podrías ir de Cenicienta... antes de que la vistieran bien para ir al baile.

Yo resoplo, indignada.

—Este no es ningún uniforme de sirvienta.

—Vuelve ahí y quítatelo —dice Gia—. Te pasaremos cosas para que te vayas probando.

Entro al probador y me desnudo.

—Empieza con esto. —Gia me lanza dos atrocidades de encaje—. No vas a ir con bragas de abuela.

Sostengo los artículos entre el pulgar y el índice, alejados de mi cuerpo por si muerden.

—Esto es estúpido. No he venido aquí a comprar ropa interior.

—Solo pruébatelos —dice ella.

Me pongo lo que ha elegido con la única intención de hacerla callar.

La ausencia de tejido en las supuestas bragas me hace entender porque llaman a esto «tangas de hilo» y el sujetador me levanta las tetas hasta que me quedan a pocos centímetros de la barbilla.

—¿Qué opinas? —pregunta Gia.

—Parezco una cortesana francesa de la Edad Media.

—Lo cual es bueno, ¿verdad? —pregunta ella.

Me recoloco los pechos aplastados.

—No es apropiado, pero no me importa tanto porque será invisible.

—Genial. —Ella me lanza un vestido dentro—. Aunque nadie vea tu nueva ropa interior, te sentirás sexy llevándola.

¿Tendrá sentirse sexy mucho en común con sentirse picajosa? Tal vez. Conociendo a los hombres, es posible que les resulte atractivo verte recolocándote las bragas.

Con un suspiro, me pongo su vestido y me quedo boquiabierta al ver tanta piel expuesta.

—Esto no servirá.

—Enséñamelo —dice Gia.

Niego con la cabeza.

—Una prostituta tendría sus dudas sobre usar esto.

Gia aporrea la puerta.

—Venga, sal.

—No.

—Tendrás que hacerlo, tarde o temprano.

No, no lo haré. Voy a volver a ponerme...

Un segundo.

¿Dónde está mi ropa?

—La he escondido —dice Gia antes de que pueda preguntar—. Si quieres salir vestida de ahí, tendrás que hacerlo llevando ese vestido.

Suelto un gruñido y salgo del cubículo del probador.

La dependienta y Gia intercambian miradas de complicidad.

—Estás buenísima, hermanita —dice Gia, y la señora asiente con entusiasmo.

Vuelvo a mirarme al espejo y frunzo el ceño.

—Voy enseñando hasta la entrada del útero.

Ignorándome, Gia le pide a la dependienta un par de zapatos de tacón alto.

—Pierdes el tiempo —le digo cuando ella se marcha—. No pienso ponerme esto.

—Pues sí —dice Gia.

—Pues no.

Como en un *déjà vu*, seguimos discutiendo hasta que llegamos a:

—Que sí.

—Que no.

—Se te ha olvidado algo importante —dice Gia.

Se me hiela el estómago al ver la maléfica expresión de su cara. No puede ser que ella vaya a...

—Sí, así es, me debes una —prosigue, confirmando mis temores.

—Pero...

—Es hora de cobrarme mi favor —explica Gia con aire ceremonioso—. Quiero que estés sexy para tu cita. Eso significa este vestido y esta lencería, un maquillaje profesional, tacones altos de mi elección y por último, pero no menos importante, cera brasileña.

Capítulo Diecisiete

SI SU CARRERA como maga no consigue despegar, Gia siempre puede intentar dedicarse al derecho. Da igual lo mucho que intente discutirle que los tacones más la lencería más el vestido más el maquillaje más la cera suman cinco favores, ella arguye con tono de experta que «tener pinta de tía buena» es uno solo.

Me pasa una caja de zapatos mientras hace una recapitulación de sus argumentos.

—Enseñarte a abrir cerraduras incluyó hablar, gesticular, respirar y mucho más, pero no consideré esas subsecciones como favores separados. Deberías estar agradecida de que esté usando mi favor para algo tan desinteresado como hacer que *tú* estés guapa para *tu* cita.

—Sí, eres toda una santa —suspiro, y abro la caja—. Estos son zapatos de los que claman al cielo que alguien te eche un polvo.

—Sal para que te veamos.

Suspiro, salgo taconeando del probador y giro delante de mis torturadoras.

—Perfecta —dice Gia—. Ahora paguemos y vayamos a maquillarte.

La maquilladora es tan lenta con su tarea que a su lado un caracol parecería un bólido.

Cuando ha terminado, tengo todo el aspecto de una auténtica meretriz, con un toque de ramera... lo cual, por supuesto, significa que Gia está encantada.

Una vez terminada esa tortura metafórica, cruzamos corriendo la calle hasta un salón de belleza donde nos espera una tortura mucho más literal, con cera caliente.

—La esteticista estará contigo enseguida —dice una sonriente señora de cierta edad.

Investigo un poco en mi teléfono y luego levanto la vista.

—¿Tiene licencia?

No pregunto por el género... ya me ha dicho que no es hombre, así que no me puedo rebelar por eso.

—Claro —responde la señora con una sonrisa vacilante.

—¿Cuándo fue la última vez que se hizo un chequeo médico? —pregunto.

—Ah, aquí está —dice la señora, frunciendo ahora el ceño y hace un gesto a quien presumo es la esteticista.

Alta y de hombros anchos, esta mujer se parece más a una luchadora que a una esteticista, pero bueno, al menos pasaría sobrada cualquier examen médico.

—Buena suerte —me susurra Gia. Más alto, añade—: Quiere una depilación brasileña.

—No hay problema —retumba la voz masculina de la esteticista con un marcado acento ruso.

Genial. Lo último que necesito es un acento que me recuerde al Diablo.

Mientras me lleva a la sala de tortura, le hago todas las preguntas estándar que le haría a mi cirujano, como si ha bebido la noche anterior (no) y si ha dormido lo suficiente (sí).

—No ponerte histérica —brama después de mi quinta pregunta de ese tipo—. Yo cuido bien de ti.

Sé que pretende tranquilizarme, pero en realidad sus palabras me resultan amenazadoras.

—Aquí —dice ella.

Entro en una habitación de aspecto estéril con una gran camilla en el medio.

—Desnúdate —ordena la esteticista.

Luchando contra el impulso de gemir: «Sí, ama», me quito la ropa y sigo sus instrucciones hasta que termino de espaldas, con las piernas abiertas, en posición para recibir más humillaciones.

—Bonita mata —dice la ama, revisando mi vello púbico con gesto de aprobación—. Mi trabajo más fácil.

—¿Gracias? —musito. ¿Quién iba a imaginar que recortarme lo de allá abajo iba a resultarme útil?

La dominatrix flexiona varios de sus músculos

mientras aplica en la zona productos de limpieza y dios sabe qué más mientras yo me quedo allí tumbada, recordándome a mí misma que esta es una profesional titulada, y que he sobrevivido a la consulta del ginecólogo con mi cordura casi intacta.

Cuando me pone la primera tanda de cera caliente, noto que estoy apretando los dientes con tanta fuerza que puede que después necesite una visita al dentista... y eso ya sería la guinda apestosa de todo este pastel de mierda.

—Relájate —gruñe el ama después de adherir la primera tira a mi piel unos centímetros por debajo de mi ombligo.

¿Que me relaje? Eso es lo que dicen todos los médicos antes de hacer algo...

«¡Aaaahh!» El sonido que emite mi boca es tan agudo y desesperado como el de un cerdo atascado en una situación como esta, aunque si a alguien se le ocurriese ponerse a depilar a los cerdos, las asociaciones de derechos de los animales deberían ocuparse del tema, enseguida.

Se abre la puerta y entran corriendo la señora recepcionista, Gia y un par de mujeres a las que no había visto en mi vida.

—¿Estás bien? —pregunta mi gemela.

Me sonrojo. ¿Podría ser esto peor? Supongo que se podrían haber traído a unos cuantos tíos con ellas. O a mi padre. O al mismo Diablo.

—Ella bien —les dice mi ama—. Primiera vez siempre difícil.

—No, no estoy bien —jadeo. Miro a mi gemela con los ojos entornados y mascullo entre dientes—: Me las pagarás por esto.

—Oh, me lo agradecerás una vez que todo haya terminado y te sientas igual que una diosa del sexo —dice Gia y saca a todas las espectadoras de la habitación.

—¡Ni de puta coña! —grito, pero para entonces la puerta está cerrada.

—No preocupes. Yo hago más suave —dice el ama y me pone otra tira.

¿Cómo?

Da un tirón. Yo grito de dolor... pero menos fuerte.

Acerca la cabeza hasta unos centímetros de mi entrepierna y me sopla suavemente en el chichi.

Oh, ¿esto era lo que ha querido decir?

Mmm. Sí, es mejor... pero al mismo tiempo, no me siento cómoda en realidad con lo cerca que sus labios están de mi clítoris, ni con las sensaciones que mi clítoris experimenta al recibir ese chorro de aire.

—¿Preparada? —pregunta ella.

Yo asiento, resignada.

Ella vuelve a dar otro tirón y luego sopla sobre mis carnes doloridas.

Para mantenerme cuerda, cuento el número de tirones y pienso en Inglaterra.

Cuando ya he sobrevivido a unos cuantos, mi torturadora dice:

—Ahora zona más sensible. Respira hondo.

Espera un maldito segun...

¡Aaaaay! El dolor es tan intenso que cierro las piernas sin querer, sin duda proporcionándole al ama reminiscencias de su carrera anterior como luchadora de lucha libre.

—Ahora mira que has hecho —dice cuando mis piernas se abren de nuevo—. Vagina cerrada como con pegamento.

Ella tiene razón, y el proceso para reparar el daño es probablemente la cosa más humillante que me haya pasado jamás... incluyendo todo lo que lo ha precedido.

—¿Probamos otra vez? —pregunta la señora cuando finalmente ha resuelto mi error.

Respiro hondo.

—Venga, vamos.

Ella lo hace.

Grito de dolor y juro vengarme de Gia... pero mis piernas permanecen separadas esta vez.

Mi grito es menos fuerte en la siguiente ronda, y menos aún en la que va después. Me pregunto si llegaré al subespacio, un estado mental en el contexto del sadomasoquismo sobre el que leí una vez. A medida que el proceso continúa, el subespacio nunca se materializa, así que cuento desesperadamente los tirones mientras redacto mentalmente una carta para quienquiera que elabore la Convención de las Naciones Unidas contra la Tortura, porque claramente se perdió una técnica.

Después de algo así como una eternidad, la esteticista se detiene.

¿Puedo atreverme a tener esperanza? ¿Se habrá acabado por fin?

—Ponte a cuatro patas —ordena.

Frunzo las cejas.

—¿Disculpa?

—Estilo perrito —dice con expresión inexpresiva —. Yo termino brasileño.

Oh, bueno. Ya que estamos, humillémonos del todo. Me coloco en la posición que me ha dicho, y me gano que me unte cera caliente en torno al agujero de mi trasero.

¿Podría esto empeorar?

Sí, seguro.

Aunque el dolor del tirón es menos severo, el soplido que me da después es lo más cerca que he estado nunca de que alguien me meta humo por el culo a soplidos... pero sin el humo.

Tras el tirón número dieciséis, me dice que ha terminado.

¿Dieciséis? No es un número primo. Eso me va a desquiciar.

No.

Debo dejarlo estar.

No puedo.

Maldita sea. ¿En serio voy ahora a hacer esto?

Parece que sí.

Vuelvo la cabeza para dirigirme a ella sobre mi

hombro igual que a un amante que me estuviese montando y le pregunto:

—¿Puedes ponerme una tira más?

Me mira igual que si el vello que acaba de arrancarme hubiese brotado directamente de mis ojos.

—¿Por qué?

—Por favor. —Suena a súplica, lo que sin duda confirmará para siempre su impresión de mí como «la clienta más pervertida que he tenido» —. Te daré una propina extra.

Con un movimiento lento de cabeza que claramente significa «las mierdas que hago para ganarme la vida», me aplica un poco más de cera en el ojete y luego tira… pero esta vez sin soplar.

Es justo. Supongo que ahora ella es la que cree que las cosas se han puesto raritas.

Da igual. Yo ya tengo mis diecisiete tirones, así que puedo marcharme.

En retrospectiva, contarlos no ha sido la mejor idea.

Me visto deprisa y pago, y luego salgo del local ignorando deliberadamente los intentos de Gia de charlar conmigo.

—Déjame invitarte a comer —dice Gia después de unos minutos de no hablarle—. Comer te pondrá de mejor humor.

Debe de sentirse muy culpable si está dispuesta a gastarse su dinerito... su carrera mágica no es demasiado lucrativa.

Veamos si puedo ponerla en evidencia.

—¿Qué tal Nemo y Chips? —pregunto, eligiendo un restaurante cerca de mi casa al que hago pedidos los días en que me siento particularmente delgada y/o tengo morriña del Reino Unido. Un lugar que sé que ella odia.

—¿Ese garito de *fish and chips*? —pregunta Gia poniendo los ojos en blanco.

—Al menos está lo bastante limpio para ti —digo—. Con la calificación A en toda regla.

Ella resopla.

—Sí, como si nadie se hubiera intoxicado nunca con el pescado. Pero bueno, ¿por qué no? Los británicos son famosos por su deliciosa cocina.

A pesar de sus quejas, para un taxi y nos lleva a las dos hasta allí una señal de lo culpable que debe de sentirse después de mis aullidos de *banshee*.

Cuando nos sentamos a la mesa, yo bebo mi té a sorbitos y ella bebe su agua embotellada a grandes tragos mientras me da consejos que no le he pedido para mi próxima «cita», consejos que ignoro cuidadosamente.

Llega la comida. Al morder mi Nemo frito, frunzo el ceño.

No sabe igual que siempre.

Odio cuando pasa eso. Si un plato tiene nombre, tiene que ser consistente para siempre… por eso siempre voy a los mismos restaurantes.

—¿Y ahora qué pasa? —pregunta Gia.

Se lo cuento.

—Por favor, no hagas un mundo de esto —dice—. ¿Porfi, porfi?

Yo dejo el tenedor en el plato.

—¿No harías *tú* un mundo si alguien escupiese gérmenes en tu comida?

Ella suspira.

—Eso es exactamente lo que harán la próxima vez si hoy les montas una escena.

—No voy a montar ninguna escena. —Hago un gesto al camarero para que se acerque.

Gia hace ademán de estar pasando vergüenza.

—El Nemo frito sabía diferente a lo habitual —le explico—. Y no me refiero solo a la variación normal que puedes tener en el abadejo.

—¿Diferente? —El camarero no parece tan preocupado como debería estarlo un profesional.

Le explico que he comido el plato innumerables veces, así que puedo notarlo mejor que nadie.

El camarero llama al gerente, quien me ofrece que no pague la cuenta.

—No —le digo—. Quiero que se restablezca la receta.

El gerente llama al chef, que afirma que el plato es el mismo.

Lo desafío a que saque los ingredientes, y él lo hace a regañadientes. Luego procedo a probarlo todo, hasta que localizo al culpable: una marca diferente de cerveza en la masa.

—Eso sí que es un paladar impresionante —se

admira el chef—. Me aseguraré de volver a comprar la antigua marca de cerveza de ahora en adelante.

¡Uf! El orden del universo ha quedado restaurado.

Dado que Gia ha resistido a mi lado durante esta terrible experiencia, acabo invitando yo después de todo y luego le miento magnánimamente a la cara diciendo que me lo he pasado muy bien hoy.

Ella sonríe.

—Claro, finjamos que sí. Buena suerte en tu no-cita.

—Gracias —digo, igualando su tono sarcástico.

—No hace falta que me lo agradezcas. —Se inclina y baja la voz hasta un susurro conspirativo—. Hagas lo que hagas, no te quejes de la comida como acabas de hacer. Esa es una forma segura de convertir una cita en una no-cita.

—No lo haré —le prometo, y es verdad.

¿Cómo podría hacerlo? Nunca he comido en el lugar donde se celebra la fiesta, así que no tengo punto de comparación alguno para saber a qué debería saber la comida.

———

Cuando llego a casa, reviso mi correo electrónico. Parece que Buckley ha impresionado a Robert y rápidamente, además; van a tener una charla hoy mismo. Genial. El carraspeo podría cesar incluso antes de lo que yo esperaba.

También hay un correo electrónico de Alison,

informándome sobre la mudanza de los Chortsky a la oficina. Al parecer, ambos dieron un discurso y todo. Dice que prometieron que yo lideraría el proyecto más importante: la integración del traje.

Hablando de eso, un correo electrónico de Robert me da un enlace al control de código fuente con el código que necesito revisar. Todavía no miro dicho código. Con todo lo que ha pasado hoy, no estoy en el estado de ánimo propicio para concentrarme, sin mencionar mi ansiedad por lo que está a punto de suceder en unas cuantas horas.

Dado que el Diablo está procediendo con su parte de nuestro acuerdo, le envío un correo electrónico al Dr. Piper y le digo que podré conseguir que 1000 Demonios se una al proyecto. Para asegurarme de que sea verdad, le envío un correo electrónico al Maligno y le pregunto cuándo quiere reunirse para hablar sobre los juegos.

Cuando mi bandeja de entrada está limpia, no puedo evitar empezar a preocuparme.

¿Cómo será la familia del Diablo? ¿Cómo estoy de segura de que esto no es una cita? ¿Qué pasa si a su padre no le gusta el regalo que elegí, una diminuta lata de caviar muy por encima de mi presupuesto habitual para regalos de cumpleaños?

Además, ¿qué pasa si Bella pregunta sobre el traje esta noche… una consulta a la que ahora tengo la obligación de responder?

¿Lo mencionaría en el cumpleaños de su padre?

Parece el tipo de persona capaz de hacerlo.

Dirijo una mirada especulativa al traje. Ahora ya está cargado, así que en teoría, podría pasar por el último paso de la demostración. Incluso podría ser prudente. Tengo tanta energía sexual reprimida por dentro que esta noche podría acabar coqueteando con el Diablo... o algo peor.

Si uso ese traje ahora, sería como esa escena de *Algo pasa con Mary* en la que Ben Stiller se masturba para parecer menos nervioso en la cita.

Pero no. Eso no funcionó muy bien para Ben Stiller; lo último que quiero es que el Diablo termine con los jugos de mi coño como gomina para el cabello. Estoy segura de que puedo controlarme y, en cualquier caso, después de la depilación tengo la piel sensible ahí abajo, así que lo último que necesito es que el material del traje me la frote.

Así que nada de sexo con el Diablo virtual para mí... por ahora. Si Bella lo menciona, le preguntaré sobre los documentos de pruebas de calidad que mencionó el Diablo. Eso debería retrasar las cosas hasta que la vuelva a ver.

Sí, eso es. Ahora la pregunta es: ¿dónde están esos detalles que me prometió el Diablo? ¿Dónde está el sitio y a qué hora es el evento?

¿Me atrevo a esperar que no me los proporcione? Obviamente no podré ir si no sé adónde. Pero si así fuese: ¿he pasado por todas estas tribulaciones con Gia por nada? Además, ¿por qué creo que me disgustaría si...?

Mi teléfono hace un ruidito.

Guau. La frase es «hablando del Rey de Roma» pero pensar en él funciona igual de bien.

¿Cuál es tu dirección?

Como puede consultarlo igualmente en los archivos de recursos humanos, se lo envío por mensaje de texto.

Te recogeré a las siete.

No tengo palabras... ni para otros mensajes de texto ni para nada más. De hecho, estoy tan desconcertada que visito a Euclides en la realidad virtual, pero ni siquiera eso reduce mi nerviosismo. Se necesitan dos episodios de *Downton Abbey* y varios capítulos de *Emma* para calmarme lo necesario para que pueda ponerme mi ropa nueva y verificar que el maquillaje todavía esté en su sitio.

Sí, lo está. Estoy toda lista para irme.

Solo espero no morirme de incomodidad para cuando termine la noche.

Capítulo Dieciocho

Mis depiladas partes privadas siguen echando fuego cuando salgo de mi edificio, y yo me siento casi desnuda con mi nuevo vestido.

Si esto es lo que sienten las diosas del sexo, es un milagro que no se suiciden en masa.

Faltan un par de minutos para la hora de recogida, así que me paseo por la acera con mis tacones nuevos, que suenan como si estuviese bailando claqué. El ritmo de mi corazón vuelve a salirse de la gráfica. Pero no solo porque esté a punto de ver al Diablo.

Bueno, de acuerdo, sobre todo por eso.

—¿Holly? —pregunta una voz profunda, sexy y con acento ruso, y del respingo que doy casi me salgo de mi propia piel… algo que me resultaría mucho más fácil por lo poco que cubre el maldito vestido.

Me giro sobre mis talones y me quedo sin aliento.

Es el Diablo, pero tiene un aspecto diferente.

Mejor.

Aseado.

Bien vestido.

Arreglado.

Decir que está más guapo cuando se arregla no le haría justicia. De lo que hablamos es de que hay baba acumulándose en mi boca, siento calor en lugares recientemente depilados que mis ovarios se han puesto en pie para aplaudir.

Su sudadera con capucha y sus vaqueros han sido reemplazados por un traje perfectamente confeccionado a la medida. Su barba incipiente ha desaparecido. Hasta su rebelde cabello parece haber sido domado, aunque no tanto como me habría gustado. Se ha puesto algún producto ahí, pero creo que lo que debe de haber hecho es pasarse los dedos por esos mechones oscuros en vez de echarlos hacia atrás con un peine, que habría sido lo ideal.

Aun así, visto en conjunto, su aspecto hace que yo pierda la capacidad de pensar con coherencia.

Sus ojos azul celeste chispean mientras él me dedica una mirada igualmente minuciosa de arriba abajo.

—Estás impresionante.

—No, tú lo estás —le espeto, y me viene a la cabeza un refrán británico: «Cuando los aduladores se reúnen, el diablo sale a cenar».

Su sonrisa maliciosa ha vuelto.

—Gracias. —Hace un gesto hacia la acera—. Por aquí.

Hay una limusina esperándonos. Él me sostiene la puerta, lo que de alguna manera lo hace parecer aún más apuesto.

Debo. Parar. De comerme. Con los ojos. A mi nuevo. Jefe.

Me subo al coche, haciendo todo lo que puedo para no enseñarle ninguna de mis partes femeninas, y él me sigue.

¿Se sentará a mi lado?

Por favor, siéntate a mi lado.

Quiero decir, no te sientes a mi lado.

Se sienta frente a mí.

Bien. ¿Por qué estoy decepcionada? Además, ¿puede ver por debajo de mi vestido desde allí?

Por si acaso, cruzo las piernas.

La lujuria inunda de repente sus ojos.

Maldita sea. ¿Acabo de hacer accidentalmente de Sharon Stone en *Instinto Básico*?

No. Imposible. Yo llevo bragas.

—¿Te apetece beber algo? —pregunta con voz baja y suave.

Me muero de sed, pero no estoy segura de que el alcohol sea algo que pueda controlar en este momento. O tal vez nunca, con él delante.

—¿Hay algún tipo de té?

¿Pero qué digo? Por supuesto que no. Esto no es el Reino Unido.

Y, sin embargo, él sonríe y abre un armarito a un lado.

Guau. Ahí tiene un alijo casi pornográfico de té.

Los hay de todas las variedades imaginables, desde el negro hasta el blanco o el matcha.

Yo parpadeo. Pues no. El té no es ninguna alucinación.

—¿Por qué hay tantos tés en esta limusina?

Él saca una caja con el texto escrito en ruso.

—Porque este es mi coche y a mí me encanta el té.

—¿Te encanta el té? —Quizá el hecho de que tenga su propia limusina debería ser lo más sorprendente, pero no lo es.

Su sonrisa se hace más amplia.

—¿Por qué no puede encantarme el té?

—Yo adoro el té —digo tontamente.

Él me hace un guiño. ¡Un guiño!

—Pues eso que tenemos en común.

La única respuesta que puedo darle es encogerme de hombros.

—¿De qué clase lo prefieres? —me pregunta él.

—Eh… Earl Grey.

Sacude la caja que ha sacado.

—¿Y qué tal el té Russian Caravan?

—Nunca he tenido el placer.

Él abre la caja y lo huele.

—¿Quieres probarlo?

¿Por qué me ha resultado tan seductor… la pregunta *y* el olfateo?

—¿Qué lleva? —pregunto vacilante.

—Es una mezcla de oolong, keemun y lapsang

souchong —responde él, y ahora me pregunto si estará tratando de tentarme a propósito.

O sea: ¿un número primo de ingredientes enumerados en esa voz suya tan sexy...?

—Es muy aromático —prosigue—. Excelente. Con aroma malteado. Ahumado.

¿Existe algo así como el orgasmo olfativo?

—¿Qué me dices? —Vuelve a agitar la caja de té.

—Dámelo. —Genial respuesta. Por otra parte, es mejor que «fóllame».

Él suelta una risita y mete la mano en el bar para sacar un artilugio de metal ornamentado que me recuerda a una urna funeraria.

Qué cosa tan rara. ¿Querrá beber una taza de té en memoria de su abuela fallecida que está dentro de esa cosa?

—Esto es un samovar —dice mientras trastea con él—. Es lo que los rusos usan tradicionalmente para el té.

Ah. Creo que he oído hablar de los samovares. Nunca pensé que vería uno en la vida real... especialmente en una limusina.

Un minuto después, me entrega una taza de té con su platito a juego.

Cuando me lo sirve, sus dedos vuelven a rozarse con los míos, enviando energía placentera a través de mis terminaciones nerviosas y dejándome incapacitada para hacer nada más aparte de soplar en el maldito té.

Luego él empieza a soplar en el suyo, y yo observo

sus labios, fascinada. ¿Por qué fruncidos así tienen un aspecto tan bonito? ¿Tan besable? ¿Tan... lamible?

Al final, recupero el sentido y me canso de tanto desear... el té.

Bebo un delicado sorbito y juro por Dios que tengo un teorgasmo.

Puede que hasta haya gemido.

Esos labios tan besables se curvan hacia arriba.

—¿Mejor que el Earl Grey?

Afirmo con la cabeza, entusiasmada.

—Sencillamente no creía que eso fuese posible. ¿Dónde puedo comprar esto?

—Por internet o en Brighton Beach. Ahí es adónde vamos, por cierto.

Ah. También se le conoce como la Pequeña Odessa: una zona de Brooklyn famosa por la gran población de inmigrantes rusoparlantes. No es de extrañar que su padre quisiera celebrar su cumpleaños allí.

—Creo que lo compraré y haré de este té parte de mi ritual diario —digo.

—Toma. —Me entrega la cajita—. Por ahora, usa este.

—Gracias. —Acepto su regalo con reverencia y me lo guardo en el bolso.

—No hace falta que me lo agradezcas. Solo es té.

—Un té increíble —digo.

Él me dedica una amplia sonrisa.

—¿Qué tal tu día?

—Excelente —miento—. ¿Qué tal la mudanza a

las nuevas oficinas?

Se pasa la mano por el cabello, arruinando el poco orden que tenía. En serio: ¿si lo atacase armada con un peine me arrestarían?

—Todo bien —dice—. Por fin tengo un monitor y un teclado nuevos.

Maldita sea. Casi me había olvidado de los daños que causé.

—¿Tienes alguna pasta de té… quiero decir, galleta? —pregunto, desesperada por cambiar de tema.

—Sí, pero no creo que quieras cargarte tu apetito —dice—. Mis padres se han vuelto un poco locos con los platos del menú de hoy.

—¿Han encontrado un restaurante que les permite cambiar el menú?

Porque eso me suena genial. El problema con los restaurantes es que no se puede conseguir eso mismo en todos ellos.

—Mejor —dice—. Ellos son los propietarios.

Ajá. Eso no lo encontré cuando investigué el apellido Chortsky.

—¿Sirve cocina rusa? —pregunto.

—Por supuesto.

—¿Cómo se llama?

—The Hut. ¿Has oído hablar de él?

Niego con la cabeza.

—Es una abreviatura de «The Hut on Hen's Legs», una referencia a un cuento de hadas ruso en el que una bruja devoradora de niños llamada Baba

Yaga vive en una cabaña levantada sobre unas patas de gallina gigantescas.

¿Una bruja comeniños? No soy Gia, pero eso no suena muy higiénico… ni éticamente aceptable.

—Ahí está. —Señala él por la ventanilla—. Ese es el sitio.

Como confirmando sus palabras, la limusina se detiene.

Fascinada, estudio el restaurante. Hay una escalera de madera que lleva a la entrada, y la rodean dos «patas» de gallina decorativas que pegan con el nombre completo del local.

—Espero que sirvan pollo ahí adentro —digo—. De lo contrario, los estadounidenses podrían sentirse confundidos.

Él sale y me sostiene la puerta del coche.

—Pollo, entre muchas, muchas otras cosas deliciosas.

Las escaleras están desvencijadas, pero la puerta que él abre para dejarme pasar delante es sólida.

En el interior, el lugar es francamente elegante, con mucho mármol, manteles distinguidos y sillas con fundas… un toque agradable, ya que dificulta contar el número de patas. Una música potente y rítmica está sonando tan fuerte como para hacer vibrar mis órganos internos, y un hombre regordete con bigote está rapeando en ruso en un escenario central.

Oh, claro. El Diablo mencionó comida y un espectáculo, por lo que un escenario tiene sentido.

La gente de dentro del restaurante parece

disfrutar con la canción, así que abro la aplicación de traducción de mi móvil para hacerme una idea de cuál es la letra.

Los chicos son la caca de la droga
En la escuela cedió en caja
Los narcóticos chupan kvass

Mmm. Debe de haberse perdido un montón en la traducción esta. ¿Qué será *kvass*? Aunque tampoco es que saberlo me ayude a entender mejor la letra.

Resulta que el kvas es una bebida fermentada. En todo caso, eso hace que la letra sea menos comprensible. Lo único que puedo sacar en claro es que la canción es vagamente antidroga, así que eso es algo bueno, supongo.

Al levantar la vista del teléfono, veo al Diablo sonriendo cuando se da cuenta de lo que estoy haciendo.

—Esa es una traducción bastante mala —dice, mirando la pantalla de mi móvil—. Lo que tendría que decir en realidad es: «Las drogas son la mierda que entregué en la escuela dentro de una caja de cerillas. El kvas es mejor que las drogas».

—Eso tampoco tiene ningún sentido. ¿Por qué pondrías heces en una caja de cerillas?

—Es algo que hacíamos allá en Rusia. Muestras de heces.

Gia se moriría si lo supiera.

—¿Por qué?

Él se encoge de hombros.

—¿Tal vez para hacer alguna prueba de parásitos?

¿En serio? Y con eso me despido de mi apetito.

Me conduce hasta una mesa en la parte de atrás justo cuando la música se calma.

Reconozco a algunas de las personas de la mesa de inmediato: Bella y Dragomir, sentados uno al lado del otro, claramente como pareja. No conozco a los demás, aunque puedo hacer algunas suposiciones. El hombre con gafas que parece el gemelo siniestro del Diablo debe de ser su hermano Vlad. Las dos personas más mayores deben de ser los padres. También se puede adivinar que el hombre que parece una copia más alegre de Dragomir... debe de ser *su* hermano.

Los enigmas principales son las dos mujeres: una con una pálida cara de querubín que mira con adoración a Vlad, y una rubia llamativa que me está mirando mal por alguna razón.

—Espero que no lleguemos tarde —dice el Diablo.

Los que puede que sean sus padres se ponen en pie y todos los demás siguen su ejemplo.

—No llegas tarde, Sashen'ka —dice el «nombre en clave»-madre con un acento ruso tan marcado como las iniciales del ganado—. Y era verdad, te has traído a una acompañante.

La mirada asesina de la rubia se vuelve todavía más asesina.

Un momento. El Diablo mencionó que su madre lo intentaba emparejar. ¿Es esta rubia una pareja suplente, por si acaso yo no aparecía?

Me resisto al impulso de bufarle... tengo que dar una buena primera impresión, después de todo.

—Gente, esta es Holly —dice mi cita falsa—. Holly, este es mi hermano, Vlad, y esa es Fanny. —Hace un gesto hacia su doble, el de la cara de póquer, y hacia su linda cita de mejillas redondas.

El hermano asiente con frialdad, pero Fanny sonríe alegremente y me saluda con la mano.

Espera. ¿Entonces es ella la testadora experta que me había mencionado el Diablo? Parece demasiado dulce e inocente para tener experiencia con pruebas de calidad relacionadas con el porno.

—Ya conoces a Bella y a Dragomir —continúa el Príncipe de las Tinieblas—. Y este es su hermano, Anatolio.

Sonriendo, Anatolio se me acerca, hace una reverencia, luego toma mi mano y me planta un beso más rápidamente de lo que a mí me cuesta parpadear.

Un sonido extraño brota de mi lado.

Yo parpadeo.

¿Acaba el Diablo de *gruñir*?

—Soy Tigger —dice Anatolio—. Así es como me llaman mis amigos.

¿Tigger? ¿Le gusta dar muchos saltos y tener de amigo a un osito de peluche?

El Diablo se interpone deliberadamente entre Tigger y yo antes de continuar con las presentaciones.

—Ésta es Snezhana. —Hace un gesto hacia la rubia—. Trabaja en el local de al lado, aunque no muy estoy seguro de qué está haciendo aquí. —Mira con desaprobación a nombre en clave-madre.

La rubia también mira a nombre en clave-madre… en su caso, con expresión confusa.

—Yo puedo explicarlo —dice nombre en clave-madre, sin devolverles ninguna de sus miradas—. Escuché que Anatolio, quiero decir, Tigger, es soltero, así que invité a Snezhana con la idea de que tal vez pudieran… llevarse bien.

—Eso es muy raro —dice Bella—. No te dijimos hasta hoy que Tigger iba a venir.

La mirada que la mujer mayor le lanza a su tal vez-hija podría derretir el plomo.

Tigger mira con el ceño fruncido a Snezhana, cuya expresión deja claro que esta es la primera vez que oye hablar de que ha venido por él.

Mi suposición anterior debe de haber sido correcta. En realidad la han invitado por el Diablo.

Vaya gilipollas.

Con un movimiento de cabeza apenas perceptible, el Gobernante de la Oscuridad dice:

—Por último, pero no menos importante, estos son mi madre, Natasha, y el cumpleañero en persona, Boris.

¿Boris y Natasha? Ajá. Incluso se parecen a los personajes de dibujos animados con el mismo nombre.

Pillo a Fanny sonriendo… Apuesto a que está pensando exactamente lo mismo.

Antes de que pueda reaccionar, la madre me abraza y me besa en ambas mejillas.

Bueno, eso es un poco demasiado amistoso.

En cuanto Natasha termina de besuquearme, recibo el mismo trato del patriarca: es decir, hasta que el Diablo se aclara la garganta. De manera agresiva, debo agregar.

Por mi parte, puedo sentir la saliva de Boris y Natasha en mis mejillas, y tomo una nota mental de decirle a Gia que jamás podrá salir con un ruso. No sería capaz de sobrevivir a semejante saludo.

Cuando Boris me suelta por fin, rebusco en mi bolso, saco el frasco de caviar y se lo pongo en las manos.

—Le deseo que cumpla muchos más.

Él Mira el frasco y luego me mira a mí. Intercambia una mirada impresionada con Natasha y exclama:

—Gracias, Holly. Muchas gracias.

Pronuncia mi nombre casi como «Yoli» y, al igual que su esposa, suena como el personaje de dibujos animados con el que comparte el nombre.

—Sentaos todos —nos ordena—. Demos comienzo a la bebida.

El diablo atrapa mi mirada y saca una silla.

—Siéntate aquí.

¿Quién habría dicho que el Maligno traería la caballerosidad de vuelta de entre los muertos?

Me siento.

Él toma la silla a mi lado.

Huelo ese delicioso aroma suyo... y reconozco que es, en parte, ese té celestial que me ha dado.

¿Una colonia de té? Me podría correr aquí mismo.

Snezhana termina al otro lado de la mesa, junto a Tigger, pero ninguno de los dos parece interesado en el otro. Tigger mira a las otras mujeres de la sala como un libertino total, mientras que ella se come con los ojos a mi falsa cita.

Tengo en la punta de la lengua varias versiones británicas de palabras destinadas a ciertos animales hembra.

Natasha mira a Vlad.

—Me corresponde el primer brindis. Sírveme, por favor.

Vlad agarra una botella gigante de vodka y comienza a llenar los vasos de chupito frente a los platos de todos.

—Vigila cuanto les sirves a los no rusos —dice Snezhana. Su voz resulta ser ahumada y melodiosa, su acento irritantemente sexy—. No es de esperar que nos sigan el ritmo.

A Tigger le tiemblan los labios.

—Este no-ruso puede retar bebiendo a cualquiera y hacer que acabe debajo de la mesa.

—Me refería a los estadounidenses —dice Snezhana, mirándome directamente.

Boris sonríe a Tigger.

—Eso suena como un desafío que aceptaré con mucho gusto.

—Hecho, cumpleañero —responde Tigger de buen humor.

Boris hace un gesto a un camarero que pasa y dice algo en ruso.

—No lo hagas —gruñe Natasha.

—Es mi cumpleaños —le espeta Boris.

—Muy bien —dice ella secamente—. Pero mañana, no vengas a quejarte.

El camarero vuelve con dos vasos del tamaño de floreros.

—Pon uno para mí y otro para mi amigo, el que pronto estará como una cuba —dice Boris.

Mirándole con desaprobación, Vlad llena los dos jarrones hasta el borde.

—¿Estás seguro de esto? —le pregunta Dragomir a su hermano.

Con una sonrisa arrogante, Tigger agarra un pepinillo de un surtido cercano y lo coloca en su plato.

Mientras Vlad continúa repartiendo vodka, el Diablo se inclina hacia mí y me susurra:

—Cuando llegue a ti, dile que se detenga antes de que tu vaso esté lleno.

—¿Por qué? —Le susurro en respuesta.

—Es costumbre beber hasta que se ve el fondo del vaso de chupito, y como es el cumpleaños de papá, querrá que todos hagan eso. Sin embargo, ninguna costumbre dice que tu vaso deba comenzar lleno.

Interesante. Ahora que lo ha dicho, me doy cuenta de que Fanny ya es consciente de esta peculiaridad... su vaso de chupito solo contiene un cuarto de líquido.

Cuando Vlad llega a mí, va echando lentamente mientras me mira, está claro que esperando que lo detenga temprano. Desafortunadamente, Snezhana también está mirando, y su expresión de superioridad hacia mí hace que mi orgullo de contendiente permita que Vlad llene mi vaso hasta el borde.

Según una prueba que me hice para averiguar mis orígenes genéticos, soy una mezcla de inglesa, escocesa, de Cornualles, e irlandesa. Algunas de estas etnias son tan famosas por su capacidad de beber como los rusos, así que allá vamos.

Mirando mi vaso de chupito con desaprobación, el Diablo pone una berenjena encurtida en mi plato.

¿Es esto un símbolo del berenjenal en el que estoy? No, debe de tratarse de otra costumbre... Snezhana y todos los demás también tienen un encurtido en el plato.

—Haré mi brindis ahora —dice Natasha en cuanto Vlad termina de repartir el vodka—. Le dedico este poema a mi amado esposo, que pronto será un orgulloso abuelo. —Me mira con toda intención.

Rayos. ¿Sabe ella algo que yo desconozco? ¿Se supone que el Anticristo llegará por inmaculada concepción?

Después de hacerme sentir incómoda, Natasha mira a Fanny a continuación... supongo que como otra fuente de un futuro nieto.

Las mejillas de Fanny enrojecen con un intenso rubor.

Saltándose a Snezhana, Natasha dirige una mirada aún más acerada a Bella. Luego se vuelve hacia su esposo, razón por la cual se pierde el gesto exasperado de Bella.

—Mi poema está en mi lengua materna —continúa Natasha—. Así que espero que los que no la habláis tengáis paciencia conmigo.

Snezhana adquiere un gesto triunfal.

¿En serio?

Abro la aplicación de traducción de mi teléfono: puedo usar la tecnología moderna para seguirla.

Espero.

Natasha empieza con su poema y la aplicación intenta seguirle el ritmo.

Mi apoyo.

Bien, buen comienzo.

Mi amo.

Mmm. Con suerte, una mala traducción.

Mi alma gemela.

Muy mono.

Mi protector.

¿Cuántos de estos trocitos que empiezan por «mi» tendrá este poema?

Mi defensor.

Vale, lo pillamos, mujer, Él es muchas cosas.

Siempre fiel.

Oye, al menos la lista de los «mi» se ha acabado.

Siempre listo.

¿Información que sobraba?

Siempre dispuesto a complacerme.

¿Más información que sobraba?

Ninguna mujer ha estado tan agradecida como yo de servir obedientemente al lado de un hombre.

¿Es este otro error de traducción o el feminismo aún no ha llegado a Rusia?

El poema continúa en la misma línea, así que dejo de seguir la traducción y solo espero a que termine, lo que tarda lo que me parece ser una hora.

—Ahora para nuestros amigos estadounidenses —dice Natasha cuando finalmente ha terminado—. Un brindis más corto.

¿Otro? Me creeré lo de la brevedad cuando lo oiga.

—¿Cuál es la diferencia entre un marido fiel y un marido infiel? —pregunta Natasha.

Todos se quedan cortésmente callados.

—Enorme —dice Natasha—. Los fieles a veces sienten remordimientos.

Como uno, todos nos reímos cortésmente.

—Entonces —dice Natasha—. Bebamos para que el remordimiento no atormente a este fiel esposo.

Estoy confundida. ¿Querrá que él sea un sociópata?

Todos levantan sus vasos o sus jarrones de chupito y yo también.

Hasta ahora, solo he bebido vino, cerveza y cócteles, y eso último raras veces. No me gusta la pérdida de control que el alcohol y las drogas traen consigo, así que nunca me he dejado llevar de verdad por ninguna de las dos cosas.

Bueno, al menos esta será una nueva experiencia.

Natasha huele su pepinillo, bebe su copa y se lo come con gran entusiasmo.

Mirándome desafiante, Snezhana se traga su vodka sin olfatear ni comer encurtidos… que debe de ser la forma más dura.

Tigger y Boris se beben sus litros de vodka como si fuera agua.

Vale. ¿Cómo de malo puede ser?

Olisqueo el salado encurtido de mi plato para hacer la gracia y me bebo el vodka.

¡Benditos cojones en llamas!

El magma viaja por mi esófago y explota en una nube con forma de seta en mi estómago, llenándolo con un calor que no deseaba.

¿Es este el resultado esperado?

Si es así, ¿por qué alguien se haría esto a sí mismo?

Desesperada por aliviar el dolor, devoro mi encurtido.

Pues no.

Aunque sea salado, tampoco es ningún granizado, que es lo que me haría falta en este momento.

¿Es eso del rostro de Snezhana su expresión de alegrarse por las desgracias ajenas?

Recompongo mi cara y digo con el tono más neutral que puedo:

—No ha estado mal.

Boris golpea al Diablo en la espalda con gesto de aprobación.

—A esta hay que quedársela.

Snezhana entorna los ojos y se pone de pie.

—El tiempo entre el primer trago y el segundo debería ser corto.

Natasha se vuelve hacia ella con el ceño fruncido, pero Boris sonríe con entusiasmo.

—En efecto —dice él—. Bien dicho, niña.

—¿Qué tal si comemos primero algo más sustancioso que un encurtido? —dice Natasha.

—Después del segundo —dice Boris—. Las tradiciones hay que respetarlas.

Natasha lanza a Snezhana una mirada que parece decir:

—Ésa es la última vez que *te invito* —y ahora soy yo quien siente cierta alegría por las desgracias ajenas.

Esta vez, Tigger sirve el vodka, y como Snezhana vuelve a mirarme desafiante, dejo que llene mi vaso de chupito hasta el borde.

Bella se pone de pie.

—Mi brindis. Querido papá: que ante todo tengas salud y felicidad.

¿Se les permite a los rusos hacer un brindis tan corto?

Eso parece. Todo el mundo empieza a vaciar sus vasos de un trago.

Vale. Supongo que tendré que hacerlo también.

Huelo mi encurtido y me acabo el vodka de un solo trago.

Capítulo Diecinueve

Sorprendentemente, este trago solo me abrasa una fracción de lo que lo hizo el anterior.

¿Será por eso que el tiempo que transcurre entre el primer brindis y el segundo ha de ser breve?

—Deberías frenar un poco —me susurra el Diablo al oído y su cálido aliento me pone la piel de gallina—. Di «para» antes a la siguiente ronda.

¿Perdona? ¿Me está diciendo lo que tengo que hacer? No es mi jefe. Al menos no aquí en el restaurante.

—Toma. —Agarra un cuenco de algo que parece ensalada de patatas y deposita un poco en mi plato—. Come algo.

Como todos los demás están también centrándose en la comida, pruebo lo que me ha puesto.

Mmm. A diferencia de la ensalada de patatas normal, un plato que no me gusta, este tiene carne, guisantes y (por supuesto) encurtidos picados, que podría ser la razón de que esté tan rica.

—¿Cómo se llama esto? —pregunto.

—Ensalada Oliver —dice Natasha con una sonrisa—. ¿Te gusta?

—Es increíble —digo, en parte porque lo pienso y en parte porque ellos son los dueños de este restaurante y han intentado lucirse con el menú.

Mientras comemos, vuelve a sonar la música. La nueva canción me recuerda a la ópera que el alienígena azul cantaba en *El quinto elemento*, justo antes de que las cosas se pusieran demasiado violentas para mí, excepto porque que los testículos regordetes del cantante parecen impedirle llegar a las notas más altas.

Dragomir sirve la siguiente ronda de tragos, y yo miro desafiante al Diablo mientras mi vaso se llena de nuevo hasta el borde.

El tercer chupito me pasa todavía mejor.

Puede que al final hagan de mí una alcohólica.

Los camareros traen un plato caliente de pequeñas empanadillas.

—Eso son *pelmeni* —explica Natasha—. Es un plato sencillo, pero a mi caramelito le encanta.

El Diablo me pone pelmeni en el plato y le añade una pizca de lo que él llama *smetana*, que resulta ser crema agria.

La combinación es tan buena que gimo de placer, lo que hace que el Diablo me mire con una expresión extrañamente intensa.

Devoro esa delicia, y felicito efusivamente al chef.

—Tengo que estar de acuerdo con mi marido —le dice Natasha al Diablo con una sonrisa—. A esta *sí* nos la quedamos.

—Tienes que enseñarme a cocinarlas —digo con seriedad—. Van a ser mi sustituto de los raviolis.

Natasha está radiante de entusiasmo mientras me explica cómo hacer el plato. Luego se vuelve hacia el resto de la mesa.

—Ya que hablamos de cosas relacionadas con el restaurante —dice—, tu padre y yo tenemos un anuncio que hacer.

Hace una pausa para que la prole Chortsky al completo le preste toda su atención.

—Hemos decidido dejar The Hut al primero de vosotros que nos dé un nieto.

Con eso, Fanny, Bella y yo recibimos una nueva ronda de miradas intensas que parecen decir «¿Estás ovulando ya?».

Snezhana parece estar al borde de ponerse en modo Hulk por los celos. Eso hace que me pregunte si no será este restaurante lo que anhela y no a mi falsa cita. Ella trabaja en el local de al lado, después de todo, y al menos según Hannibal Lecter, codiciamos lo que vemos todos los días.

Bella gime.

—Mamá, por favor. Sabes que todos tenemos nuestras propias empresas de éxito, ¿verdad?

El Diablo y su hermano asienten, y Vlad dice:

—Cuando estéis preparados, queremos que

vendáis este lugar y os quedéis con el dinero para hacer lo que os apetezca. Os lo habéis ganado.

—En cualquier caso, no vamos a participar en una competición de echar polvos porque tú lo digas —dice Bella, sin molestarse en bajar la voz.

Las mejillas de Fanny se ponen rojas.

—Lamento que tengas que presenciar esto —me susurra el Diablo al oído.

¿Cree que esto es malo? Debería pasar algún tiempo con *mi* familia.

—¡Esa lengua! —Natasha da la impresión de estar a punto de estrangular a su hija—. Vas a disgustar a tu padre. Y el día de su cumpleaños.

En realidad, Boris no parece interesado en ninguna otra cosa aparte de en la botella de vodka... sigue mirándola igual que si fuera una mujer bailando desnuda.

El Diablo parece darse cuenta de ello. Agarra la botella, anuncia que va servir la siguiente ronda y vuelve a rellenar los jarrones de Tigger y Boris.

¡Maldita sea! ¿No he leído yo en alguna parte que beberte un litro de alcohol de alta graduación podría matarte?

—A mí ponme hasta el borde —dice Snezhana con voz profunda cuando él llega a su vaso—. Puedo con ello... puedo con todo.

¿Será el vodka lo que me está dando ganas de arrancarle a esa rubia el cuero cabelludo?

No es raro que haya tantas riñas en los bares.

Cuando el Maligno llega a mi vaso, solo me pone una gota... como si le hubiera dicho que se detuviera.

Snezhana mira mi miserable nivel de vodka con aire triunfal.

¿En serio?

—Gracias, cariño —le digo a mi cita falsa y le doy una palmada en la parte superior del brazo... solo para sentir que se me corta el aliento al notar el músculo duro y fibroso por debajo de las capas de tela.

¡Maldita sea! El Diablo está cachas.

Él da un ligero respingo por las confianzas que me he tomado, pero se recupera rápidamente y me sigue el juego.

—No hay problema, *kroshka*.

Sea lo que sea que signifique esa palabra, el resultado es un doble golpe. Natasha parece feliz como una perdiz, mientras que Snezhana engulle su vodka sin esperar al brindis.

La miro a los ojos, cojo el vaso de chupito lleno hasta el borde del Diablo y me lo bebo de un trago.

—¡Holly! —exclama él.

Todos se vuelven a mirarle.

—No es costumbre beber antes del brindis —dice sin convicción.

¡Ja! Entonces, ¿está bien robarle el vodka a alguien?

—Yo lo arreglo. —Boris agarra la botella de vodka, vuelve a llenar los dos vasos de chupito que tengo frente a mí y luego le da uno a su hijo.

Me doy cuenta de que no le ha puesto nada a Snezhana, pero no quiero ser una chivata.

Boris deja el vodka y anuncia:

—Yo haré el siguiente brindis. Lo siento, será en ruso.

Preparo la aplicación y, mientras lo hago, miro el significado de *kroshka*.

¿Miguita de pan?

Vale, bien. Entonces le llamaré *Cortecita de pan...* o Corti para abreviar

Boris comienza a hablar.

Las esposas son el invento más maravilloso desde el descubrimiento de la rueda.

Genial. ¿Es este otro poema?

Una esposa es la mejor amiga de un hombre.

¿No eran eso los perros?

Una esposa es...

La siguiente parte suena como arrastrando las palabras, que podría ser la razón por la que la aplicación traduce:

¿Cuánto cuesta un kilo de kielbasa si arrancas de un mordisco un destornillador de una locomotora?

No sigo lo que queda. De repente me siento muy bien, cálida, relajada y con muchas ganas de seguir la fiesta.

—Por mi esposa —concluye Boris y se bebe su galón de vodka.

Tigger parece un poco más aprensivo mientras se termina el suyo.

Bebo mi chupito en piloto automático, y esta vez

no siento nada de quemazón. ¿Habrá cambiado alguien el vodka por agua?

La música vuelve a sonar. En esta ocasión, el cantante destroza una canción conocida: «Hips Don't Lie» de Shakira.

Mientras hago todo lo posible para no pensar demasiado en las caderas del tipo regordete, engullo lo que queda de los pelmeni mientras los demás se centran en las incontables delicias que llegan sin cesar hasta la mesa.

—¿Habrá más pelmeni? —le pregunto al Diablo cuando mi plato se queda tristemente vacío.

Sonriendo, él llama a un camarero y le dice algo en ruso.

—¿Por qué no pruebas otra cosa, querida? —me pregunta Natasha—. Hay un montón de platos más.

Suelto un hipo.

—Cuando encuentro algo que me gusta, tiendo a ceñirme a ello.

Natasha mira a su hijo con una sonrisa.

—Una actitud admirable cuando se trata de hombres, pero no estoy segura de que sea aplicable a la comida.

—Lo es —le aseguro—. Tomamos innumerables decisiones todos los días. ¿Por qué aumentar ese estrés añadiendo elecciones innecesarias de alimentos?

Antes de que Natasha pueda discutir, Tigger agarra la botella de vodka.

—Es mi turno.

¿Soy yo o tiene la mano algo temblorosa?

—Creo que las señoras ya han tenido suficiente —dice el Diablo con severidad.

—Eso es sexista —le espeto.

Sus ojos celestes se entrecierran.

—Es biología.

—Bueno, quiero uno más —digo obstinadamente, y es verdad. Según mi recuento mental, me he bebido cuatro.

No puedo terminar con un cuatro. Cinco serían mucho mejor.

Maldita sea. ¿Cuántos pelmenis me he comido? Además, será ese el plural de...

—¡Yo también quiero otro! —Bella me guiña un ojo—. Sé que parecemos delicadas y frágiles y todo eso, pero podemos apañárnoslas sin la supervisión de ningún hombre.

Tengo que ponerle un punto positivo a Dragomir. Él asiente con aprobación ante sus palabras.

—No estaba siendo sexista —murmura el Maligno—. No a propósito, al menos.

—Yo también beberé otro poquito —dice Fanny alegremente. —Además, me ofrezco voluntaria para el brindis.

Natasha asiente con aprobación y Snezhana dice algo ininteligible... tal vez en ruso.

—Tus deseos son ordeñes para mí —dice Tigger—. Quiero decir, ordiñes. Quiero decir, órdenes.

Dragomir menea la cabeza en dirección a su hermano, obviamente achispado, pero no dice nada.

Una vez todos tienen sus vasos llenos, Fanny se pone en pie con las mejillas coloradas.

—Quería dedicarle el brindis a nuestros anfitriones, Natasha y Boris. Gracias por crear unos hijos tan maravillosos. —Mira a Vlad con adoración—. Y gracias por ser tan acogedores. Amén.

Espera, eso sonaba más como si hubiese bendecido la mesa.

—Brindaré por eso —balbucea Boris y se traga otro jarrón de vodka.

Haciendo caso omiso de la mirada de desaprobación del Diablo, me termino mi quinto chupito.

¡Ah, que rico! El vodka de primera viene en números primos.

—Señoras y señores —anuncia el regordete cantante desde el escenario—. Es la hora del espectáculo.

Oh, claro. Alguien me mencionó lo del espectáculo.

Las luces se atenúan y unas bailarinas de burlesque semidesnudas suben al escenario.

Lo que sucede a continuación me recuerda al Cirque du Soleil, solo que clasificado para mayores de edad. Las bailarinas realizan acrobacias impresionantes, pero el mayor milagro es que sus diminutos atuendos no se les caigan. Sin duda, han usado pegamento.

Hay que reconocerle a su favor que el Diablo parece completamente desinteresado por toda esa la carne en exhibición. Lo mismo ocurre con Dragomir y Vlad.

Boris, por otro lado, está babeando, mientras que su compañero de bebida/némesis Tigger aplaude con el mismo entusiasmo.

Cuando concluye el espectáculo, el cantante vuelve al escenario.

—Iniciamos nuestro programa de baile con una Danza Blanca —anuncia.

Bella me guiña un ojo.

—Eso significa que las damas sacan a bailar a los caballeros.

Una melodía vagamente familiar suena por los altavoces.

Bella ejecuta una reverencia teatral delante de Dragomir, y Fanny le pregunta tímidamente a Vlad si podría concederle este baile.

Los hombres aceptan y las dos parejas se dirigen a la pista de baile.

¿Quiero *yo* bailar? Se me conoce por decir que bailar es una excusa para los abrazos en público y las folladas en seco, pero en estos momentos eso me resulta realmente atractivo.

Natasha está invitando a Boris. Una chica de otra mesa está invitando a Tigger. Los ojos de Snezhana son como miras láser de la pistola de Terminator mientras se concentran en mi cita falsa.

Oh, no. Eso no va a ocurrir.

Me levanto de un salto.

Guau. ¿No se está moviendo un poco la habitación al completo?

Da igual. Haciendo una reverencia frente al Diablo, grito:

—¿Quieres bailar?

—Sería un honor. —El Gobernante de las Tinieblas se pone de pie con gracia.

Snezhana se detiene en seco.

Sí, será mejor que lo haga.

En el escenario, el intérprete gordezuelo canta en un inglés muy malo: *«el agua bendita no te ayudará ahora»*,

Probablemente no. Después de todo, ¿no es lo que voy a hacer una frase hecha aplicable a un comportamiento poco aconsejable?

Voy a bailar con el Diablo.

Capítulo Veinte

El Maligno me coge una mano.

Caramba.

El calor del vodka no tiene nada que ver con esto. Siento como si me hubiesen marcado la palma a fuego.

Me lleva al centro de la pista de baile y adopta una postura de baile de salón.

Me uno a él.

Él me atrae contra su poderoso cuerpo.

Hasta ahora, no me había dado cuenta de lo alto y ancho de hombros que es.

Es embriagador.

Empezamos a balancearnos al ritmo de la música.

El aroma del té mezclado con algo deliciosamente masculino hace que me dé vueltas la cabeza mientras sus ojos azul cielo me inmovilizan como a una mariposa. Y hablando de esas pequeñas cabronas voladoras: se están montando una orgía en mi estómago y tienen que parar.

Para liberarme de la potencia hipnótica de su mirada, me acurruco contra él y escondo la cabeza en la curva de su cuello.

Oh, Dios.

Hay una dureza en sus pantalones, y es del tamaño de la pistola del chiste.

Una pistola enorme.

El Diablo se alegra de verme, eso es la hostia de seguro.

¿Subestimé su virilidad en la realidad virtual?

Tal vez. Lo que es peor es que mi erección femenina está igual de lista.

Antes de darme cuenta de lo que estoy haciendo, le lamo el cuello.

Lamo. Su. Cuello.

No es bueno.

No es apropiado.

Tendría que haberme masturbado antes de venir. El deseo de volver a lamerle, o algo peor, es potente.

Todo su cuerpo se pone rígido y su cuello se llena de carne de gallina.

Me aparto, solo para quedar atrapada en su mirada de nuevo, y esas profundidades azules ahora parecen oscuras y calientes.

Ya no tengo ninguna duda de cuál es el pecado favorito del Diablo.

Trago saliva de forma audible.

El calor que arde entre nosotros es tan abrasador como los fuegos del infierno.

En el escenario, el regordete cantante aúlla: «Siete demonios a mi alrededor...»

¿En serio, universo? Reconozco esa letra. Es de mi lista de reproducción de canciones que tienen números primos en sus títulos... «Seven Devils» de Florence + the Machine. Efectivamente, si cuento a las parejas de Bella y Vlad como parte del clan Chortsky, de hecho hay siete de ellos. Todos a mi alrededor

Me encuentro con los ojos de mi Diablo de nuevo.

Si la intención del Tentador era seducirme, he de confesarme rendida a sus encantos.

Me humedezco los labios.

Con las pupilas dilatadas, inclina la cabeza.

Me levanto de puntillas.

Nuestros labios están a solo un milímetro.

—¡Borichka! —grita Natasha llena de pánico.

¿Qué diablos...?

Boris nos cae encima, separándonos.

El Diablo y yo nos apartamos de golpe, y Boris se agarra de mí mientras cae de rodillas y me hunde la cara en la entrepierna.

—Papá, ¿qué diablos estás haciendo? —exclama mi cita quizás-no-tan-falsa, lanzándose a coger a su padre.

Boris no responde. Está conchabado con Winnie, la perra-osa: el olor de mi entrepierna ha debido de dejarlo obnubilado.

—¿Significa eso que he ganado yo? —pregunta Tigger, arrastrando ligeramente las palabras.

Su hermano le mira mal antes de ayudar al Diablo a quitarme a Boris de encima.

—¿Qué tal si las chicas vamos a empolvarnos la nariz? —dice Natasha, exagerando un tono de voz alegre—. Dejemos que los hombres ayuden al cumpleañero a sentarse a la mesa.

Sí. Gran idea. Tengo la sensación de que Boris podría montar un espectáculo en cualquier segundo... tal vez incluso una recreación de aquella escena de *El exorcista*. Y si eso sucede, podría haber una reacción en cadena en todo el restaurante, una imagen horrible.

Fanny y Bella deben de estar en la misma onda porque se unen a nosotras en la estampida hacia el baño.

El lugar resulta ser elegante, con una encargada del baño y todo. Tiene hombros anchos y me recuerda vagamente a la dominatrix del salón de belleza, pero no entro en pánico porque no me queda vello púbico.

Al entrar en el cubículo para cambiarle el agua a mi canaria, me sorprende lo agradable que resulta ser el esfuerzo.

Seguramente me hacía un montón de falta ir. O eso, o este es un efecto secundario del vodka del que nadie te habla nunca.

Salgo del cubículo, me lavo las manos y acepto la toalla que me ofrece el clon del ama.

Vale. Es hora de volver a enfrentarse al Diablo.

Me vuelvo hacia la puerta y me encuentro a Snezhana bloqueando mi camino.

¡Maldita sea! Es una ninja rubia.

—Lo tuyo con Alex no va a funcionar —arrastra cada palabra que sale de su boca—. Necesita estar con alguien de los suyos. Como yo.

Yo me mofo de ella.

—No me había dado cuenta de que Alex era una zorra.

¿De dónde ha salido eso? Me lo podría esperar de Gia o de mis otras hermanas, pero no de mí. Está claro que el alcohol me sienta bien.

Un ligero problema: A Snezhana no le ha gustado mi réplica.

Con las fosas nasales tan abiertas que hasta se le ven los pelos de la nariz, da un paso hacia mí.

—Creo que es mejor que te vayas —dice Bella fríamente desde mi derecha.

—Sí —añade Fanny en un tono más suave desde mi izquierda—. Y para que lo sepas, Holly y Alex hacen una pareja monísima.

A Snezhana no parecen importarle sus palabras o el hecho de que la superemos en número.

Da otro paso amenazante hacia mí.

Oh, bueno.

No me he metido en ninguna pelea en mi vida, por la forma en que aborrezco la violencia, pero creo que hoy es el día para muchas primeras veces.

Cierro los puños y levanto la barbilla.

—Venga, no te cortes.

Capítulo Veintiuno

EL AMA dominatrix que se encarga del baño se interpone delante de Snezhana.

—Nadie va a cortar nada en mi lavabo.

—No te metas en esto —gruñe Snezhana.

—Bella ya te ha dicho que te fueras —ruge el ama del baño—. ¡Largo!

Snezhana se abalanza sobre ella. Antes de que me dé tiempo a pestañear, el ama la ha puesto boca abajo con una llave de lucha.

Snezhana está literalmente pateando y gritando mientras la mujer, más grande que ella, la saca a rastras.

—Guau —dice Fanny, con sus ojos azules como platos—. Esto sí que se ha puesto intenso.

—Algunas personas no llevan bien lo de emborracharse —dice Bella filosóficamente—. Estoy segura de que estará horrorizada por su comportamiento después de dormirla.

Yo les sonrío a ambas.

—Gracias por guardarme las espaldas.

—Ni lo menciones —dice Bella—. ¿Para qué están las amigas?

Me acaba de llamar amiga. Maldita sea. No estoy lo bastante borracha para haber olvidado mis ataques en contra del sueño de Bella. En cuanto ella se entere, dejará de considerarme una amiga. De hecho, le pedirá a la dominatrix de los baños que me eche a patadas a mí también.

Se escucha como tiran de la cadena. El cubículo más lejano se abre y de él sale Natasha, frunciendo el ceño.

—He escuchado un jaleo.

Bella le habla en un ruso veloz y, a medida que le va explicando, el ceño de Natasha se hace más pronunciado.

—Tendré unas palabras con la madre de Snezhana —dice Natasha con decisión cuando Bella termina.

—Sí, hazlo —dice Bella—. Mejor aún, para empezar, no deberías de haberla invitado.

Natasha comienza a lavarse las manos, con movimientos son bruscos y claramente torpes.

—No puedo creer que la chica haya tenido ocasión de estar con Tigger y la haya arruinado de esa forma. Quiero a morir a mi hijo, no me malinterpretes, pero ese chico...

—Madre, creo que ya has bebido bastante —dice Bella—. Estás casada ¿recuerdas?

Natasha resopla.

—Casada no es lo mismo que muerta.

—No estoy de acuerdo —Me encuentro diciendo
—. No con la parte de que estar casado equivalga a
estar muerto, sino con lo otro. Tu hijo es superior a
Tigger en todos los sentidos.

¿Por qué habré dicho eso?

Bella me sonríe.

—Diría que es posible que también tú hayas
bebido suficiente vodka por hoy.

Yo asiento.

—Probablemente. No creo que pueda sobrevivir a
dos chupitos más en cualquier caso, y tomarme seis
sería mi fin.

—¿Seis? —pregunta Fanny, con aspecto confuso.

—Si me tomase uno más, serían seis —explico—.
Han de ser siete. U once.

—Cierto, el 7-Eleven. —Fanny asiente
solemnemente, pero hay un atisbo de sonrisa bailando
en sus ojos—. Por solidaridad, yo también dejaré de
beber.

—Lo mismo digo —dice Bella.

—No más vodka para mí tampoco —declara
Natasha—. Voy a estar demasiado ocupada bailando
con Tigger ahora que su cita se ha marchado.

Después de hacer ese pacto, volvemos a la mesa,
donde nos encontramos a Boris con la cabeza
apoyada junto a su plato, roncando sonoramente.
Tigger, quien claramente ha ganado el concurso de
beber, está rodeado por dos mujeres de otra mesa. El

trío formado por el Diablo, Vlad y Dragomir está hablando animadamente en ruso.

Rayos.

Si un tipo normal se ve guapísimo con ojos de borrachera de vodka, eso mismo hace del Diablo un ser hermosísimo, como corresponde al más brillante y poderoso de todos los ángeles.

¿Le importaría si me sentara en su regazo vez de en mi silla?

—Volved con vuestros maridos —grita Natasha al séquito de Tigger, y ellas se dispersan a toda prisa. Después, Natasha bate sus pestañas en dirección al hombre más joven y dice con voz ronca: —¿Qué tal un baile?

Tigger se levanta, aunque un poco inestable, y la lleva a la pista de baile.

—¿Qué tal si vamos a echarles un ojo? —le pregunta Bella a Dragomir—. No quiero que tu hermano se convierta en mi padrastro.

Dragomir sonríe y los dos se dirigen a la pista de baile, con Fanny y Vlad pisándoles los talones.

¿Debería volver a bailar con el Diablo?

—Ven —dice él, sacándome una silla otra vez.

Vaya un aguafiestas. ¿Nada de bailar y ahora tengo que sentarme en mi maldita silla? Lo siguiente que vendrá es que me pida que ingrese en un convento.

Suspirando, me dejo caer en la silla demasiado rápido y el restaurante gira a mi alrededor.

—Te he traído más pelmeni —dice—. Come. La comida ralentiza la absorción del alcohol.

—Esto ya es el colmo. —Agarro un tenedor… y esa cosa pesa por alguna razón—. El Diablo está preocupado de que esté como una cuba.

Un momento, ¿acabo de decir eso en voz alta?

Sí.

Él arquea una ceja.

—¿El Diablo?

Suelto un hipo.

—Así es como te llamo. Bueno, también Cortecita… pero ese es tan reciente que todavía no lo he usado.

Él niega con la cabeza.

—Por mucho que no me guste el sonido de «Cortecita», tal vez lo prefiera a «el Diablo.

—¿En serio? —Intento pinchar una empanadilla, pero muy la cabrona se resbala… debe de ser por toda esa mantequilla y crema agria.

Él me quita el tenedor, clava con aire experto la pieza de comida y me devuelve el utensilio, haciendo al tiempo que nuestros dedos se rocen con efecto orgásmico.

—Cuando vivíamos en Rusia, los niños se metían con nosotros usando variaciones sobre ese tema por culpa de nuestro apellido —explica—. Así que es una especie de punto sensible. Al menos «Cortecita» es original.

Parpadeo mirándole como una lechuza.

—Pero tú le has puesto a tu perro Belcebú.

Él se encoge de hombros.

—Ese nombre no se conoce en Rusia, y está bien llamar a tu perro con algo que no te gustaría que te llamaran a ti mismo. Además, no quiero que los imbéciles de mi pasado tengan ningún poder sobre mí... por eso llamé a mi empresa 1000 Demonios.

—Ah. El diablo es tu santo himen. —Me llevo el tenedor a la boca y cierro los ojos, disfrutando de la explosión de sabor que provocan los pelmeni.

Cuando abro los ojos, él me está mirando con confusión.

—¿Santo himen? ¿No dijiste que ya habías «practicado el coito»?

Ruborizándome, me trago el pelmeni. ¿Por qué habré abierto la bocaza?

—No es que sea de tu incumbencia, pero no, no soy virgen —digo en voz baja—. Holy Hymen, o himen sagrado en inglés, es como me llamaban los niños en su día. Por ser Holly y tener el apellido Hyman.

—Ah. Entonces me comprendes. —Su rostro se endurece, sus ojos celestes se tensan peligrosamente —. Dame los nombres de los imbéciles que te insultaron.

Tengo que volver a parpadear rápidamente. ¿Lo está diciendo en serio?

—Eh, no los recuerdo ahora mismo. En cualquier caso, lo siento… no quise poner el dedo en la llaga. A partir de ahora serás Cortecita. O como quiera que digas «Cortecita» en ruso.

La mirada peligrosa de sus ojos se desvanece, reemplazada por una expresión de desconcierto.

—¿Cómo has llegado a «Cortecita»?

—Tú me llamaste miguita, así que decidí que tú deberías ser corteza... o cortecita.

Una sonrisa malvada curva sus labios.

—Sabes, en ruso, corteza es sinónimo de algo duro.

¿Duro? Mi respiración se acelera cuando el calor recorre mi columna vertebral.

—¿Por qué me llamaste miguita?

—*Kroshka* también significa pequeñita —dice—. Siento si te ha sonado como si estuviese infantilizándote. Esa no era la idea.

—Ya veo... —Lo miro de arriba abajo—. ¿Cómo se dice «grandote» en ruso?

Su sonrisa se hace más amplia.

—¿Qué tal si me llamas simplemente Alex?

—Alex —Paladeo la palabra.

—O Sasha. Ese es otro diminutivo de Alexander, que es mi nombre completo.

—No. —Paso un dedo por su fuerte barbilla. Ya le está empezando a crecer la barba. Me gusta Alex.

Su mirada se oscurece cuando su fuerte mano coge la mía.

—¿De verdad?

Me humedezco los labios.

—Me gusta mucho Alex.

Parece hambriento... y no por el pelmeni.

Antes de que pueda pensarlo mejor, envuelvo mi otra mano alrededor de su nuca y tiro de él hacia mí.

Todo su cuerpo se pone rígido y su cabeza no se mueve.

Insultada, lo suelto y retrocedo, y luego veo por qué está tan quieto.

Dragomir y Bella están volviendo de la pista de baile, junto con Tigger, Natasha, Vlad y Fanny.

Supongo que al Diablo, quiero decir, a Alex, no le gustan las demostraciones públicas de afecto.

—¿No hay postre? —pregunta Natasha a nadie en particular mientras se deja caer en su silla.

Los ojos azul cielo de Alex se clavan en mi rostro con una la expresión poderosamente intensa.

—Todavía no.

Natasha hace un gesto en dirección a un camarero y da alguna orden.

Pronto se materializa una cornucopia de postres, junto con té, del mismo tipo maravilloso que probé en la limusina.

Cuando pongo el último terrón de azúcar en mi taza, traen un plato de pelmeni y lo colocan entre todos los pasteles, dulces y frutas.

—¿Eso es para mí? —le pregunto a Natasha.

Ella asiente.

—Le he pedido al chef que lo hiciera. Este tipo se llama *vareniki*. Pruébalo.

Cojo uno y lo pruebo.

Mmm. No está relleno de carne, como los

pelmeni normales. En cambio, el relleno es cerezas confitadas, y puedo verlo totalmente como postre.

—¿Alguien conoce algún chiste nuevo de Vovochka? —pregunta Fanny con timidez.

—Es un niño que es el blanco de muchas bromas rusas —susurra Alex en mi oído, haciéndome cosquillas en el cuello—. Como extra, también resulta ser el diminutivo del nombre de mi hermano.

—Me sé uno —dice Natasha—. Vovochka llega a casa con un suspenso en matemáticas. «¿Por qué?» le pregunta su padre, enojado. «Ella me preguntó cuánto es 2 por 3, entonces dije 6». «Eso es», dice el padre. «Entonces ella me preguntó cuánto es 3 por 2?» «¿Y cuál cojones es la diferencia?» pregunta el padre. Vovochka suspira. «Eso es exactamente lo que dije yo».

Todos nos reímos.

—Yo también tengo uno —dice Bella y lanza una mirada hacia su padre dormido—. La madre se está probando un abrigo de piel. Vovochka dice: «Mamá, no lo entiendes, ese abrigo es el resultado del sufrimiento de un pobre y desafortunado animal». Ella mira a su hijo con severidad y pregunta: «¿Cómo te atreves a hablar así de tu padre?».

Más risas.

Vlad es el siguiente.

—«¿Por qué la platija es plana?», Pregunta el profesor de zoología. «Porque tuvo relaciones con la ballena», dice Vovochka. «Fuera», dice el profesor. Ahora vamos a continuar. ¿Quién sabe por qué el cangrejo tiene ojos tan grandes? » Desde la puerta, Vovochka dice: «Porque él lo vio todo».

Cuando se acaban las bromas, todos disfrutan del postre por un rato. Me pregunto si el alcohol te da hambre, igual que hace el cannabis. : Yo lo disfruto tanto que me paso con el vareniki… como para tener que hacer 137 abdominales extra.

Mientras tomo más té, siento que alguien se cierne sobre mí y levanto la vista.

Es Tigger.

Con una reverencia cortés, hipa y dice:

—¿Podría concederme este baile, *milady*?

La taza de té de Alex se estrella contra la mesa con un estruendo.

—No, no podría. —Las palabras brotan como un gruñido.

—Oye —protesto indignada—. ¿Por qué hablas por mí? ¿Y si yo quiero bailar con él?

No quiero, pero aun así. ¿Pero quién se ha creído que es…?

—Tío, relájate —le dice Tigger a Alex—. Es solo un baile.

Alex se pone de pie y se interpone entre Tigger y yo.

—Ella está aquí conmigo.

Yo también me levanto de golpe.

—Sigo estando aquí. ¿Por qué hablas como yo no estuviera?

—Sé que está contigo —dice Tigger—. Yo solo…

Dragomir grita a su hermano algo furioso que suena como un ladrido, pero no entiendo las palabras.

Aún ignorada, me debato sobre si debería dar un fuerte pisotón contra el suelo para mostrar mi frustración, pero decido no hacerlo.

Tigger levanta las manos en el aire.

—Tranquilos, gente. —Mira a Alex—. Perdona, tío. No quise faltarte al respeto. Hay un montón de parejas de baile en otras mesas—. Hipa y me guiña un ojo. —Ay, milady, nuestro baile no estaba escrito en las estrellas. Si tuvieses una hermana igual de atractiva, tal vez bailaría con ella.

Aparto a Alex de mi camino.

—De hecho, la tengo. ¿Qué tal si te doy su número para que puedas...?

—Oye. —Bella tira suavemente de mi codo—. ¿Te importaría ir al baño conmigo?

Dejo que ella dirija el camino y cuando estamos fuera del alcance del oído de todos, digo:

—Sólo iba a darle a Tigger el número de mi gemela, para que...

—Te sugiero que primero recuperes la sobriedad —dice Bella—. Luego, si aún crees que es una buena idea, puedes preguntarle a tu gemela si quiere que la emparejen.

En eso tiene razón. Los hombres no son los únicos que han dejado que el vodka les arruine el cerebro. Puede que también me esté afectando un poquito a mí. Gia se enojaría si la liara con alguien sin su permiso, como parece hacer Natasha con sus hijos.

Me estremezco. Cuando Gia se enfada, sus bromas se vuelven más bestias... como la vez que frotó la mitad de los objetos de nuestro instituto con pimienta picante en polvo.

—Ahora —dice Bella con una sonrisa—, háblame del traje.

Ah. Por supuesto. Han pasado varios segundos desde la última vez que alguien me ha hecho sentir descolocada. Hablando de eso, ¿camino un poco torcido? Parece que me estoy chocando mucho con la gente.

Bella sigue mirándome expectante, así que digo:

—No hay mucho que contar. Las baterías se agotaron antes de que pudiera experimentar la última fase. Leí algunos manuales de control de calidad, por lo que puedo documentarlo mejor si...

—Esperaba que dijeras eso. —Se saca un montón de papeles del bolso—. Rellena esto cuando lo hagas.

Echo un vistazo a la primera página.

Hay preguntas como: «¿Se alcanzó el orgasmo?» y «¿Cuántas veces?» Pero nada en la línea de: «¿Tienes el equivalente femenino al dolor de huevos?», que es donde estoy ahora.

¿Cómo llamarías a esa enfermedad? ¿Hinchazón de ovarios? ¿Hinchazón de clítoris?

—Fanny me ayudó con ese documento —explica Bella mientras abre la puerta del baño—. Y también agradecería mucho tu ayuda.

Leo más preguntas mientras uso el baño y luego espero a Bella en la puerta.

—¿Puedes darnos un momento? —le dice Bella a la encargada del baño.

Con un bufido, el ama dominatrix sale de los servicios.

—Bueno —dice Bella con una sonrisa traviesa—. Tengo un regalo para ti. —Escarba en su bolso y saca de él un consolador gigante.

Casi dejo caer el documento de pruebas.

¿Causará el vodka alucinaciones?

Pues no. Tengo a mi nueva jefa aquí delante con un consolador en la mano.

Un regalo. Para mí.

Como para añadir más surrealismo, Bella hace clic en un botón a un lado del tubo de silicona, y éste cobra vida y comienza a vibrar con todo el entusiasmo de un martillo neumático.

—Que lo pases bien. —Apagando la vibración, Bella me pone el consolador en las manos.

Yo me quedo mirando esa cosa con la boca abierta. Además de ser enorme, es azul, con remolinos cromados y una punta roja en forma de hongo... una combinación estética que me recuerda a Optimus Prime, de *Transfomers*.

Bella frunce el ceño.

—¿No te gusta?

—Solo estoy un poco aturdida —digo, y noto mi lengua extrañamente pesada en mi boca.

—Lo he hecho yo misma —dice Bella—. No estoy segura de si Alex te lo ha mencionado, pero soy la propietaria de una empresa de juguetes eróticos llamada Belka.

Ajá. Esa habría sido una conversación divertida entre Alex y yo:

—*¿Sabías que mi hermana fabrica pollas falsas?*

—*Oh, vaya, pues no. Cuéntamelo. No escatimes ningún detalle.*

Oye, al menos esto explica el interés de Bella por el traje de realidad virtual... es el siguiente paso lógico para alguien que tiene una empresa de juguetes eróticos.

—Gracias. —Guardo a Optimus en el fondo de mi bolso—. Es muy atento por tu parte.

Debo de haber dicho las palabras adecuadas, porque Bella va sonriendo orgullosa mientras vuelve dando saltitos hasta la mesa, que ha sido limpiada de todo menos del té y el café.

Alex me ve, se pone de pie de un salto y saca mi silla.

Sé que se supone que debo estar molesta con él, pero es difícil cuando está siendo tan caballeroso.

Vlad se levanta.

—Nosotros nos vamos a ir.

Fanny, sonriéndome, sigue su ejemplo.

—Ha sido genial conocerte.

Lucho contra el impulso de preguntarle si ella también recibió un consolador de Bella, o si lo mío es especial.

—Encantada de conoceros a los dos.

Bella mira a su padre, que sigue roncando.

—Creo que Dragomir y yo también deberíamos ir marchando.

Dragomir asiente y se pone de pie.

—Me alegro de verte de nuevo, Holly. Siento lo de mi hermano—. Mira fijamente a la pista de baile, donde Tigger hace de relleno de sándwich entre Natasha y alguna otra mujer de mediana edad de otra mesa.

—No te preocupes. Lo único que hizo fue pedirme un baile. —Miro a Alex con intención—. Me lo tomé como un cumplido.

¿Es eso un gruñido de Alex?

—Nos vemos en la oficina. —Bella me besa en la mejilla—. Adiós.

—*Do svidaniya* —digo sin vacilar un segundo.

—¿Lo ves? —pregunta Alex con una sonrisa malévola—. Ya te estás despidiendo en ruso. ¿Cuánto tiempo hará falta para que adquieras nuestro acento?

No puedo evitar sonreír.

Su expresión se vuelve seria.

—¿Estás lista para irte o te quieres acabar el té?

Mi corazón se acelera. No había pensado demasiado en cómo podría terminar esta noche, pero ahora todo tipo de escenarios con clasificación X están interpretando el Kama Sutra en mi cerebro.

—Estoy lista —digo sin aliento.

—Genial. —Me tiende la mano—. Vamos.

Con el pulso acelerándose aún más, aprieto su palma.

Es grande, cálida y callosa, y no quiero volver a soltarla nunca más.

—Adiós, papá —le dice Alex al dormido Boris—. ¡Adiós, mamá! —grita en dirección a la pista de baile.

Natasha se despide con un gesto y nosotros salimos, tomados de la mano.

El paseo hasta la limusina transcurre como en un sueño.

Él vuelve a sostenerme la puerta y yo me deslizo dentro. Se une a mí y, a diferencia de antes, se sienta a mi lado.

Rayos.

¿Está esto a punto de convertirse en una cita real y muy caliente?

Capítulo Veintidós

Ahora que lo tengo a unos centímetros, me lo como con los ojos.

Este tío es el equivalente visual del cristal de anfetamina apara los ovarios.

—¿Te he dicho lo fabulosa que estás esta noche? —murmura, devolviéndome la mirada con avidez.

El calor se apodera de mi piel mientras me acerco, envalentonada tanto por el alcohol como por el obvio deseo de esa mirada azul celeste.

—Es posible que haya surgido el tema.

Su voz se vuelve ronca.

—También hueles deliciosamente.

—No tanto como tú. —Me inclino y respiro descaradamente el apetitoso aroma a té que me ha estado volviendo loca toda la noche.

Me agarra por la barbilla para levantarme la cabeza y mirarme a los ojos.

Pierdo mi lucha contra mi autocontrol y alargo la

mano para domar su rebelde cabello, que resulta ser deleitosamente suave y sedoso, frío en las puntas y cálido más cerca del cuero cabelludo.

Cuando le toco, su respiración se torna entrecortada, sus ojos se oscurecen y él me la devuelve colocando un mechón suelto de mi cabello detrás de mi oreja izquierda.

Mi calor interno se intensifica, y la limusina empieza a darme vueltas.

Como dos imanes, somos atraídos el uno hacia el otro por una fuerza mayor que nosotros mismos.

Nuestros labios se fusionan.

El tiempo parece detenerse.

El beso es bueno. Tan bueno que asusta. Estoy embriagada por todas las sensaciones que me provoca. Él sabe a ese delicioso té, sus labios son suaves y cálidos, gentiles pero despiadados exigiendo una respuesta, una respuesta que me hace sentir completamente fuera de control.

La limusina gira ahora como un módulo de entrenamiento de la NASA, y hay un infierno ardiendo en mi interior. La caricia de una pluma aplicada en el lugar correcto probablemente haría que me corriese.

Tiene que ser algún tipo de efecto secundario del vodka. Ningún simple beso puede causar estas sensaciones.

Jadeando, deslizo mis manos por su espalda.

Su espalda musculosa, ancha e increíblemente fuerte.

Él se aparta.

¿Qué demonios?

Mis ovarios están tan hinchados que están a punto de pasar del nivel pelota de playa al de globo aerostático.

La limusina se detiene.

Ah. Hemos llegado.

Miro por la ventanilla.

Así es. Mi casa.

Con el corazón latiendo con fuerza, me vuelvo hacia él.

—Ven conmigo arriba.

Él coloca otro mechón de cabello detrás de mi oreja, y su contacto envía otro relámpago de calor a lo más profundo de mí.

—No puedo. —Tiene la voz ronca y el tono profundamente arrepentido.

—¿No puedes? —Miro sin comprender el bulto de sus pantalones.

Él suspira.

—Quiero que repitas esta invitación cuando no tengas vodka puro en las venas.

—No estoy borracha. —Maldición. He arrastrado las palabras al decir eso.

Su mirada se torna comprensiva.

—¿Qué tal si te ayudo a entrar?

Ajá. Hay un resquicio de esperanza. No todo está perdido.

Él sale del coche sin dar muestra alguna de embriaguez.

Salgo detrás de él y noto mi cuerpo traidor extrañamente pesado y torpe.

Él me sostiene por el codo para ponerme derecha cuando salgo.

Mmm. Noto las rodillas flojas. Deben de ser todas esas malditas hormonas liberadas por ese maldito beso.

Él me tira suavemente del codo.

—Vamos.

Disfruto de la sensación de su fuerte mano sujetándome mientras me guía hasta mi puerta. Al abrirla, le lanzo la sonrisa más seductora de que soy capaz.

—¿Me dejas que te haga un té?

Eso es. ¿Quién puede rechazar la tentación de una buena taza de té?

La expresión de su rostro es la de un hombre sediento que ha cruzado el desierto.

—No tengo sed.

Aprieto los dientes.

—Vale. No te necesito de todos modos.

Él arquea una ceja.

—Tengo el traje, ¿recuerdas? Siempre está el Alex virtual.

Él aprieta sus labios hasta formar dos finas líneas horizontales.

—¿El Alex virtual?

—Sí, eso es. Ese tipo es mucho más complaciente que el de verdad.

Sus ojos se entrecierran.

—Deberías irte a la cama y nada más.

Levanto la barbilla.

—¿Qué? ¿Celoso ante un poco de rivalidad?

—Ese traje es propiedad de mi empresa —dice rotundamente—. Me gustaría recuperarlo. Ahora. Ya.

Con un gruñido, entro a trompicones y casi tropiezo con mi mesa de café en forma de pentagrama antes de que él me detenga.

Entonces, *¿ahora* sí que va a entrar? ¡Qué mamonazo!

Me suelto y voy rápidamente hasta el dormitorio. Con las manos temblando de ira, guardo el traje en la mochila estampada de penes y se la tiro.

Él atrapa hábilmente el proyectil y me brinda una molesta sonrisita.

—Gracias. —Se cuelga la mochila a la espalda—. Ahora, descansa.

Grr. ¿Por qué ese tono autoritario me excita?

Es hora de ponerse serios. Me dejo caer sobre la cama en lo que espero que sea una pose seductora. Por supuesto, también puede que parezca una idiota borracha.

—Última oportunidad para unirte a mí —susurro… de nuevo, con suerte de forma seductora.

Sus fosas nasales se dilatan.

—Necesito tomar prestada la llave de tu puerta.

—¿Mi llave? —Olvidándome de la pose sexy, me levanto bruscamente—. ¿Por qué?

—Para que pueda cerrar la puerta al salir —dice,

enunciando cada palabra como si de repente yo hubiera perdido cuarenta y siete puntos de CI.

—Puedo cerrar mi propia puerta, muchas gracias.

Él niega con la cabeza.

—Podrías tropezarte con esa mesa de aquelarre de nuevo.

—No es de aquelarre. Es que me gustan los muebles con cinco esquinas.

—Dejaré la llave en tu buzón —dice—. ¿Tiene cerradura?

Asiento bruscamente.

Él extiende su mano.

—Ahora, sé una buena chica.

Uf. Salgo de la cama, rebusco en mi bolso y pongo la llave en la mano con un fuerte palmetazo.

—Bien. Que duermas bien. —Me da un último repaso, gira sobre sus talones y se va sin cerrar la puerta del dormitorio.

Vale. No lo necesito ni a él y a su maldita polla de verdad. Ni al traje.

Tengo el consolador de su hermana.

En realidad, ahora debería pensar en él como mi consolador. O como Optimus Prime.

Casi le grito lo del consolador mientras se aleja, pero me contengo en el último segundo.

¿Y si se pone en modo troglodita cagueta y me roba el consolador?

No puedo permitirlo. Mis ovarios hinchados deben apaciguarse.

Me quedaré aquí y esperaré hasta que le oiga

cerrar la puerta de entrada antes de abalanzarme sobre el consolador.

Espero.

¿Se ha ido?

Será mejor que espere unos minutos más. No puedo permitir que vuelva a pillarme con las bragas bajadas.

Bostezo.

¿Puede que no sea mala idea que cierre los ojos solo un poquito?

En el momento en que mis pestañas superiores e inferiores se encuentran, el sueño me golpea como una bomba y pierdo la consciencia.

Capítulo Veintitrés

¿Es ese el puto Big Ben?

El sonido tiene que ser de al menos 127 decibelios... lo suficientemente fuerte como para causar daño permanente a mis oídos.

Oh. Es mi despertador.

Golpeo el botón de repetición antes de que me exploten los tímpanos.

¿Qué demonios? Siento náuseas y mi dolor de cabeza tiene a su vez su propia migraña.

Maldita sea. Ya sé lo que es esto.

Resaca.

Pero eso implica embriaguez.

¡Oh no! Empiezo a recordarlo todo, especialmente la parte en la que le tiré los tejos a Alex al final de la noche.

¿En que estaría pensando? Hablando de liarla...

Haciendo un gran esfuerzo, me levanto, y registro vagamente que estoy vestida del todo.

La habitación me da vueltas. Pasa una mosca que suena como una sierra circular.

¿Cómo de borracha debí de ponerme ayer para que hoy me sienta así de mal? ¿Son esas cosas directamente proporcionales?

Cuando me levanto, mi dolor de cabeza empeora.

Oye, al menos parece que camino en línea recta.

Sigo los pasos de mi rutina mañanera hasta que me encuentro en la cocina.

Mmm. Hay un Gatorade en mi nevera.

Yo no lo he comprado.

¿Me lo habrá traído Alex?

Sin tener claro si tendría que estar molesta porque haya entrado por su cuenta o contenta porque se haya preocupado por mis electrolitos, me lo bebo de golpe, hasta que mi estómago está a punto de estallar.

Eso es. Si ahora me tomo un barril de Tylenol, puede que sea capaz de ir a trabajar.

———

Cojo un taxi, porque hoy probablemente el transporte público me haría estallar la cabeza.

A unas manzanas de mi casa, mi teléfono comienza a vibrar.

—¿Hola?

—Hola, hermanita —chilla Gia—. ¿Qué tal tu cita?

—Uf. —Alejo el teléfono unos centímetros de mi oído, que me está retumbando—. Baja el tono de voz.

—¿De qué estás hablando? —Grita aún más fuerte—. Prácticamente estoy susurrando.

Le cuento lo que pasó, y con cada palabra que sale de mi boca, más mortificación y horror se instalan en mi seno.

Besé a Alex... y luego me lancé sobre él, como una buscona.

Prácticamente acosé sexualmente a mi jefe.

—Entonces —dice Gia cuando acabo con toda la espantosa historia—. ¿Qué vas a hacer ahora?

—Ni idea. ¿De alguna manera salvar mi carrera?

—Me refería a él. ¿Ahora vosotros dos estáis saliendo?

—Ni una puta opción. Todavía trabajamos juntos...

Y eso es solo la punta del jodido iceberg. En cualquier caso, ¿quién dice que él querría salir conmigo? Después de todo, rechazó mis proposiciones después de ese beso. Si hubiese sido tan excitante para él como lo fue para mí, no lo habría hecho.

—Vale. No voy a presionarte —dice Gia con un suspiro melodramático.

¿Es que el infierno se ha trasladado a la Antártida?

—Genial, gracias.

—Sólo espero que no tengas demasiada resaca para ese almuerzo que me debes.

Vuelvo a acercarme el teléfono a la oreja, segura de haberla escuchado mal.

—¿Qué almuerzo?

—Con nuestras unidades parentales —dice ella, y casi puedo oír su gesto de exasperación—. Crystal y Harry Hyman. Sexadora de pollos y testador de penetración. ¿Los recuerdas? ¿Los motivos por los cuales tú y yo estamos tan jodidas?

Si *estamos* jodidas sería tanto gracias a nuestras hermanas como a nuestros padres, pero no le digo eso, optando por un horrorizado:

—¿Eso era hoy?

—Ya lo sabías —dice Gia—. Y no, no vas a librarte jugando la baza de la resaca.

—Muy bien —refunfuño—. Desearía que el dolor de cabeza fuese un dolor en el recto en vez de eso... me ayudaría a fingir que soy tú.

—Eso no tiene ningún sentido. A menos que estés hablando de sexo anal. No, ni siquiera entonces.

—Perfecto. Hablar sin tener ningún sentido también me ayudará a hacerme pasar por ti.

—Si quieres que crean que eres yo, no intentes hacer bromas, especialmente bromas como esas —dice—. Y evita los términos británicos. Además, un amigo va a llevarte una bolsa con suministros.

—¿Suministros? —Siento una absurda punzada de celos ante la mención de un amigo. A pesar de nuestros genes y crianza idénticos, e incluso con todas sus fastidiosas manías para evitar los gérmenes, Gia tiene una vida social mucho mejor que la mía... es decir, ella tiene una.

Ella resopla, felizmente ajena a mis pensamientos.

—¿Ibas a presentarte con la misma ropa que usas para ir al trabajo?

Echo un vistazo. Sí. Llevo lo de siempre, como debe ser.

—Ni siquiera había pensado en ello. Creo que hoy me parezco más a ti de lo que pensaba.

—Ja, ja. En la bolsa habrá algo de ropa, una peluca y maquillaje.

Siento como mi dolor de cabeza se intensifica.

—Genial. Estoy deseando parecerme a Morticia Addams… si se hubiera unido a un club de motoristas.

—A mí también me gustaría ver eso —dice Gia—. Además, haz algo de magia. Haz eso del treinta y siete que te mostré el otro día.

—Me parece bien. —Sé que quiere que le pregunte cómo puede estar segura de que nuestros padres pensarán en treinta y siete cuando haga el truco, así que resisto la tentación—. ¿Y qué hay de lo de Tigger?

—¿Es ese el hermano del novio de Bella? —pregunta ella.

—Sí. ¿Quieres que te organice una cita con él?

—Claro que no —responde—. Suena como a mujeriego empedernido, y eso es lo último que necesito.

El impulso de discutir es fuerte, pero decido ser una buena hermana y resistirlo. Después de todo, principalmente se salta el almuerzo con nuestros padres para que no la presionen para que salga con alguien.

—Vale —digo—. Avísame si cambias de idea.

—No lo haré —dice con firmeza—. Bueno, tengo que colgar.

—Do svidaniya.

—Vaya, eso es nuevo —dice ella, y con un «Hasta lueguito» burlón, cuelga.

Capítulo Veinticuatro

SALGO del ascensor en mi planta de oficinas y me siento agredida por todo el follón que están montando mis compañeros de trabajo. Me tapo los oídos y corro hacia mi escritorio antes de que nadie me haga ninguna pregunta estúpida del tipo «¿Qué tal?»

Según voy acercándome apresuradamente noto algo extraño. Hay sillas adicionales al lado de los escritorios de los desarrolladores.

¿De qué irá todo eso?

Abro mi correo electrónico y hago una mueca al ver mi bandeja de entrada. Te saltas un día y ese estúpido buzón se llena hasta el borde.

Empiezo por comprobar si tengo algo de Alex. Si estoy despedida, al menos me libraré del resto de la bandeja de entrada, sin mencionar la abominable cacofonía de mis compañeros de trabajo.

El primer correo electrónico trata sobre los juegos para el hospital. Alex me sugiere que nos reunamos con el Dr. Piper y su gente, para que él se asegure que todos estamos en sintonía. Eso sería algo que me alegraría de no ser por el hecho de que este correo me llegó ayer... horas antes de mi comportamiento indecoroso.

Como si quisiera aumentar mi ansiedad relacionada con el trabajo, el siguiente mensaje de Alex es mucho más siniestro.

Solicita que nos reunamos.

Ubicación: su oficina.

Agenda: en blanco.

Hora: dentro de una hora.

Maldita sea.

¿Debería siquiera molestarme con el resto de la bandeja de entrada?

Creo que lo haré. Necesito hacer algo si no quiero volverme loca en algún momento de la siguiente hora.

Sin embargo, lo primero es lo primero. Si conservo mi trabajo, quiero que la reunión con el Dr. Piper se haga lo antes posible, así que le envío un correo electrónico al respecto... la ventana de oportunidad antes de que asocie mi trabajo con la pornografía se está cerrando rápidamente. Luego verifico si tengo algo de Bella; después de todo, ella también es mi jefa y, según Alex, esta es más su empresa que la de él.

Solo hay un correo electrónico de ella, también de ayer. Aparentemente, Bella y Alex han decidido implementar algo llamado programación por pares, una técnica que ha demostrado ser altamente efectiva en 1000 Demonios. Ella dice que si tengo buenos argumentos en contra, debería hablar con ella de inmediato, y que si algunos desarrolladores prefieren trabajar solos, se pueden hacer excepciones.

Para eso deben de ser las sillas adicionales.

Aunque tengo una idea de lo que es la programación por pares, leo un poco sobre ello.

También conocido como programación en pareja, es justo lo que su nombre indica: dos programadores se sientan uno al lado del otro y trabajan juntos. El controlador escribe el código, mientras que la otra persona, el navegador, revisa el código a tiempo real. Naturalmente, los roles se intercambian con frecuencia.

¿Por qué nunca he probado esto? Según varias investigaciones, eso hace que aumente la calidad del código y lleva a que todos los miembros del equipo compartan mejor los conocimientos.

Excelente. Si no me despiden, tendré curiosidad por ver cómo funciona esto de programar en pareja.

Alguien se aclara la garganta. Dos veces.

—Hola, Holly.

Frotándome las sienes palpitantes, levanto la vista.

Debería haberlo adivinado por el carraspeo.

Es Buckley.

—Hola —digo—. ¿Qué pasa?

Se aclara la garganta dos veces más.

—Solo quería decirte adiós.

—¿Sí?

Un solo carraspeo. Gracias a Dios.

—Sí. Ya he conseguido el traslado que quería. Los nuevos jefes son rápidos.

—Ah. —Hago todo lo posible por no parecer *demasiado* contenta—. Felicidades.

Se aclara la garganta dos veces más.

—Hoy es mi último día.

Ahora lleva siete carraspeos. ¿Cómo consigo que lo deje así?

—Genial —digo—. Te deseo lo mejor.

Hago un gesto de despedida con la mano.

Pues no. Se aclara la garganta dos veces, como si estuviese intentando volverme loca a propósito.

—Deberíamos mantenernos en contacto.

—Claro —digo—. Lo haremos.

Ni de coña.

Él me dedica una mirada poco profesional y persistente que seguro que no voy a echar de menos, se aclara la garganta una vez más y se va.

Finjo que no me molesta que el total de carraspeos sea diez.

No, no me molesta en absoluto.

Pues no.

Estoy en un modo tan Zen como once vacas hindúes. Me he quedado tan fresca como siete pepinos.

Vale, bien. Necesito algo más absorbente y estimulante que revisar el correo electrónico, y sé exactamente qué: el código que Robert me envió por correo electrónico el otro día. Si conservo mi trabajo, estaré trabajando en la integración de los trajes, así que también podría echarle un vistazo.

No pensé que mi dolor de cabeza pudiera empeorar, pero ahí va. El código en sí es bueno, incluso elegante, pero no está limpio.

Me aseguro frenéticamente de que todas las líneas tengan cuatro espacios de sangría y luego corrijo las faltas de ortografía de los comentarios hasta que me salta un recordatorio de mi inminente reunión con Alex.

Maldita sea. Casi se me olvida. Lo de divertirse no tiene punto de comparación: cuando el tiempo vuela *de verdad* es haciendo limpieza.

Antes de levantarme de mi mesa, lo dejo todo bien atado escribiendo el comando para enviar el código limpio al repositorio compartido; de lo contrario, si mi ordenador muere, mi trabajo se perderá. Hago esto con cuidado porque una vez le causé un ataque al corazón a todo el equipo cuando la líe en este paso e hice que pareciera que un año de arduo trabajo había desaparecido. Afortunadamente, tenía todo el código que pensaban que habíamos perdido almacenado localmente en mi ordenador, así que rehíce el envío del código y el disgusto de todos se esfumó.

¿Será por mi inminente reunión con Alex, o es que los términos comando y dejar bien atado suenan un poco como bondajescos? ¿Y existirá la palabra bondajesco?

Grr. ¿Por qué estoy dándole vueltas a la lingüística? Alex y mi destino me esperan.

Cuando me pongo de pie, mi dolor de cabeza empeora hasta convertirse en un latido.

Bueno, no es posible evitarlo.

Camino a toda velocidad hasta la oficina que allané y llamo a la puerta.

—Pasa —dice Alex, con su acento sexy a toda máquina.

Respiro hondo y entro.

Capítulo Veinticinco

AL PRIMER VISTAZO, veo que sí se ha comprado un nuevo monitor, teclado e incluso una silla extra. Sin embargo, lo que realmente llama mi atención es el hombre en sí.

Aunque dudo que se haya afeitado esta mañana, no está tan desaliñado como de costumbre, gracias a lo que se arregló el día anterior, hasta su cabello está menos revuelto, todo realzando el suculento artículo que debería ignorar.

¿Que te despida alguien así de sexy duele un poco más?

Sería duro decidir si es el caso.

Hablando de duro, no veas como estaba él anoche. Duro y palpitante, igual que mi actual dolor de cabeza.

Uf. Que alguien me mate, por favor.

—Hola —saludo, cuando me doy cuenta de que llevo demasiado tiempo plantada allí en silencio.

Su expresión es ilegible, lo que lo hace parecerse a su hermano Vlad. Me sudan las palmas de las manos y se me hace un nudo en el estómago.

—*Privet* —dice él.

¿Un hola informal? ¿Será eso quizás una buena señal?

—Yo... yo creo que sé por qué estoy aquí —tartamudeo.

Levanta la ceja derecha una mínima fracción de milímetro.

—¿De veras?

Yo asiento.

—Siento lo de anoche.

Aparece una arruga en su frente.

—¿Lo sientes?

—Me comporté de manera poco profesional. —Lanzo una mirada de deseo a su silla para las visitas. No estoy segura de si es la resaca o por lo que llevamos de reunión, pero siento las piernas como si fuesen de gelatina gomosa.

—Siéntate. —Él hace que eso suene a orden.

Obedezco encantada.

—Como había empezado a decir, lamento mi comportamiento inapropiado. No volverá a ocurrir.

Su expresión se vuelve aún más difícil de descifrar.

—¿No?

—Lo prometo. Por favor, déjame conservar mi empleo. Yo...

—¿Te habías creído que te hecho venir para despedirte?

Ahora su rostro es fácil de leer. La expresión de enfado dice que si él no había pensado en despedirme hasta ahora, lo está considerando.

Trago saliva con dificultad.

—No pusiste nada en la agenda de la convocatoria de reunión.

Su mirada celeste se oscurece.

—¿Así que has asumido que iba a despedirte? ¿Tan mal concepto tienes de mí, o estás tratando de ser tan pesimista como el estereotipo ruso?

¡Uf! Supongo que no me va a despedir. Mi suspiro de alivio es audible.

—¿De qué querías hablar entonces?

—De la integración del traje. —Gira su pantalla hacia mí y veo el código que acabo de limpiar.

—Oh.

Un atisbo de esa sonrisa malévola suya se asoma a su rostro.

—En concreto, quería hablar sobre cómo vamos a trabajar en el código.

—¿Nosotros?

No va a decir lo que creo que va decir, ¿verdad? Eso sería impensable. Como dejar entrar a un oso en un almacén de miel. Como...

La sonrisa está claramente ahí ahora.

—Quiero que nosotros dos lo hagamos como pareja.

Capítulo Veintiséis

Quiere decir que nos emparejemos siguiendo la técnica de programación por pares, pero las imágenes de nosotros dos copulando invaden mi cerebro y se niegan a marcharse. O para ser más exactos, nunca se fueron realmente, pero ahora están en primer plano.

Él gira la pantalla hacia él.

—Acerca tu silla.

Espera. ¿Ahora?

¿Nos estamos emparejando ahora?

Él me mira expectante.

Supongo que así es. Nos estamos emparejando.

¡Que los dioses de los códigos binarios me protejan!

Arrastro mi silla hasta que estoy lo suficientemente cerca para detectar su delicioso aroma.

—Acabas de enviar un código —dice, volviendo su atención a la pantalla—. Permíteme sincronizar para ver la última actualización.

¿Es normal notar lo sexys que son sus dedos mientras escriben esos comandos? Me los imagino danzando por mi cuerpo en lugar de sobre las afortunadas teclas del teclado, y mi respiración se acelera. La forma en que acaba de pulsar esa tecla C...

—Has hecho que algunos archivos tengan mejor pinta —murmura, con la atención aún fija en la pantalla—. Es más fácil comprender lo que está pasando. Gracias a ti.

Maldita sea. ¿Por qué ese elogio me recuerda al beso de anoche?

—No hay problema —consigo responder.

—¿Quieres controlar o navegar?

—Prefiero llevar el control —digo rápidamente. Afortunadamente, no agrego «lo que te hago en la cama».

Maldición, mis pensamientos están a una pulgada de convertirse en un artículo de *Cosmo*.

Él aparta su silla y yo me deslizo detrás del teclado.

—¿Qué tal si trabajamos en ese tema que le mencionaste a mi hermana? —dice él.

—Claro. ¿Me puedes ayudar a navegar hasta el archivo pertinente?

Me dice adónde ir y revisamos las cosas juntos. Desafortunadamente, su proximidad y la resaca hacen que me resulte muy muy difícil concentrarme.

Si este emparejamiento va a continuar, tendré que hidratarme a lo bestia... y masturbarme.

Una vez abrimos el archivo, busco algún aspecto de fácil resolución para arreglar los problemas que vi. Encuentro algo y él está de acuerdo en que el cambio serviría, así que trabajamos en ello mientras lucho contra mis ganas de volver a besarle.

¿Quién habría dicho que codificar podría ser tan sexualmente frustrante?

—Habrá que probarlo —dice cuando anuncio que he terminado con el cambio.

Casi me caigo de la silla.

Probarlo. O sea, ¿usando el traje?

Descubrí el problema inicial cuando estaba achuchándome con su réplica virtual, por lo que es así como me imagino las pruebas de las que está hablando. Excepto que esta vez, tendría que desnudarme delante de él y...

Me suena el móvil.

Rechazo la llamada y cierro el archivo.

Ese estúpido trasto vuelve a sonar.

—Deberías cogerlo —dice él—. De todos modos, tengo otra reunión pronto. Continuaremos con esto por la tarde.

Entonces, las pruebas con calificación X tendrán lugar por la tarde.

Excelente. Ahora ya estoy tranquila.

El teléfono sigue sonando. Balbuceo algo ininteligible y acepto la maldita llamada por fin.

Son los de seguridad de la puerta de abajo. Alguien me ha dejado un paquete y tengo que bajar a buscarlo.

—Nos vemos después —dice Alex cuando le explico que tengo que irme.

—Do svidaniya —me despido al salir.

—Do *skorovo* svidaniya —responde él con una sonrisa.

En el ascensor, saco mi teléfono y me entero de que *skorovo* significa *inminente*.

Sí.

Más emparejamientos y pruebas son inminentes... suponiendo que sobreviva al almuerzo con mis padres.

Capítulo Veintisiete

Con el paquete a cuestas, vuelvo a subir hasta mi planta.

Tengo que matar algo de tiempo antes del almuerzo, así que decido rellenar todo lo que pueda del cuestionario de Bella.

¡Maldita sea!

Algunas de esas preguntas son clasificadas X, por decir algo. Espero que nadie se pare junto a en mi escritorio ni que me pregunte por qué me sonrojo tanto.

Con el cuestionario terminado, decido que es hora de prepararme para el almuerzo, así que me meto en el tocador para probarme lo que hay en el paquete de Gia.

No, no tocador. Servicio.

Debo vigilar de no soltar palabras finolis que suenen a inglés británico durante el almuerzo.

La caja contiene mi cambio de imagen

vampírico: una peluca negra, un frasco de base de maquillaje un punto demasiado pálido, un par de botas de motorista, un pintalabios oscuro y un conjunto consistente en vaqueros negros, top negro de manga larga, y un chaleco de cuero con remaches metálicos. También hay guantes negros y elegantes que cumplen una función doble: hacen que parezca que estoy preocupada por los gérmenes y al mismo tiempo ocultan la falta de esmalte negro de mis uñas.

Para cuando he terminado de ponérmelo todo, me parezco tanto a mi gemela que ni mi propia madre sería capaz de distinguirnos... que es justo lo que pretendo.

Guardo mis cosas en la caja que se ha quedado vacía y me preparo para salir... pero entonces entra Bella y me mira dos veces de arriba abajo.

—Guau. Había oído hablar de los viernes informales, pero nunca de los jueves góticos.

Hago una mueca.

—Es una larga historia.

Ella sonríe.

—Déjame adivinar. Tu resaca es tan mala como la mía, así que has decidido vestirte tal como te sientes.

—Esa no es una mala suposición —digo, devolviéndole la sonrisa.

Su sonrisa se torna traviesa.

—Entonces, ¿Alex y tú os habéis emparejado?

Mi rubor atraviesa el maquillaje y yo asiento. Luego, como ya estoy ruborizada de todos modos, saco su travieso formulario y se lo pongo en las manos.

—Eso es todo lo que seré capaz de rellenar. Alex me ha quitado el traje.

Ella se ríe.

—No me sorprende. Ni de niño le gustaba a Alex compartir sus juguetes.

¿Soy yo el juguete en esta historia, o lo es el traje? ¿O puede que se refiera al Alex virtual?

—Tengo algo que hacer. —Miro hacia la puerta.

—Yo también. —Se dirige a uno de los cubículos —. Adiós.

Echo un vistazo a mi teléfono y me apresuro a volver a mi mesa, ignorando las miradas sorprendidas de mis compañeros. Dejo caer la caja con mi ropa normal junto a mi silla y corro hacia el ascensor.

Espera un segundo.

¿Acabo de ver a Alex por el rabillo del ojo? Espero que no... es el último a quien quisiera tener que explicarle lo de mi look.

Para mi alivio, el ascensor llega rápidamente, y desde allí, el recorrido hasta el Miso Hungry transcurre sin incidentes.

Mis padres ya me están esperando en una mesa de la esquina cuando entro.

Todavía no me ven, lo cual es bueno.

Me acerco a la camarera.

Ella no parece reconocerme.

Excelente.

—Hola —saludo—. Sé que tengo un aspecto

diferente hoy, pero soy la clienta que pide cuarenta y siete cubos de tofu en su sopa de miso.

—¡Ah, sí! —exclama un poco demasiado alto—. Te queda bien.

—Gracias. Estaré sentada en esa mesa. —Señalo la de mis padres—. Cuando pida sopa de miso y sushi más tarde, ¿pueden prepararlos de la misma forma que siempre?

Ella asiente.

Genial. Tal vez lo consiga.

Me acerco a la mesa.

—Hola, mamá. Hola, papá.

Cuando era joven, papá se parecía a Bob Dylan... o eso dice mamá. Hoy en día, se parece más un vagabundo con una barba salvaje y una espeluznante cola de caballo plateada que sobresale de un gorro de lana que oculta su calva. Un vagabundo bien alimentado, claro está: su barriga se parece a la de mamá justo antes de que las sextillizas se escindieran de ella. En contraste con papá, y a pesar de haber hecho crecer a ocho seres humanos en su interior, mamá tiene la barriga plana, el pelo brillante y la piel sin arrugas. Parece como si fuese mi hermana mayor, lo que me hace sentirme optimista acerca de envejecer con gracia.

Nota para mí misma: no debo hacer que papá se disguste metiéndome con sus hábitos alimenticios, ya que eso es algo que Gia no haría.

¿O sí?

Mamá se pone de pie de un salto y junta las manos, estilo yoga.

—Namasté, solete.

¿Solete? ¿Será sarcasmo? Parezco una criatura de la noche a la que el sol podría matar.

—¡Cosa 2! —La sonrisa de papá es tontuna mientras palmea mi hombro.

Premio. Me ha llamado Cosa 2. El engaño está funcionando hasta ahora. De hecho, soy la Cosa 1 por ser la mayor, aunque eso simplemente significa que vencí a Gia por unos segundos en nuestra carrera por salir por la vagina de mamá. Las sextillizas son las Cosas 3 a 8, así que tengo mucha suerte. No soy la Cosa 4, ni la Cosa 6, u, horror, la tan poco prima Cosa 8.

—Percibo algo de tensión —dice papá—. ¿Estás descentrada? ¿Quieres un masaje en los hombros?

—Primero comamos —dice mamá en el tono maternal que perfeccionó al lidiar con ocho monstruos… es decir, chicas, en crecimiento.

Con un leve puchero y un suspiro, papá se deja caer en su silla. Es un fanático de agradar a los demás, por lo que negarle la oportunidad de darme un masaje en los hombros es como quitarle las chuches a un hippie hambriento con el peor ataque de hambre en la historia de los usuarios del cannabis.

Mamá se sienta, así que me quedo la silla restante, que da la casualidad de que está frente a la puerta.

—¿Cómo va todo? —pregunto, ansiosa por mantener la conversación lo más alejada posible de mi persona—. ¿Habéis hecho algo interesante durante vuestra visita de la ciudad?

—Las cosas no podrían ir mejor. —Mamá abre su menú—. Anoche, vimos una actuación de *burlesque*. Después, tu padre se puso hecho una bestia.

Y allá vamos. Apuesto a que si tomara un trago cada vez que mamá dice algo que me hace querer arrancarme las orejas, mi resaca actual parecería un cosquilleo.

—¿Cómo van las cosas en la tierra de la Cosa 2? —pregunta papá. —¿Todavía persiguiendo tu sueño?

—Sí —le respondo—. La magia es genial.

Si compran esto, el resto del almuerzo será pan comido. Aunque siempre trato de apoyar a Gia, no puedo evitar ver su magia más como un pasatiempo que como algo que un adulto hace para pagar sus facturas a tiempo.

Papá asiente con aprobación.

—Admiro mucho lo que estás haciendo.

Levanto una ceja con cuidado porque la pesada capa de maquillaje de mi frente parece como a punto de despegarse en cualquier momento.

—Persiguiendo tus sueños —aclara—. Yo todavía no he dejado mi trabajo diario.

—Tu trabajo diario nos permite viajar así —dice mamá con tono tranquilizador—. Además como lo de la penetración...

—Mamá. —Miro preocupada a la camarera—. Por favor, no hagas bromas relacionadas con la penetración, te lo imploro.

Papá se mesa la barba.

—Es que es una mierda trabajar para *el hombre*.

La camarera se acerca y pedimos. En cuanto se va, me ofrezco a mostrarles a mis padres un truco de magia, ya que Gia ya lo habría hecho.

Para mi gran fastidio, los dos piensan en el número treinta y siete como estaba previsto... Gia se las arregla para hacer magia hasta sin pisar la escena.

—Ha sido genial. —Papá nos sirve a los tres un platito de salsa de soja—. Me recuerda a ese video que te envié el otro día.

Interesante. ¿Le envía videos de trucos de magia a Gia? Lo último que me envió a mí fue un tratado teórico de informática sobre la dureza NP (donde N y P significan tiempo polinómico no determinista y no tienen nada que ver con, por ejemplo, nudistas y pollas).

—Sí, un vídeo genial —digo—. Gracias.

Para cortar el tema del ilusionismo, me meto un trozo de rollo de aguacate en la boca y finjo que es más grande de lo que es.

Mamá toma un trozo de sushi con sus palillos.

—Siento alejar la conversación de la magia, pero había algo de lo que quería hablarte.

Me tenso pero trato de que no se note. Lo último que quiero es un masaje de papá en los hombros.

—¿Qué pasa?

—Estamos preocupados por tu hermana —dice mamá.

Poner los ojos en blanco es típico de Gia, así que

cedo al impulso.

—¿Por cuál de ellas?

—Tu gemelita —puntualiza mamá—. Obviamente.

Maldita sea. ¿Están preocupados por *mí*? Quiero decir, ¿por mí de verdad? Además, ¿de qué va eso...? Si escoges a cualquiera de las sextillizas al azar, seguramente será una fuente de preocupación mayor que yo. A menos que mamá quiera decir «obviamente, los problemas de Holly son una conversación para tener con *Gia*».

Sí. Voy a quedarme con eso.

Imito la sonrisa traviesa de Gia.

—¿Qué ha hecho ahora mi clon en plan Posh Spice?

¿Ha sonado eso a Gia?

Mis padres fruncen el ceño al unísono.

Genial. Ahora están molestos conmigo por burlarme de mí misma.

—Parece no estar bien —dice mamá.

—No está viviendo —dice papá—. Solo existiendo.

Le miro con los ojos entornados.

—¿Qué te has fumado hoy?

Él desdeña mis palabras con un gesto de la mano.

—Desde que Beau salió del armario, ella...

Me pierdo lo que dice a continuación porque me pilla desprevenida oír el nombre de mi ex y sentir la opresión que provoca en mi pecho.

Hago todo lo posible para que nada de eso se

refleje en mi rostro. Tengo que actuar como lo haría Gia. En realidad, ella fruncíría el ceño, así que hago eso. Ella odia a Beau por mí. Para levantarme el ánimo, confesó que se había colado en su casa después de nuestra ruptura y que había puesto laxantes en todo lo que había en su nevera.

—Creo que está bien. —Sumerjo un trozo de rollito de aguacate en la salsa de soja—. Aparte de necesitar un guardarropa mejor, claro.

Eso es. Es como si hubiese nacido para este papel.

—No ha salido con nadie desde lo de Beau —dice mamá—. Sabes lo importantes que son los orgasmos y no creo que ella los esté teniendo.

Rechino los dientes. ¿Cree que Beau me estaba dando orgasmos?

—No es que mi propia vida sexual vaya especialmente boyante. ¿Cómo puedo ayudarla?

Mierda. Ambos me miran raro. No es bueno.

—Quiero decir, obviamente juego conmigo misma —agrego, imaginando que Gia puede hablar así delante de papá sin que le entren pensamientos suicidas—. Estoy bastante segura de que Holly también lo hace. Solo que un número primo de veces al día.

¡Tachán! ¿Dónde está mi Oscar?

Mamá se sienta más erguida.

—¿De verdad lo crees?

Cualquiera pensaría que le he dicho que su hija ha descubierto una cura para el cáncer en lugar de un consolador.

—De verdad verdadera —digo—. Me preocupa más que pille túnel carpiano por toda esa masturbación.

—Es un alivio —dice mamá—. Por supuesto, el objetivo real es lograr que un ser humano de verdad le proporcione esos orgasmos.

Soy Gia. Gia debería estar avergonzada, no yo.

—Porque el amor es maravilloso —agrega papá.

—Sí. Holly y yo nos pondremos enseguida con eso —digo con el sarcasmo característico de Gia—. Humanos de verdad. Lo he pillado...

—Dime si puedo ser útil de alguna manera —dice mamá con una expresión seria que me hace dudar de mis dotes de sarcasmo—. Tengo décadas de experiencia con el sexo tántrico más excitante, alucinante y orgásmico del universo. Si necesitas algún consejo, siempre estoy aquí para ayudarte

—*Estamos* los dos —la corrige papá.

¿Por qué no habré pedido Fugu, el plato japonés hecho con el mortal pez globo? El dulce olvido de la muerte por la tetrodotoxina podría haber sido preferible a esta conversación.

—Gracias chicos —me obligo a decir.

Papá se rasca la barba.

—Si lanzas energía amorosa al mundo, el equilibrio kármico siempre estará a tu favor.

¿Le habrá dado la camarera una galleta de la fortuna a escondidas?

Si no estuviera fingiendo ser Gia, les recordaría que para ellos esto no va solo de orgasmos. Sospecho que quieren un yerno, y un nieto si tienen mucha suerte. Su deseo de tener un hijo varón es ampliamente conocido. Es por eso que se sometieron a ese tratamiento de fertilidad hace tantos años... el que les hizo tener seis hijas más.

Eso es lo que hizo a papá creer en el karma. Está convencido de que debe de haber sido un asesino en serie en una vida anterior.

—En fin, tenemos noticias —dice mamá.

Por favor, no digas que vas a montar una comuna rollo sexual. O una colonia nudista. O a hacer que tu matrimonio sea abierto.

—Nos quedaremos en la ciudad unas semanas más —dice.

¡Uf!

—Eso es estupendo, mamá. Deberíais ver *Mary Poppins* en Broadway.

Mamá y papá intercambian miradas.

Maldita sea. Gia les habría recomendado un espectáculo de magia. O un espectáculo de mentalismo... como si hubiera una diferencia.

Bueno, ya he dicho lo de la maldita niñera. Si doy marcha atrás, parecerá aún más sospechoso, así que me meto un trozo de comida en la boca y lo mastico.

Se oye tintinear la puerta del restaurante.

Miro al recién llegado y el corazón se me sube hasta la garganta.

No es otro que Alex Chortsky, mi cita quizás falsa y mi jefe definitivamente no falso.

Capítulo Veintiocho

Aparto la mirada a toda prisa.

¿Puede que no me haya visto? ¿O que sí, pero que no me haya reconocido con mi disfraz de Gia?

Existe esa posibilidad, pero es baja, si me ha visto de esta guisa en la oficina.

Mi teléfono hace un ruidito.

Lo miro por instinto.

Es un texto de Lucifer Satán: *¿Eres tú?*

Soy idiota. Acabo de mirar mi teléfono, confirmando sus sospechas.

Le dirijo una mirada de pánico.

Sí. Viene hacia aquí.

Eso supone un montón tan tan gordo de problemas... pero que esté fingiendo ser Gia es el peor y eso, a diferencia de mi dignidad, es algo que todavía puedo proteger.

Sonriendo como una loca, le hago un gesto con la mano.

—¡Alex! Soy yo, Gia. ¡Por aquí!

Con el ceño fruncido, él acelera el paso.

Mis padres se vuelven. Papá se rasca la barba y mamá comienza a babear.

—¿Gia? —dice Alex, claramente confundido.

—Lo sé. —Mi sonrisa de loca se acerca a los niveles de la del Joker—. Normalmente estoy mucho más pálida, pero ya sabes lo que pasa. Hoy he estado al sol cinco minutos enteros.

Todos sueltan una risita nerviosa.

—Mamá, papá —digo—. Este es Alex

Me miran expectantes.

Oh, claro. En este punto, uno suele explicar la relación entre uno mismo y la persona que presenta.

¿Qué digo?

Entonces caigo. Puedo hacerle un gran favor a Gia... y vengarme de Alex por hacerme desfilar frente a sus padres el otro día.

—Alex es mi novio —digo con tono despreocupado—. Le pedí que se uniera a nosotros. ¡Sorpresa!

Alex parpadea pero parece estar de acuerdo. Al menos no refuta mi afirmación mientras arrastra una silla de otra mesa a la nuestra.

Mis padres lo miran boquiabiertos con expresiones de asombro.

Guau. ¿Consideran a Gia completamente imposible de emparejar?

—Alex, estos son Crystal y Harry Hyman, mis padres.

Alex estrecha la mano de papá y luego besa a mamá en la mejilla al estilo ruso.

Ella se hincha, parece a punto de poner un huevo. Sin aliento, balbucea:

—¿Cómo os habéis conocido vosotros dos?

—Alex trabaja con mi gemela —digo—. Obviamente, *ella* no podía salir con él; su nombre no tiene un número primo de letras.

En realidad, *puedo* vivir con el recuento de letras en «Alex» porque realmente me gusta cómo suena. Además, puedo contentarme sabiendo que sus padres lo llaman Sasha, que *sí* tiene cinco letras.

Alex se sienta.

—Sí. Salir con Holly no sería apropiado, ¿verdad?

Mamá no parece estar escuchando. A juzgar por las miradas que dirige hacia «mi novio», esta noche será su turno de ponerse como una bestia.

—Pareces tenso —le dice papá a Alex.

Alex se encoge de hombros.

—No todos los días conozco a los padres de la mujer con la que estoy saliendo. Además, hay un proyecto importante en el que estoy trabajando con Holly, así que...

—No digas más. —Papá se pone de pie de un salto—. Esto recargará tu energía para toda la semana.

Antes de que pueda gritar algo como SOS, los dedos peludos de papá se clavan en los hombros de Alex.

Soy Gia. Gia debería sentirse mortificada, no yo.

El masaje de papá es tan vigoroso que su cola de caballo se queda a escasos milímetros de golpear a Alex en la cara. Además, papá está soltando unos gruñidos extraños. ¿Qué es eso? ¿Está tan fuera de forma que incluso apretar los dedos le resulta difícil? ¿O está tratando de crear un efecto de vibración para Alex, como una elegante silla de masaje o un gato?

Mamá los observa llena de celos, pero probablemente no porque papá se esté poniendo manos a la obra con alguien que no sea ella. Creo que quiere tocar a Alex ella misma... y tal vez no solo sus hombros.

Hay que decir a su favor que la cara de Alex no refleja lo que realmente debe de estar pensando. Solo hay un atisbo de sonrisa bailando en sus ojos azules.

—Señor —le dice la camarera a papá con exagerada cortesía—. ¿Podría no hacer eso aquí?

¿Está siendo homófoba? No lo tengo claro, pero consigue lo que quería. Papá le da una palmada a Alex en la espalda y luego se deja caer en su silla, murmurando algo sobre la estúpida esclavitud a las convenciones sociales.

—¿Qué le apetece? —pregunta la camarera a Alex en un tono que me hace pensar que ahuyentó a papá solo para deshacerse de la competencia.

«Que el padre de Holly no me vuelva a tocar jamás» es lo que espero que diga Alex, pero simplemente pide un sushi especial.

—Tu acento —dice mamá con voz ronca—. ¿De dónde eres?

Con una sonrisa deliciosa, Alex explica que nació en Murmansk, una ciudad en el noroeste de Rusia.

Mamá y papá lo acribillan con preguntas sobre su ciudad natal, y me entero de que fue la última ciudad fundada por el Imperio Ruso. Y que hace frío incluso para lo que es típico en Rusia, con inviernos terribles y veranos cortos y frescos.

—¿En qué época del año recomendarías a alguien que la visitase? —pregunta mamá, con los ojos todavía molestamente lunáticos.

—Yo no recomendaría visitarla en absoluto —dice Alex—. Pero si realmente lo deseas, te diría que vayas a Rusia siempre en verano. Y que le eches un vistazo a Moscú antes de molestarte con Murmansk.

—¿Está toda tu familia aquí? —pregunta mamá.

Él asiente y luego les habla de sus padres y hermanos.

—Mis abuelos se quedaron allá —dice al final—. Eso fue antes de que existiesen las videoconferencias, así que los eché mucho de menos. —Parece melancólico—. Ahora ya no están.

Siento la necesidad de borrarle la tristeza del rostro con un beso. Maldita sea. ¿Pero qué me pasa? Él no es mi novio *de verdad*. No se supone que verle vulnerable deba causarme ningún sentimiento.

—Estoy seguro de que sienten tu amor donde quiera que estén —le dice papá a Alex para tranquilizarlo—. El amor trasciende el tiempo y el espacio.

Es de agradecer que Alex no ponga los ojos en blanco. En vez de eso, pregunta:

—¿Y vuestros padres?

—Florida —dicen mamá y papá al unísono.

Alex sonríe.

—Eso es más o menos lo contrario de Rusia.

Antes de que nadie pueda decir nada más, la camarera regresa con la comida de Alex, y él la ataca con entusiasmo… El masaje de papá debe de haberle abierto el apetito.

—¿Qué opinas de la magia de Gia? —pregunta mamá cuando Alex baja su ritmo de devorar sushi para ponerse a la par de los demás.

Me lanza una mirada interrogante.

—Ella es… Alucinante.

—Está siendo amable —digo—. En realidad, cada vez que actúo para él, me ruega que le cuente cómo lo hice. Le vuelve loco no saberlo.

Mamá y papá intercambian otra mirada.

Maldita sea. ¿Eso no ha sonado a Gia?

—¿Qué tal es trabajar con Holly? —pregunta mamá, con sus ojos azules moviéndose entre Alex y yo.

—Es brillante —responde Alex con una sonrisa sexy—. Mi hermana y yo tenemos la suerte de tenerla trabajando con nosotros.

Ooooh. Estoy seguro de que solo está siguiéndome

la corriente, pero aun así resulta agradable escucharlo.

Papá sonríe con orgullo.

—Me gusta pensar que se metió en el campo de la informática por lo que yo hago para ganarme la vida.

Alex coge un trozo de atún.

—¿Que es...?

Uf. Papá claramente estaba pidiendo a gritos a Alex que hiciera esa pregunta.

—Soy un testador de penetración —explica papá con el placer habitual—. Pero no es algo tan sucio como...

—Oh, ya sé lo que son las pruebas de penetración —le interrumpe Alex sin pestañear—. Y eso tiene sentido. Holly me mostró recientemente algunas de las herramientas de tu oficio.

Gracias, papá. Vamos a recordarle a mi jefe lo de mi intento de sabotaje.

—Cierto —dice papá con entusiasmo—. Ella tomó prestadas algunas de mis cosas. Me alegro de que hayan sido útiles.

—¿No es raro salir con una gemela mientras se trabaja con la otra? —pregunta mamá.

Mmm. No me gusta ni un poco esta línea de preguntas.

Alex se encoge de hombros.

—Son tan distintas que eso da igual.

Mamá me mira sin pestañear.

—¿Y las estúpidas sincronías de Holly no te molestan?

—Es una idiosincrasia —digo con severidad—. Y Holly no la tiene.

—Ah, ¿no? —Los ojos de mamá se entrecierran —. ¿Qué pasa con la Primomanía?

—Eso te lo acabas de inventar —digo.

—¿Primomanía? —pregunta Alex, intrigado.

—A mi hermana solo le gustan los números primos, eso es todo —digo—. Cualquiera que tenga inclinaciones matemáticas tendrá números favoritos.

Alex asiente.

—A mí me va la secuencia de Fibonacci. En realidad, hay números primos en esa secuencia, como 2, 3, 5, 13, 89, 233.

¿Puedo pedirle que se case conmigo aquí y ahora?

—Bien —dice mamá—. Si afirmas que su obsesión por los números es normal, seguramente llevar siempre la misma ropa y comer lo mismo no lo es.

¿Estoy a punto de cometer un matricidio?

Cojo aire para tranquilizarme.

—Sólo quiere organizar su vida para limitar el número de decisiones triviales que debe tomar cada día. De esa manera, puede concentrarse en lo que sí tiene alguna puta importancia.

Los ojos de mamá se entrecierran aún más.

Maldita sea. ¿Acabo de descubrirme?

—Creo que Holly es inteligente por hacer lo que hace —dice Alex, y yo quiero besarlo... más de lo habitual, es decir—. ¿No llevaba Albert Einstein siempre lo mismo por la misma razón?

Moviéndose como una cobra, mamá agarra mi peluca y me la quita con expresión triunfante.

Maldita sea.

—Hola, *Holly* —dice mamá con un severo énfasis en mi nombre—. ¿Te importaría explicármelo?

Capítulo Veintinueve

Maldita sea.

Gia me va a matar.

Papá parece sentirse traicionado.

—¿Cosa 1?

Cojo mi vaso de agua intacto y me trago la mitad bajo las miradas penetrantes de todos.

—Lo siento. Le debía un favor a Gia.

Mamá sacude la peluca sobre su sushi.

—Eso no explica esto en absoluto.

Me arde la piel... y no es un ardor del tipo agradable relacionado con Alex.

—Gia pensó que la taladrarías sobre su inexistente vida amorosa, pero aparentemente, hoy es el Día de Preocuparse por Holly. Lo que suena como un día festivo. La peor fiesta del mundo. Si yo...

Alex me pone una mano tranquilizadora en el codo, desatando una colmena de abejas cachondas en mi estómago.

Papá se tira de su cola de caballo.

—Lo siento, nena. Es todo fruto del cariño.

Mamá mira la mano de Alex en mi codo.

—Entonces, ¿con cuál de nuestras hijas estás saliendo?

Antes de que pueda decir que con ninguna, él responde:

—Con Holly.

Me tiembla la mano. Me libero de su sujeción, agarro mi vaso y trago con avidez el resto del agua, aplastando el hielo a medida que avanzo.

Sé que Alex está mintiendo, pero las abejas de mi estómago están escupiendo miel.

¿O es cagando miel?

¿Meando?

No, recuerdo vagamente a David Attenborough diciendo algo sobre la regurgitación del néctar, así que supongo que es más como vomitar.

Dejo el vaso en la mesa.

¿No es extraño que todos comamos miel y nunca nos cuestionemos que salga de unos insectos? Puede que las telarañas sepan a algodón de azúcar, pero yo nunca lo sabría porque me parece algo asqueroso para comer. Sin embargo, el vómito de abeja sabe estupendamente con el té.

En realidad, las arañas no son insectos. Son arácnidos, aunque eso no convierte su...

Me doy cuenta de que todos me miran expectantes.

—¿Puedes repetirme la pregunta? —pregunto tímidamente.

El ceño de mamá se suaviza por fin.

—No te había preguntado nada. Solo decía que vosotros dos hacéis una pareja monísima.

Rayos. Las abejas vuelven a zumbar.

—Gracias —dice Alex—. Mis padres nos dijeron lo mismo.

Y ahora las abejas están vomitando suficiente miel para sobrevivir a un largo y frío invierno ruso.

La sonrisa de mamá es traviesa (es de ella de quien Gia heredó la suya).

—¿Has conocido a sus padres? Las cosas deben ser realmente serias.

Caramba. Hemos conocido a los padres del otro... y siempre pensé que si un chico alguna vez conocía a los míos, eso sería el fin de la relación.

Espera. ¿Pero qué estoy diciendo? Alex y yo no tenemos ninguna relación. Me necesita para un proyecto de trabajo, que debe ser la única razón por la que no ha salido corriendo y gritando. Aun así, está portándose muy bien con todo esto, tengo que admitirlo.

—Deberíamos regresar. —Miro a Alex—. Los códigos nos esperan. —Y será mejor que nos escapemos rápido porque es sólo cuestión de tiempo, probablemente de segundos, antes de que mamá pregunte sobre nuestra vida sexual y comience a darnos consejos para follar.

—Antes de que te vayas... —Mamá bate sus

pestañas hacia Alex—. No tendrás algún hermano por casualidad, ¿verdad?

Alex sonríe.

—De hecho, lo tengo.

Reprimo un gemido.

—Estás casada, mamá, ¿recuerdas?

Mamá se ríe mientras papá no parece ponerse celoso, lo que me hace preguntarme si su matrimonio no se habrá convertido en uno abierto después de todo.

—No es para mí, querida —dice mamá con la voz cargada de regocijo—. Quería volver a lo de Gia.

Ah. Colocando a mi gemela. ¿Acaso debería sorprenderme?

Alex saca su billetera.

—En ese caso, lo siento. Mi hermano ya está pillado.

Sí. Dada la forma en que Vlad miraba a Fanny... a su rostro, no su trasero, aunque estoy segura de que también se lo mirará... eso está bien cerrado.

Busco en mi bolso mi propia billetera y me doy cuenta de que no llegué a sacar el consolador de Bella.

Quiero decir, *mi* consolador.

—Gia es demasiado quisquillosa —digo mientras saco con cuidado la billetera para no enviar el consolador volando hacia la cara de mamá—. Le ofrecí organizarle una cita con el hermano del novio de la hermana de Alex, pero ella se negó.

—¿Por qué? —pregunta mamá.

Tiro cuarenta y un dólares sobre la mesa.

—Dijo que era un mujeriego.

—Oh, por favor. —Mamá dirige una mirada de adoración a papá—. Tu padre era un bala perdida en su época, pero yo...

—Realmente no queremos escuchar eso —la corto mientras tiro de la manga de Alex.

Apostaría mil libras que el final de la frase de mamá iba a ser... lo domé con mi coño.

—Ha sido un placer conocerte, Crystal —dice Alex y le da otro beso en la mejilla—. Y a ti, Harry. —Estrecha la mano de papá.

Aunque no ha llevado perlas en su vida, mamá se aferra al lugar donde estarían mientras jadea:

—El placer ha sido todo mío...

Papá se aclara la garganta.

—Quiero decir, nuestro —mamá se apresura a enmendar.

Oh, claro. Como si pudiéramos olvidar el placer que tuvo papá al manosear a mi cita ficticia.

—Adiós —se despiden ambos al unísono.

—Do svidaniya —respondemos Alex y yo, también al unísono, antes de salir corriendo del restaurante.

———

—Gracias —murmuro débilmente mientras entramos en el ascensor de nuestro edificio.

—¿Por qué? —pregunta y sus labios se curvan en esa forma diabólica suya.

—Por fingir ser mi novio.

Su sonrisa se vuelve más malvada.

—¿Fingir?

Las puertas se abren y me hace un gesto para que salga.

Lo hago con piernas temblorosas, tan conmocionada que no puedo pensar con claridad.

Por supuesto que estaba fingiendo, joder. No puede ser mi novio sin que yo lo sepa.

¿Verdad?

Capítulo Treinta

—¿PREPARADA para nuestras pruebas? —me pregunta él, saliendo del ascensor detrás de mí.

Haciendo un esfuerzo, me recoloco y recupero el uso de mi disperso cerebro.

—Necesito llamar a mi hermana primero. Será mejor que sepa por mí lo del desastre del almuerzo.

Él asiente.

—Ven a mi despacho cuando termines.

Aturdida, lo veo alejarse a grandes zancadas. Luego entro en la primera sala de conferencias vacía que me encuentro y llamo a Gia.

—Hola —dice ella—. ¿Qué tal tu almuerzo haciendo de mí? ¿Te sentiste mucho, mucho más sexy?

—Lo siento —digo, y le cuento lo sucedido.

Gia suspira.

—Tendría que haberlo sabido. —Para mi alivio,

no suena demasiado cabreada—. Como mentirosa, no vales una mierda.

—Perdón otra vez.

—Sabes lo que esto significa, ¿verdad?

—¿El qué? —Puedo decir ya que lo que sea no va a gustarme.

—Todavía me debes una. Y esta vez, creo que te usaré en uno de mis siguientes números de ilusionismo... ¿o es que quedarte plantada en un escenario sin decir nada puede ser demasiado para ti?

—Te ayudaré con tu maldita ilusión. Ya te he dicho que lo lamento.

—Vale. Voy a llamar a nuestros padres y a humillarme.

—Buena suerte —le digo y cuelgo.

—¿De qué va lo de ese modelito? —pregunta Alison cuando salgo de la sala de conferencias.

Maldita sea. Me había olvidado de mi disfraz de Gia.

—Es una larga historia —contesto y me voy enseguida hasta mi escritorio para coger la caja con la muda de ropa.

Una vez desvampirizada, me dirijo a la oficina de Alex, otra vez con el corazón latiendo con fuerza y las piernas temblorosas.

Cuando entro, veo un traje de mi talla extendido sobre el sofá. A su lado hay un traje más grande, que debe de ser para él.

¿Qué demonios? ¿Vamos a hacer pruebas los dos a la vez?

Me lo imagino creando una réplica de mí en la realidad virtual, y cada centímetro de mí se prende fuego.

Alex aparta la mirada de la pantalla.

—¿Preparada?

Trago saliva.

Supongo que no hay forma de librarse.

Mientras noto cómo mi cara adquiere la consistencia de la lava reciente, mis dedos temblorosos se acercan a los botones de mi blusa.

Él frunce el ceño.

—¿Qué haces?

Yo pestañeo.

—La última vez que usé el traje, las instrucciones decían que había que hacerlo desnuda.

Sus ojos se oscurecen y recorren mi cuerpo, como si me estuviera imaginando exactamente de esa manera. Cuando su mirada regresa a mi cara, unas manchas de color arden en los bordes de sus pómulos altos.

—No vamos a probar las funciones que requieren eso. —Su voz tiene un toque ronco—. Yo voy a quedarme con la ropa puesta y te sugiero que tú hagas lo mismo.

Oh. Vale entonces. No sé si sentirme abochornada o aliviada. Puede que sienta algo de decepción también.

Él se acerca al traje más grande.

—Espera —le espeto—. ¿Tú vas a hacerlo al mismo tiempo?

—¿Por qué no? —pregunta con los ojos chispeantes.

Este hombre es un maldito enigma.

Sin hacer más preguntas, me meto dentro del traje.

Como la vez anterior, hay una sola aplicación allí, denominada Demo.

Maldición. Incluso con la ropa puesta, ver a Alex desnudo, asumiendo que él es a quien quiero recrear, será incómodo con él aquí. Sin mencionar que ya estoy celosa de cualquier mujer que él cree para sí mismo en la realidad virtual.

No puedo hacer nada para evitarlo.

Lanzo la Demo.

Me encuentro de nuevo en una habitación blanca y, al principio, parece que la demostración ha saltado directamente a la selección de pollas.

Excepto que estos relucientes objetos fálicos multicolores no son penes, ni penises (todavía no he buscado el plural adecuado). Tampoco son consoladores, aunque supongo que cualquier cosa puede funcionar como consolador si eres lo bastante valiente.

Son espadas.

Espadas láser que me recuerdan a los sables de luz de *Star Wars* y espadas de metal de varios tipos, desde espadas de doble filo hasta catanas. La variedad no es tan exhaustiva como la de las pollas, pero se acerca.

¿Es esta una demostración de algún fetiche extraño?

Elijo una espada láser azul porque parece la menos afilada. Aunque dudo que me puedan penetrar con ella mientras tengo puesta la ropa, o que la penetración sea incluso parte de lo que está a punto de suceder, es mejor prevenir que curar.

La espada se siente bien en mi mano, y cuando la agito de lado a lado, el resplandeciente filo zumba.

Pues qué bien.

De repente, Alex se materializa delante de mí.

No el Alex real, sino una aproximación cercana... y tristemente, vestido con una túnica y una capa negra.

—Buena elección —dice y ondea ante mí una espada láser roja.

—¿Eres real? —pregunto.

—Sí.

—¿Cómo? —Miro hacia abajo y veo que estoy usando un atuendo idéntico al suyo.

—Esta es una demostración multijugador. Hice que mi equipo de 1000 Demonios me la preparara. Esta es una pequeña parte de un juego que lanzamos en otra plataforma de realidad virtual, pero la gente de Robert la ha adaptado para el traje.

—Guau. —Describo un amplio arco con la espada—. Esto hará que la prueba sea mucho menos incómoda.

—Esa es la idea —dice él—. ¿Quieres entrenar un poco?

Sin responder, le doy una estocada.

O lo intento.

Él detiene mi ataque y me da un corte en la pierna... que el traje convierte en una presión ligeramente desagradable en mi muslo.

Él suelta la espada.

—Ahora dime, ¿nuestro cambio de código ha mejorado el problema que detectaste?

—Veamos. —Yo también dejo caer mi espada—. Ven e intenta cogerme el hombro mientras yo agarro tu muñeca. Eso debería ser parecido a la parte poco estable dentro de la demo de tu hermana.

Me alegro de que mi cara de realidad virtual no muestre mis emociones del mundo real. El Alex de la demostración anterior trató de agarrar algo mucho más privado que mi hombro.

Él se acerca y estira la mano hacia mí.

Le agarro por la muñeca y la levanto, disfrutando de la sensación de solidez.

¿Cómo puede ser que esto me excite?

¿Por qué mi corazón en el mundo real se acelera cuando toco a su avatar?

—¿Mejor? —me pregunta él.

—Muy agradable —murmuro.

—¿Entonces la solución ha funcionado?

Oh, claro. Esto son asuntos de trabajo.

Suelto su muñeca y doy un paso atrás.

—Sí. Un poco mejor. Aún queda mucho trabajo por hacer. —Extiendo la mano y toco su pecho, haciendo todo lo posible por no hiperventilar ante la cálida sensación—. Abundan los leves problemas de sincronización.

Él asiente.

—¿Qué tal si arreglamos algunos más?

—Claro. —Dejo caer mi mano a regañadientes—. Aunque creo que hay tantos que es posible que queramos anotarlos y delegar un montón de ellos a mi equipo.

—Por supuesto. —Se agarra la cabeza y desaparece.

A regañadientes, yo también me quito el visor y luego me retuerzo para salir del traje.

—¿Listo para emparejarte de nuevo? —me pregunta él.

Acerco una silla a su escritorio.

—¿Puedo ser controladora?

Él me deja, y yo paso un rato describiendo los problemas que hay que solucionar y asignando un montón de tareas a los desarrolladores apropiados.

Lo más emocionante y aterrador es que Alex insiste en que «tenemos» un montón en lo que trabajar... nosotros mismos.

—¿No tienes responsabilidades en 1000 Demonios? —pregunto.

Él se encoge de hombros.

—Bella me necesita. Tenemos que hacer que los trajes estén listos para la fase de producción.

Me aparto del monitor para encontrarme con esos ojos azul cielo que tanto distraen mi atención.

—Entonces, ¿quién trasladará los juegos para el proyecto del hospital?

—Mi gente en 1000 Demonios. De hecho, hay un equipo dedicado a eso.

Una sensación particularmente cálida se despliega en mi pecho.

Ha de ser porque debe de existir esperanza sobre la terapia con mascotas de realidad virtual. No puede ser de alegría por la perspectiva de trabajar codo a codo con Alex en el futuro previsible. Porque eso no sería apropiado. Para nada.

—Eso me recuerda algo —dice él—. Quería ver tu terapia con mascotas de realidad virtual por mí mismo.

¿Parecería poco profesional que me pusiera a dar saltitos de alegría?

Me encanta mostrarle mi trabajo a cualquiera que tenga una mínima curiosidad, pero la idea de que Alex lo vea me hace tilín a un nivel diferente. Me pregunto si esto es lo que una madre soltera podría sentir cuando un tío con el que ha estado saliendo finalmente conoce a su hijo por primera vez. Salvo que, por supuesto, Euclides no es un niño de verdad, y Alex y yo no estamos saliendo.

—Enseguida vuelvo —digo y me apresuro a salir de su oficina a buscar el visor y los guantes de mi escritorio, esos que tienen mi configuración de Euclides.

—¿Te importa si transmito lo que estés haciendo a tu monitor? —le pregunto a Alex cuando vuelvo.

No le importa, así que lo configuro.

—¿Preparado? —pregunto.

Alex se pone el equipo y le indico qué aplicación iniciar.

—Guau —dice cuando la nutria violeta con pinta de Teletubby aparece frente a él—. ¿Pero no eres tú una monada?

—Hola, Holly —canturrea Euclides—. Te he eshaado de menoz.

Yo sonrío. El mero hecho de ver a mi pequeña mascota de realidad virtual en el monitor de Alex me proporciona un fuerte subidón de alegría.

—Él cree que soy tú —dice Alex con una sonrisa.

Con el visor puesto, no puede pillarme observando sus labios, así que me permito disfrutar de esa sonrisa sexy.

En la pantalla, el pelaje de Euclides se vuelve de una mezcla de colores que indica confusión.

—¿De qué eztáz hablando? A vezez erez tan tonta...

Me acerco y me pongo de puntillas para susurrarle al oído a Alex.

—Claro que cree que eres yo. No es como si hubiera una cámara dentro del visor.

¿Cómo es posible que me resista a la tentación de lamer esa oreja?

—Tienes razón —dice Alex.

—Ziempre la tengo. —Euclides se vuelve de un orgulloso tono marrón—. Ezo ez poque de vedad erez tonta.

Guau. Muy buena respuesta. Lo bueno de la IA es que a veces puede sorprenderte.

La sonrisa de Alex se hace más amplia mientras se agacha y revuelve el pelo de Euclides hasta que vuelve a colorearse de un feliz tono púrpura.

—Tienes razón, pequeño. De hecho, puedo ser muy tonto.

Vaya. ¿Ha sido eso un pique? Después de todo, Euclides cree que está hablando conmigo.

—Teno musha hambe —dice Euclides y hace su danza del hambre.

—¿Qué hago? —me pregunta Alex sin pronunciar las palabras.

Vuelvo a divertirme susurrando las instrucciones en su oído. También respirando su aroma.

No estoy siendo una babosa. Para nada.

Con aspecto casi embelesado, Alex estira la mano para que las chuches digitales aparezcan en su palma. Luego le da de comer a Euclides todas y cada una de ellas con un entusiasmo que rivaliza con el mío.

Maldita sea. Los ovarios me duelen cuando veo a Alex hacer todo esto, y se aceleran cuando los dos comienzan a jugar a tirar el palito y veo la alegría dibujada en su rostro.

A juzgar por esta pequeña prueba, Alex sería un gran padre para algún pequeño humano afortunado.

¿Quizás un pequeño humano que yo haga para él?

Espera. ¿Qué? Nunca antes había tenido este tipo de pensamientos sobre ningún hombre. Esto es mucho más aterrador que lo de olisquearle, para ser honestos.

—Será mejor que me vaya —le dice Alex a Euclides de mala gana—. Tengo una amiga esperándome.

El pelaje de Euclides se vuelve de varios tonos de gris antes de asentarse en un verde azulado claro.

—Noz vemoz. Te quero.

Alex le abraza.

—Yo también te quiero, amiguito.

Vale. Oficialmente, estoy a punto de desmayarme y ahogarme en un charco de mis propios fluidos.

Alex parece reluctante mientras se quita el visor.

Yo escondo mis sentimientos inapropiados lo más rápido que puedo.

—Un trabajo alucinante —dice cuándo puede volver a verme—. Es la mejor alternativa posible a la oxitocina convencional.

De repente, me siento flotando, como si yo misma acabara de chutarme oxitocina.

—Un hecho poco conocido —digo sin pensar—: la oxitocina puede producir orgasmos más frecuentes y potentes en las mujeres. La mayoría de la gente piensa que solo sirve para fomentar sentimientos de unión, pero hace mucho más.

Rayos. ¿Por qué acabo de recitarle todo eso? Necesito correrme, y pronto. Los orgasmos están demasiado presentes en mi mente, tanto que estoy hablando de ellos con mi jefe como la acosadora en la que me estoy convirtiendo.

O igual que mi madre.

Alex se ríe.

—No se lo digas a Bella. Conociéndola, empezará a preguntarse cómo incorporar Euclides a las funciones de placer del traje.

Mi rostro pierde todo el color de golpe. Con todo lo que está sucediendo, casi me olvido de la espada de Damocles con forma de porno que se cierne sobre mi proyecto favorito de realidad virtual.

Él frunce el ceño.

—Es broma. Ella no haría eso.

—No es eso —digo—. Solo me preocupa que lo del NYU Langone no funcione. —Eso es. De hecho, es la verdad... pero no toda la verdad.

Él se acerca y me coloca un mechón de cabello detrás de la oreja.

—Vamos a comérnoslos en esa reunión de mañana. Lo prometo.

Lucho contra el tsunami de la oxitocina para levantar una ceja interrogante.

—¿Mañana?

—Bueno, sí. ¿No te pusieron en copia en la invitación del Dr. Piper?

—No. —Agarro el visor y los guantes—. Vuelvo enseguida.

Corro hacia mi escritorio, guardo el equipo y reviso mi bandeja de entrada.

Efectivamente, hay una invitación para una reunión en NYU Langone mañana por la mañana.

La excitación nerviosa que siento mientras vuelvo corriendo elimina lo que queda de mi resaca.

—¿Quieres que te explique mi estrategia para la reunión? —pregunta Alex cuando entro.

—Sí. Por favor.

Abre una presentación en su pantalla y explica que alguien del equipo de Robert la ha preparado para él.

Nota para mí misma: aprender a delegar mejor. Segurísimo que en mi caso, habría hecho la presentación yo misma, me habría quedado hasta tarde, y luego me habría sentido como una mierda al día siguiente.

Alex me guía a través de la presentación, que incluye los juegos que planean lanzar para la fase uno... todos apropiados para niños y lo más alejados del porno posible.

—¿Cuándo se puede trasladar todo esto al traje? —pregunto. Es lo mejor que puedo preguntar— ¿Crees que esto puede terminarse antes de que de alguna manera se enteren de la conexión con la pornografía?

Alex cierra la presentación.

—Robert se siente cómodo con una cronología bastante agresiva.

Si ya no quisiera besarlo (de nuevo), ahora es cuando me entrarían ganas de hacerlo.

Pero no.

Profesional y correcta es mi nuevo lema.

—Entonces —dice Alex—, ¿qué planes tienes para el resto del día?

—Me apunto a que nos emparejemos —le respondo.

Maldita sea. Eso no ha sonado ni profesional ni apropiado.

—Genial. —Toma su asiento—. ¿Puedo controlar yo?

Empezamos a programar juntos y pierdo la noción del tiempo. Cada vez que explica la lógica detrás de los cambios de su código, siento que me estoy metiendo todavía más en problemas. Si mi atracción inapropiada hacia él al principio era principalmente física, ahora me siento igualmente atraída por la forma en que funciona su mente... y eso no es bueno. Si sigo por ese camino me encontraré con sentimientos que no estoy preparada para albergar por nadie, y mucho menos por mi jefe.

Cuando cambiamos y me pongo a controlar yo, las cosas no son mucho mejores. Alex tiene la peligrosa costumbre de repetirme lo inteligente que cree que soy. Hay un número limitado de elogios que soy capaz de recibir antes de quitarme la ropa y suplicarle que me lo haga salvajemente en el sofá.

O encima de la mesa.

¿Quizás en esta misma silla?

—Me muero de hambre —dice Alex, sacándome de mis pensamientos libertinos.

Echo un vistazo al reloj de la esquina de su pantalla.

Son las ocho. Mucho más tarde de mi hora habitual de cenar.

Como para confirmar eso, mi traicionero estómago ruge igual que una maldita motocicleta.

—Ya está. —Se pone de pie de un salto—. Lo mínimo que puedo hacer es invitarte a cenar.

¿Cenar?

Solo consigo batir mis pestañas hacia él en estado de shock.

—Vamos. —Me sostiene la puerta.

Mientras me da vueltas la cabeza, salgo del despacho a las oficinas ahora vacías.

Bella se asoma por la puerta de su despacho.

—Hola, chicos.

—*Privet* —digo—. Vamos a cenar. ¿Quieres venir con nosotros?

¡Toma! Invitar a la hermana del chico hace que la cena no sea una cita.

—Gracias, pero ya he cenado. —Me guiña un ojo —. Id vosotros dos.

Maldición. Está volviendo a hacer el papel de Emma.

Supongo que esto va a ocurrir.

Mientras me lleva al ascensor, Alex me pregunta qué comida me apetece.

—Sushi —digo sin pensar.

Uf. ¿Podría ser un poco más aburrida y predecible? Para empeorar las cosas, mis padres le dijeron sin rodeos que como lo mismo todo el tiempo.

—Me alegra que hayas sugerido eso —dice, sonando serio—. Me apetece su pollo teriyaki.

¡Uf! Va a ser bastante estresante resistir la

tentación de convertir esta cena claramente profesional en una cita.

Entramos en Miso Hungry.

La jefa de sala habitual no está aquí, lo cual es razonable. Es tarde.

—Bienvenidos de nuevo —dice la misma camarera de antes, con la mirada pegada al rostro de Alex—. ¿Su mesa de siempre?

Él asiente, pero cuando nos sentamos, susurra:

—No creo que haya estado aquí lo suficiente como para tener una mesa habitual.

Bueno, esta *es* la mesa donde se sentó con Bella cuando los vi, y supongo que cualquier cosa relacionada con Alex se ha quedado grabada en la memoria de esta camarera.

Vaya una imbécil.

Ella vuelve y cuando le pido lo de siempre, hace una mueca de confusión.

Apostaría cualquier cosa a que ella sabe lo que es. Solo quiere que lo diga en voz alta delante de mi no-cita.

—Tres rollos de aguacate con una rodaja menos —digo con dificultad—. Una sopa de miso con cuarenta y siete dados de tofu y diecisiete trozos de cebolleta.

Espero que Alex sonría, pero su rostro no se ve afectado en absoluto... como si escuchara a la gente pedir cantidades de alimentos en números primos todo el tiempo.

—¿En cuántas piezas está cortado el teriyaki? —pregunta con aparente seriedad cuando es su turno.

—¿En ocho? —La sonrisa de la camarera es demasiado amistosa para mi gusto.

—Por favor, dígale al chef que lo corte en siete —dice, de nuevo con el rostro completamente inexpresivo.

Ella arquea una ceja.

—Su plato viene con una sopa. ¿También querrá…?

—Sí —dice él—. La misma cantidad de cubitos de tofu y de cebolleta para mí, por favor.

Se acabó. Le voy a proponer matrimonio y me despedirán.

No. Holly, contente.

Me disculpo para ir al baño, y cuando llego allí, me quedo mirando al espejo, recitando un solo mantra:

No te enamores de él.

No. Te. Enamores. De. Él.

Capítulo Treinta Y Uno

CUANDO VUELVO DEL SERVICIO, Alex saca una silla para mí: un gesto caballeroso que hace añicos mi determinación de que las cosas entre nosotros se mantengan dentro de lo profesional.

La camarera vuelve con una pequeña tetera de té verde.

Primero me sirve una taza a mí y luego se pone otra para él.

En serio, necesita hacer algo grosero, y pronto. De lo contrario, no me hago responsable de ningún posible comportamiento babosoide.

Como lanzarme sobre él y follármelo en seco sobre esta misma mesa.

—¿Qué te dio la idea de la terapia con mascotas de realidad virtual? —me pregunta él.

Soplo mi té y finjo no darme cuenta de cómo mira hambriento mis labios fruncidos.

—Por difícil que resulte creerlo, crecí en una

granja, rodeada de animales… y no me refiero solo a mis hermanas.

Él se echa a reír.

—Fue una locura —prosigo—. Desordenado, caótico… Sin embargo, después de marcharme, me di cuenta de que una parte de mí extrañaba la compañía animal… y verme con mi hermana gemela no me ayudó a que eso desapareciera.

Él se ríe otra vez.

—Lo que me gusta de la realidad virtual en general es cómo todo lo que hay en ella puede desaparecer cuando te quitas el visor, sin dejar atrás ningún problema. Cuando pensé en una mascota de realidad virtual, esperaba que cubriera esa necesidad de compañía, pero me permitiera mantener mi espacio vital ordenado. Y ha funcionado exactamente como esperaba…

Él asiente.

—¿Y el hospital? ¿Por qué decidiste asociarte con ellos?

Le doy un sorbo a mi té.

—Me quitaron el apéndice cuando tenía diez años. Fue el peor momento de mi vida, y lo único que lo hizo medio soportable fue la Game Boy de papá. La realidad virtual es un poco como la Game Boy, pero mucho, mucho más eficaz como distracción; hay estudios que lo demuestran.

Alex parece intrigado.

—¿A qué juegos jugabas?

—¿En aquella época? —Me esfuerzo por recordar—. Uno con Mario y otro con Kirby.

Parece decepcionado.

—¿Algún juego de rompecabezas con piezas que caen?

—Entonces no, pero desde entonces he jugado al *Dr. Mario*. ¿Por qué?

—Esperaba que dijeras el *Tetris* —explica—. Es posible que yo esté un pelín obsesionado con ese juego.

La camarera vuelve con nuestras sopas y se queda junto a Alex unos segundos de más.

—Tu obsesión por el *Tetris* tiene su lógica —digo cuando finalmente se va—. Eres dueño de una empresa de videojuegos, por lo que claramente te gustan los juegos, y el *Tetris* se creó en Rusia, tu país de nacimiento.

Él coge su cuchara.

—Sabes mucho al respecto teniendo en cuenta que nunca has jugado.

Soplo en la sopa, sobre todo para ver si vuelve a mirarme los labios, y lo hace.

—Lo he jugado, solo que en el PC.

—Ah, bien. ¿Sabías que el *Tetris* puede mejorar el razonamiento espacial y ayudar a calmar la ansiedad?

Ajá. Suena igual que mi madre cuando se pone a pregonar los beneficios de los orgasmos.

—¿No ofrece seguramente el *Dr. Mario* las mismas ventajas? —pregunto.

—Lo dudo. —Sonríe—. ¿Cuál es tu tetrimino favorito?

Arrugo la nariz.

—No me gusta la idea misma de los tetriminos. Lo siento.

Hay una expresión de indignación, espero que a modo de broma, en su rostro.

—¿Por qué?

—Todos tienen cuatro lados —digo en tono de disculpa—. Si yo hubiera diseñado ese juego, los habría hecho pentominos.

Él se frota la incipiente barba de su barbilla.

—¿No crees que usar figuras de cinco lados hubiera dificultado demasiado el juego?

Me encojo de hombros.

—Más difícil podría significar más divertido.

Parece considerar esto seriamente y luego niega con la cabeza.

—Simplemente no puedo imaginarme que esa versión del juego se hiciese tan popular como la original.

Trago una cucharada de sopa después de asegurarme de que contenga un número primo de trozos de tofu y de cebolleta.

—¿Cuál es *tu* tetrimino favorito?

—La pieza con forma de T, sin duda. —Hace una T en el aire con sus dedos índices, evocando imágenes inapropiadas de uno de esos dedos entrando en mí—. La T puede cerrar huecos, cuadrar bordes y configurar lugares donde puedes colocar piezas en Z o S.

—Interesante. —Lo realmente interesante del caso es que de alguna manera encuentro erótica su explicación.

—Sí —dice con entusiasmo—. También puedes meter una T en agujeros que de otro modo serían imposibles con una maniobra de T-Spin.

Bien, ahora me siento un poco menos bicho raro por excitarme. Es decir: ¿meter cosas en agujeros?

Me aclaro la garganta repentinamente reseca.

—Yo creía que la pieza I es la que prefieren todos. Es larga y recta y te ayuda a despejar cuatro líneas a la vez.

¿Es esto coquetear? Solo acabo de hablar de algo largo y recto. Si añades duro, bien podría estar hablando de su polla.

—Estoy de acuerdo en que la pieza I es mejor que la J y la L —dice—. Pero no tiene nada que hacer comparada con la T.

—Pues voy a fiarme de tu palabra.

Él sonríe.

—Si tuvieras que elegir un tetrimino, ¿cuál elegirías?

—Un cuadrado. Es simétrico, bonito y ordenado.

Él asiente con aprobación.

—Una sabia elección, especialmente al principio de la partida.

La camarera trae el plato principal y cuando ella se va, él me sirve salsa de soja.

—¿Cómo te aficionaste al *Tetris*? —pregunto antes de meterme el primer trozo de rollo de aguacate en la boca.

—Cuando era niño en Rusia, no teníamos ordenador en casa, pero había un local cercano donde se podía usar un ordenador pagando por horas. Creo que mi amor por los juegos y la codificación se remonta a esa época y esos juegos… de los cuales mi favorito era el *Tetris*. —Él sonríe—. Supongo que ahora es algo nostálgico. Me recuerda a Rusia y todo eso.

Como él ha sacado el tema, lo acribillo con preguntas sobre crecer en Rusia, que cuando él era un niño todavía era la Unión Soviética. Las historias que me cuenta sobre la Perestroika y la corrupción salvaje de los noventa son tan escalofriantes como fascinantes, y cuanto más habla, más me parece entenderle a él, lo cual es desastroso en relación a mi objetivo de no enamorarme.

—¿Y tú? —pregunta—. ¿Cómo fue crecer con tantas hermanas?

Por supuesto. Muchas personas me hacen esa pregunta impulsados por el mismo tipo de curiosidad que les hace reducir la velocidad cuando se encuentran con un accidente de tráfico.

—Para alguien a quien le gusta el orden tanto como a mí, fue un puro infierno —digo con franqueza—. Ir a la universidad en el extranjero fue como salir de la cárcel.

—La universidad era Cambridge, ¿verdad? ¿No

hiciste primero uno o dos años en alguna facultad estadounidense?

—Pues no. Estudié en el Reino Unido desde el principio. Como puedes ver por mis ocasionales lapsus verbales, me encantó estar allí.

—Y sin embargo volviste aquí. —Me mira con tanto interés que me siento mareada e inquieta a partes iguales.

—No te supondrá ninguna sorpresa: quería trabajar en el campo de la realidad virtual —digo, desviando la vista para esconderme de la desnuda intensidad de su mirada—. La mejor vacante que encontré resultó estar en Nueva York, así que la acepté. Además, toda mi familia vive en este país así que eso también supuso una variable.

Él cubre mi mano con la suya.

—Sé que es egoísta, pero me alegra que aceptaras el trabajo.

Guau. Su piel está tocando mi piel, y su calor destruye lo que pasaba por ser mi determinación en un santiamén.

Si no estuviéramos en un sitio público, me echaría encima de él.

—Yo también me alegro. —Dejo de evitar su mirada y me pierdo en esas profundidades azules.

—¿Tomarán postre? —pregunta la camarera, sacándome de mi estado de trance.

—No. —Libero mi mano a regañadientes.

—Sólo la cuenta, por favor —dice Alex.

Ella me clava la mirada y se aleja dando ruidosas zancadas.

Ajeno a su furia y a la causa de la misma, Alex pregunta:

—¿Has vuelto al Reino Unido desde que terminaste la universidad?

—Por desgracia, no. Pero he visto todas las películas y programas de televisión no violentos ambientados allí, desde todas las versiones de novelas de *Masterpiece Theatre* hasta *The Office*.

Él ladea la cabeza.

—¿Cuál es tu favorita?

—*Downton Abbey*, por supuesto.

—Yo no la he visto. —Vuelve a frotarse su incipiente barba. ¿Es por eso que no se afeita, para tener algo que rascar? Pronto tendré yo algo parecido en otro lugar, para que él lo pueda tocar...

—¿Es buena?

Esa pregunta tiene el mismo efecto que una ducha fría.

—¿Que si es buena la jodida *Downton Abbey*?

¿Ha sonado mi voz un poco demasiado chillona al decir eso?

Él levanta las palmas de las manos.

—Oye, no he querido ofender a nadie. Solo creía que iba de un grupo de ricachones tomando el té en un castillo elegante.

—Eso es como decir que *El Señor de los Anillos* solo trata de un grupo de inadaptados sociales haciendo senderismo.

Él se echa a reír.

—Supongo que ahora tendré que verla.

Y luego casarte conmigo.

No. En serio, tengo que detener esto.

—Aquí tienen. —La camarera da una palmada en la mesa con la cuenta.

Mientras busco mi billetera en el bolso, veo que Alex se mete la mano en el bolsillo con el ceño fruncido.

—¿Qué? —La pregunta conlleva una buena dosis de desafío.

—Pensé que estaba claro que la cena corría de mi cuenta —dice, dejando caer su tarjeta de crédito.

Igualo su ceño fruncido con uno de los míos.

—Puedo pagar por lo mío, muchas gracias.

—No lo pongo en duda. Pero cuando tú trabajas hasta tarde y tu empresa te da de comer, pagan ellos. —Me acerca la tarjeta de crédito y veo que es la de su empresa, no una personal.

—Vale. —Estoy a punto de volver a apartar el bolso, pero se me resbala.

Maldita sea.

El bolso abierto golpea el suelo... y, por supuesto, el consolador sale rodando.

Reprimo un grito de pánico.

Por favor, que él no lo vea.

Por favor, por amor a la realidad virtual, que él no lo vea.

Me inclino para coger el bolso, y mis ojos siguen el camino del consolador fugitivo.

Espera. ¿Qué es esta sombra que se cierne sobre él?

Maldita sea.

Es la camarera.

Se está dirigiendo de vuelta a nuestra mesa.

—¡Para! —le grito, pero es demasiado tarde.

Ella pisa el consolador, tropieza y agita los brazos con desesperación.

Me levanto de un salto para agarrarla y, por el rabillo del ojo, veo a Alex hacer lo mismo.

Pero llegamos demasiado tarde.

Ella se cae de bruces.

Corremos hasta allí para ver si ella está bien.

Gracias a algún tipo de milagro, lo está, lo que es bueno, pero eso no responde a la siguiente pregunta que se convierte en algo bastante urgente para mí.

¿Dónde diablos está mi consolador?

Capítulo Treinta Y Dos

Alex deja que el chef de sushi se encargue de la pobre camarera, luego firma la cuenta y me arrastra fuera.

Me marcho de mala gana. El consolador era un regalo de Bella, pero lo más importante, me gustaría poder volver a Miso Hungry algún día, y no podré hacerlo si encuentran ese consolador.

Hay una limusina esperándonos.

Estoy tan desconcertada que he permitido que Alex me guiara fuera sin un «¿A dónde vamos?» siquiera.

Justo cuando recupero lo suficiente mi capacidad mental como para hacerle esa pregunta, Alex se saca algo del bolsillo y me lo da.

—Creo que esto es tuyo.

Por supuesto.

Es Optimus Prime, el consolador.

No desapareció. Alex lo encontró y lo escondió… como si eso redujese algo mi vergüenza.

Por un segundo, me sorprende no hundirme atravesando el suelo de la limusina y que me arrollen los autos detrás de nosotros.

Sería un alivio que eso sucediera.

—Gracias —tartamudeo y meto violentamente el consolador en mi bolso.

—Un regalo de Bella, ¿verdad?

Con el rostro en llamas, asiento con la cabeza.

Él sonríe.

—Ella regala cosas así a todo el mundo. Por si te sirve de algo, eso significa que le gustas.

Le gusto porque él no le ha contado lo que traté de hacer… de lo contrario, me habría metido ese consolador por el trasero.

—¿Te importa si te pido un favor? —me pregunta él, y su expresión de repente se vuelve seria.

¿Es un favor sexual?

Con las mejillas todavía más rojas, me doy cuenta de que estamos sentados uno al lado del otro exactamente como lo hicimos cuando nos besamos.

Mi respiración se acelera expectante e instintivamente me humedezco los labios.

—¿Qué tenías en mente?

—En la reunión con el hospital de mañana, no dejes que el Dr. Piper y los demás sepan que formo parte del Grupo Morpheus.

Sus palabras son como una compresa de hielo en mi cara. Mi ardiente rubor se desvanece.

—¿No lo saben?

Él niega con la cabeza.

—Bella es la directora oficial y *de facto* de la empresa. Yo me apunte originalmente para ayudarla a obtener fondos, y ahora solo la estoy apoyando.

—Entonces *sí* te preocupa que asocien a 1000 Demonios con la pornografía. ¿No dijiste que *no era* porno?

Y si él está preocupado, yo también tenía mis motivos para estarlo.

Él se frota la nuca.

—No se trata de eso. No creo que al Dr. Piper le importe la «pornografía», como tú la llamas. Pero es un administrador muy ahorrativo, y argumentaría a favor de incorporar tu proyecto de realidad virtual en nuestro contrato preexistente. Para él, yo soy 1000 Demonios, así que si también soy del Grupo Morpheus, verá la oportunidad de ahorrar dinero.

—¿Así que se trata de dinero?

—Exacto.

Me masajeo las sienes.

—¿No es eso como jugar al despiste con tu contrato?

—No exactamente. Aunque pagase un extra por tu proyecto durante lo que resta de nuestro contrato actual, podría aprovecharse cuando lo renegociemos...

—Entonces, ¿no crees que a él le importe para qué se usará el traje?

Álex se encoge de hombros.

—No puedo estar seguro, por supuesto, pero de

todos modos es un punto discutible porque no veo cómo podría enterarse. El traje todavía no ha salido al mercado, y no lo hará hasta que tu prueba de mascotas de realidad virtual esté bien avanzada. Si la prueba resulta ser un éxito, podemos hablar con Bella sobre derivar tu proyecto a una empresa aparte, así que eso nunca acabaría resultando ser un problema.

Siento como si flotara, como si me hubiese quitado un chaleco de veinte kilos después de haberlo llevado puesto todo el día.

Si lo que dice es cierto, mis preocupaciones no tenían fundamento. No necesitaba colarme en su oficina e intentar hacerles sabotaje. No hacía falta que le debiera una a mi gemela malvada. No me habría hecho falta poner en peligro mi relación con Alex y Bella... aunque en el momento en que allané el despacho no había ninguna aún.

Alex debe de estar leyendo algunos de mis pensamientos en mi cara.

—Lo siento. Debería haberte tranquilizado cuando hablamos después de lo de tu allanamiento. Yo estaba molesto por entonces y después no ha habido ningún buen momento.

—¿Te estás disculpando conmigo? —le cojo una mano—. Yo soy quien lo siente. Tendría que haber hablado con vosotros antes de precipitarme y obrar así.

Él aprieta mi palma, y siento sus dedos cálidos y fuertes alrededor de los míos.

—Eso es agua pasada.

Oh, oh.

Mis ojos se clavan en sus labios, y una fuerza magnética que ya conozco me atrae hacia él.

Él también se inclina hacia mí hasta que sus labios están a punto de fusionarse con los míos.

La limusina se detiene un poco demasiado bruscamente, sacándome de mi trance sexual.

Parpadeando, retrocedo.

—Tu casa. —Hace un gesto con la cabeza hacia la ventanilla, respondiendo a la pregunta que no he tenido la oportunidad de hacer.

—Excelente —murmuro.

Sus ojos sueltan un destello.

—¿Quieres quedarte conmigo un poco más?

Trago saliva con dificultad.

—Sí. Pero no debería.

Su rostro se torna solemne.

—Lo comprendo.

¿Por qué hostias está siendo tan profesional y complaciente? Si me presionara aunque solo fuera un poquito más, lo besaría y no miraría hacia atrás. Haría algo más que besarlo, de hecho.

A regañadientes, agarro mi bolso.

—¿Supongo que voy a irme?

—Si eso es lo que quieres. —Sale de la limusina y me sostiene la puerta.

Salgo torpemente y me quedo allí, sin saber cómo despedirme dadas las circunstancias.

¿Sería inapropiado un beso en la mejilla?

—Nos vemos mañana en el hospital —dice él haciendo un gesto de despedida con la mano.

Sin tener muy claro lo que estoy haciendo, atrapo su mano en el aire y le doy un apretón incómodo.

Buen trabajo. ¿Quizás debería hacerle una reverencia o besarle el anillo ya que estoy?

Las comisuras de sus ojos se arrugan... obviamente está tratando de no reírse a mi costa.

Murmurando «do svidaniya», me dirijo directamente a mi edificio. Una parte de mí está agradecida de que no me haya presionado. Así deberían ser las cosas entre nosotros. Profesionales.

Solo desearía que ser una santa no fuese un asco total.

———

Una vez en casa, sigo con mi rutina habitual en piloto automático, con la mente ya puesta en la reunión de mañana... excepto porque estoy más preocupada por ver a Alex de nuevo que por el destino de mi proyecto.

Uf. ¿Qué narices me pasa?

Al meterme en la cama, decido finalmente hacer algo con mis hormonas exaltadas. Si esta noche no duermo, pondré en peligro lo de mañana, y eso no puede suceder.

Entonces, la gran pregunta es: ¿consolador o al natural?

Antes de decidirme, reviso mis partes femeninas

para asegurarme de que la irritación de la depilación haya desaparecido.

Sí. Estoy toda suave.

De hecho, me gusta mucho este look. Es como un tipo bien afeitado versus uno desaliñado. Creo que mantendré todo limpio y ordenado de esta manera en el futuro. No puedo creer que no lo hubiera pensado antes; puede que tenga que darle gracias a Gia, después de todo.

En cualquier caso, la mejor parte es que *tengo* vía libre para mi paja. Y también podría usar Optimus Prime, para variar y todo eso. Además, dado que Alex tocó el consolador hoy, por una poco matemática propiedad transitiva, será como si *él* estuviese tocando mis partes.

Y de esa forma sencilla, estoy tan lista como puedo.

Lavo y esterilizo el consolador, por lo de los bichitos del restaurante, y lo enciendo.

Guau. La vibración es potente. El doble que mi cepillo de dientes, y esa cosa tiene una gran cantidad de hercios.

Decido tocar mi clítoris antes de intentar cualquier penetración y lo coloco en posición.

Rayos.

Me he corrido en una fracción de milisegundo.

Las cosas deben de haber estado reprimidas allí abajo.

¿Debería continuar?

No. Ya que ahora me siento somnolienta, tengo que aprovecharlo.

Apago el consolador y lo abrazo contra mi pecho, como hago con el peluche de Optimus Prime.

Me duermo al instante, pero sueño con ojos azules y comportamientos inapropiados durante toda la noche.

Capítulo Treinta Y Tres

Cuando entro en la sala de reuniones del hospital al día siguiente, estoy hecha un manojo de nervios.

Guau.

Alex está bien afeitado de nuevo y lleva traje, como el día que nos besamos.

Céntrate. Proyecto de mascotas de realidad virtual. No estoy aquí por la lujuria.

Consigo sentar mi culo salido y responder a los saludos educados del principio.

Cuando terminamos de hablar del tiempo y todo eso, Alex comienza su presentación... y yo quiero pegarme un puñetazo por no haberme masturbado mucho más la noche anterior. Estoy más cachonda que nunca, y ese no es el estado en el que querría estar durante una reunión así de importante.

—Esto es genial —El Dr. Piper dice cuando Alex ha terminado—. Me alegro de haber seguido este camino. Ahora la terapia de realidad virtual será todavía más completa.

Quiero ponerme a dar botes. Mi sueño ha tomado un pequeño desvío, pero parece volver a estar encarrilado.

El resto de la reunión se dedica a preguntas y respuestas. Cuando levantamos la sesión, el Dr. Piper le pide a Alex que se quede atrás para discutir el negocio de 1000 Demonios.

Cuando salgo de la habitación, Alex me guiña un ojo… lo que es como una inyección de afrodisíaco en mi clítoris.

Esto es ridículo. Y lo peor es que no tengo ni idea de si debería esperarle. No llegamos juntos, lo que implica que no debería. También fingimos no trabajar en la misma empresa: otra razón por la que no debería.

Pero se podría tomar como un gesto de amabilidad, ¿no? ¿O son mis hormonas las que hablan?

Da igual. Ya que estoy aquí, también podría visitar a Jacob.

Compro unas chocolatinas para Jacob y un té para mí y luego me dirijo al ala de cuidados pediátricos de larga duración.

Para mi alivio, no hay payasos acechando en mi camino. Sin embargo, cuando llego a la habitación de Jacob, él tiene un visor de realidad virtual puesto... debe de estar usando terapia de realidad virtual con mascotas ahora mismo.

Debería dejarle con ello.

Justo cuando comienzo a girarme, se quita el visor, me ve y me regala esa sonrisa suya de chiquillo.

—Hola, tía Holly.

—Hola, peque. —Le doy los dulces—. ¿Estabas jugando con Master Chief?

—¿Has dicho Master Chief? —dice una voz familiar con acento ruso por detrás de mí.

Me vuelvo.

Sí.

Es Alex.

—¿Cómo has...?

—El Dr. Piper me dijo dónde encontrarte —dice Alex—. ¿Y éste quién es?

—Jacob, este es Alex —le digo al chico.

—Hola, Jacob —dice Alex en el tono amistoso que usó con Euclides el otro día—. Parece que eres tan fan de *Halo* como yo.

Los ojos de Jacob se iluminan.

—*Halo* es la caña.

Con sonrisas de idéntico calibre, ambos se lanzan a una animada discusión sobre algún tipo de galimatías. Solo reconozco unas pocas palabras, como *Grunts*, *chacales* y *rayos de plasma*.

Mientras hablan, ordeno alrededor de la cama de Jacob, dejo de nuevo sus calcetines limpios en tres pares y doblo la manta a su lado por lo que me parece la centésimotreintaisieteava vez; por monos que sean los niños, causan estragos por donde quiera que vayan.

Cuando todo queda como me gusta, me acomodo en una silla para mirarlos a los dos, y mientras lo hago, la sensación que tuve cuando Alex interactuó con Euclides regresa con fuerza.

Sería un buen papá. Un papá asombroso.

Rayos. Mis ovarios se van a convertir en atún derretido.

—¿Quieres ver unos vídeos míos jugando? —Jacob levanta su tablet.

Alex acepta con entusiasmo y, un minuto después, aparece un tiroteo feroz en la pantalla. Bebo un sorbo de té y me obligo a seguirlo a pesar de la violencia.

Jacob es bueno... o al menos, se mantiene vivo durante cinco minutos completos en medio de un tiroteo apocalíptico. Luego, un tipo con un traje espacial azul lo mata con una espada de plasma.

Mientras el personaje de Jacob yace vencido, el imbécil que lo mató comienza a ponerse en cuclillas sobre su cabeza.

Alex frunce el ceño.

—¿Está...?

—Sí —dice Jacob—. Me está metiendo los huevos en la boca.

Me atraganto con mi té.

—¿Está qué?

—También se llama tirarse al fiambre —dice Alex—. Es una especie de danza de la victoria destinada a insultar y humillar a la persona que acabas de matar.

Pongo los ojos en blanco.

—Chicos.

—¿Sabes quién es este? —pregunta Alex a Jacob, frunciendo el ceño hacia la pantalla.

—Sí. Vamos juntos al cole.

El ceño de Alex se vuelve amenazador.

—¿Qué tal si tú y yo formamos equipo uno de estos días? Prometo que haré que ese tipo se arrepienta de su comportamiento antideportivo.

Ajá. De repente, puedo imaginarme a Alex como un esbirro de la mafia rusa.

Diría, con mucho más acento: «Por plantarle loss huevosss en la carrra a mi amigo, tú morirrasss» y le pegaría con un bate en las rodillas al pobre tipo.

Jacob está encantado con esta oportunidad de formar equipo e intercambian la información necesaria.

—¿Juegas a algo más? —Alex pregunta una vez que se quedan sin cosas de *Halo* de las que hablar.

Jacob recita entusiasmado una lista de juegos que le gustan, pero Alex parece un poco molesto al final... ¿tal vez porque el *Tetris* no está en esa lista?

—¿Y el *Tetris*? —pregunta Alex, confirmando mis sospechas.

Jacob niega con la cabeza.

—Es antiguo.

—¿Y *War of Sword*? Ese es nuevo.

—Sí —dice Jacob—. Hace tiempo que quiero probarlo. ¿Es bueno?

Alex asiente.

—*Tetris* es mi juego para matar el aburrimiento, pero si estoy estresado, me gusta apagar el teléfono y simplemente hacer una misión en *War of Sword* durante horas.

—Está bien. —Jacob busca el nombre del juego en la tablet—. Tal vez lo pruebe.

Quizás yo también lo haga. Tengo curiosidad.

Aparece una enfermera con una bandeja de comida.

—Ah, el almuerzo —dice Jacob con entusiasmo.

Lo vemos comer y hablar de todo lo que existe bajo el sol... pero especialmente de su mascota de realidad virtual, que resulta que ha crecido un poco más.

Puede que esté alimentando demasiado a su amiguito, pero en la realidad virtual, la obesidad de las mascotas no tiene efectos secundarios nocivos.

—Será mejor que nos vayamos —digo cuando Jacob termina su almuerzo y lo noto ansioso por volver a sus juegos.

—Ha sido genial conocerte. —Alex le ofrece su mano al chico.

Jacob se la estrecha con solemnidad.

—A ti también.

—Adiós —decimos todos al unísono.

Cuando salimos, Alex me mira con una expresión ilegible.

—¿Qué? —pregunto.

Hace un gesto con la cabeza hacia la limusina que acaba de aparcar junto a la acera.

¿Me acompañarías a almorzar?

¿Son eso abejas en mi estómago o es que tengo hambre?

—¡Claro!

Vaya, puede que haya sonado demasiado ansiosa.

Él me sostiene la puerta.

—Conozco un lugar que se especializa en pelmeni.

—Suena genial —digo y entro.

Para mi decepción, Alex se sienta frente a mí esta vez.

No, espera, tiene motivos para hacerlo así. Es la forma apropiada, incluso si la disposición de los asientos es lo único apropiado de este viaje... mis pensamientos son todo lo contrario.

—¿Un té? —pregunta Alex.

Como es del de mi clase favorita, digo «sí, por favor» y me dejo agasajar por el paraíso elaborado con samovar en una taza una vez más.

—Entonces, ¿cómo os conocisteis Jacob y tú? —pregunta Alex, sorbiendo su té.

Una sonrisa de oreja a oreja se extiende por mi rostro.

—Sus abuelos conocen a mis padres y lo llevaron a nuestra finca una vez que yo estaba de visita. Cuando me encontré con él, estaba acariciando a Spock, mi dik-dik de Kirk favorito.

Es el turno de Alex de atragantarse con su bebida.

—¿Un qué?

—Mi dik-dik de Kirk —digo sonriendo—. No es nada guarro, aunque dik suene igual que polla en inglés. Los dik-diks son una especie de antílopes diminutos. Mis padres rescataron a Spock y su familia de un zoológico en quiebra.

Saco mi teléfono y localizo a Spock.

—¿Lo ves? —Le muestro mi pantalla con una linda criatura que mide alrededor de treinta centímetros aunque ya sea un adulto. Como otros dik-diks, Spock tiene unos bonitos ojos y unos afilados cuernecitos.

Alex se inclina a la distancia de un beso de mí y mira la pantalla.

—Adorable. ¿Es macho o hembra?

—Ese es Spock. Es macho. A diferencia de algunas de las otras criaturas de la granja, los dik-diks son bastante dóciles. —Me encuentro con su mirada celeste—. Son conocidos porque se aparean de por vida.

Esa última parte carga el aire entre nosotros hasta que se siente como si cada uno de los pelos de mi cuerpo se erizara.

¿Está a punto de besarme?

Por favor, bésame.

Espera, no. ¿En qué estoy pensando? Debemos mantener las formas.

—Te das cuenta de lo que estamos mirando —le espeto—. ¿Verdad?

—¿Qué? —murmura, con su mirada en mis labios.

—Una de «esas» fotos de diks-diks —digo y

agradezco a Gia por haber creado esa perla en particular hace unos años.

Eso lo sobresalta y se ríe. Con los ojos risueños, dice:

—Oh, sí. Y este de aquí parece un pelín cornudo.

Gruño. Ese es otro de los de Gia.

La limusina se detiene.

¡Uf! Beso evitado.

Debería estar contenta, pero no lo estoy. Estoy decepcionada.

Pero no debería estarlo.

Nos bajamos delante de un edificio con un rótulo de un pelmeni gigante. Se llama Pelmennaya, que Alex traduce como «el lugar donde te sirven pelmeni».

Qué creativo.

Cuando nos sentamos, Alex pide para los dos: veintitrés piezas para mí y treinta y una para él.

—¿Quieres pasar por 1000 Demonios después de esto? —pregunta él—. Has estado hablando con Robert por correo electrónico, pero estaría bien que os conocierais en persona.

—Claro —accedo yo.

¿Quiere mostrarme el trabajo de su vida? Porque quiero verlo y por las razones equivocadas.

Maldita sea.

No puedo creer que necesite recordarme esto de nuevo.

Sea lo que sea que me parezca este almuerzo, *no* es ninguna cita.

Capítulo Treinta Y Cuatro

El problema es que solo con recordarme a mí misma que no es una cita no consigo que la sensación de que lo es desaparezca, y Alex no ayuda. Siempre que trato de orientar la conversación hacia temas laborales, él me sale con fragmentos aleatorios de sabiduría rusa, como: «Hablar de negocios no es bueno para la digestión».

Así que al final hablamos de nosotros mismos, y cada nuevo dato que averiguo sobre él es como un nudo adicional que se añade a las ligaduras que rodean mi corazón.

—Espero que este sitio haga entregas a domicilio —digo cuando termino de engullir mi porción de pelmeni.

—Así es —dice y me da un trozo de su plato. —Ese es solo uno, así que sigue siendo primo, ¿verdad?

Me como el trozo. —Sí. Gracias a ti.

Se rasca la barbilla bien afeitada... un gesto

malvado que claramente tiene la intención de dirigir mi atención hacia allí. —Me he estado preguntando… ¿Te gusta el chuletón de primera?

—No para comerlo todos los días, pero sí. Papá solía hacer uno genial en la granja.

—¿Y la televisión en prime-time?

Veo a dónde va con esto, así que sonrío y asiento. Él sonríe.

—¿Usas Amazon Prime?

—Sí, me suscribí en cuanto apareció el programa.

Él saca la cartera.

—¿Hasta qué punto llega este amor tuyo por todo lo que huela a primo?

Me encojo de hombros.

—Prefiero el gobierno del Reino Unido al de Estados Unidos porque creo que *Primer Ministro* suena mucho mejor que *Presidente*. ¿Responde eso a tu pregunta?

—Lo hace... y me hace preguntarme: ¿tienes algún primo?

Niego con la cabeza con una sonrisa.

—¿Has visto la película *Mi primo* o has jugado a *Metroid Prime* de Nintendo?

—Ninguna de las dos cosas.

—¿Tienes un Prius Prime?

—Ni siquiera tengo coche.

—¿Juegas a la lotería primitiva?

—No.

Se rasca esa barbilla tan sexy.

—¿Estás interesada en la historia primitiva?

Me río.

—Ahora estás yendo demasiado lejos.

Su sonrisa se hace más amplia.

—¿Y en las primarias?

—Pues no.

—¿Los hombres primitivos? Es decir, los de la edad de piedra y eso, claro.

—Pues no. No me interesan los trogloditas en particular, aunque alguna práctica primigenia pueda parecerme atractiva.

Uf, deja de coquetear, Holly.

Él se ríe.

—¿Y los primates?

Me humedezco los labios.

—Me gustan algunos simios, claro, pero no porque sean primos nuestros.

En serio, deja de coquetear, o lo que sea.

Me inmoviliza con una mirada casi depredadora.

—Estoy seguro de que a los primates también les gustas.

Está diciendo que...

La camarera viene con la cuenta y él insiste en volver a pagarla.

—¿Preparada? —pregunta cuando entramos en la limusina.

—¿Para qué?

El esboza una sonrisita.

—Para las oficinas de los 1000 Demonios, por supuesto.

Después de un viaje entre un montón de tráfico, salimos del ascensor delante de una placa que reza con orgullo: «1000 Demonios».

El contraste con las oficinas de mi empresa y estas es marcado. Hay colores brillantes por todas partes y escucho risas a lo lejos, como en un zoológico de mascotas.

—Tenemos algunas tradiciones divertidas aquí —dice Alex y me lleva a un vestidor a un lado. —Vamos a equiparnos.

Parpadeo, mirando a mi alrededor.

En lugar de ropa, hay armas de plástico Nerf.

Montones de armas Nerf.

Oye, dadas mis experiencias recientes, podrían haber sido pollas o consoladores.

—Coge esta —Alex me entrega un arma de aspecto robusto—. Está bien para una principiante.

Acepto el arma y lo veo sacar un rifle.

—¿Qué hago? —pregunto cuando salimos de la armería.

Una oscura sonrisa baila en sus labios.

—Dispara a todo lo que se mueva.

Con eso, grita algo como ¡*hurra*! y se lanza hacia adelante.

Yo corro tras él. Supongo donde fueres, haz lo que vieres hacer al que parece tener la edad de Jacob.

La primera bala, o dardo, me roza la oreja dos segundos después.

Guau.

¿Hará daño uno de esos?

Evito el siguiente proyectil y le disparo al atacante, un tipo pelirrojo de cuarenta y tantos años con una barriga que me recuerda a la de papá.

¡Plaf!

El tipo gruñe y se frota el ojo izquierdo.

Huy.

Un nuevo atacante salta desde detrás de la esquina.

Alex se lanza frente a mí y el proyectil le da en el pecho. Si hubiera sido una bala, la caballerosidad habría sido la causa del prematuro fallecimiento de mi jefe.

Como nadie me está disparando por el momento, tengo un milisegundo para ver el espacio de las oficinas y lo odio con todo mi corazón por la falta de orden. Los escritorios están colocados como al azar. Hay municiones de armas Nerf por todas partes. Y lo que es peor, hay cuatro sillas junto a muchos de los escritorios.

El efecto neto es abrumador, y eso es antes de que varias personas armadas salten sobre mí desde todas las direcciones. Supongo que alguien ha llevado la marca de los 1000 Demonios demasiado lejos y le dio a este lugar la ambientación de un ritual satánico.

El siguiente atacante, una dama de la edad de Alison se une a la refriega.

Le disparo con los dardos dos y tres.

¡Ay! Por partida doble. Uno de mis dardos le da en la ingle, otro en su teta derecha.

Se unen más atacantes.

Una nube de dardos está volando hacia mí.

Me agacho detrás del escritorio más cercano.

Una garganta se aclara por encima de mí una vez, dos veces.

Espera. Yo conozco ese sonido.

Yo levanto la mía y le miro.

Sí. Estoy cara a entrepierna con Buckley.

En el fragor de la batalla, ni siquiera noté que estaba allí.

—Hola. —Cuando me pongo de pie de golpe, vislumbro el código en su monitor. Parece desalineado, y tengo que luchar contra el impulso de echarlo de su silla de un empujón, ponerme a ordenarlo, y luego hacer lo mismo con la anarquía que reina en su escritorio.

Buckley se aclara la garganta dos veces más.

—Hola Jefa. — Con una sonrisa tonta, se da una palmada en la frente y se aclara la garganta dos veces más. —Perdona. Es la fuerza de la costumbre. Supongo que tú ya no eres mi jefa.

—Sí. Lo siento. Ahora no puedo hablar —suelto rápidamente y me lanzo hacia los disparos.

Queda demostrado. Prefiero que me disparen antes que escuchar los carraspeos de Buckley.

Otro dardo enemigo pasa silbando junto a mi oído.

Respondo con el dardo número cuatro y le

disparo a la siguiente persona con el quinto.

En el siguiente disparo, mi arma emite un extraño sonido de clic.

Debo de estar sin munición.

Oye, al menos fue en el quinto disparo y no en el cuarto o sexto.

Dejo caer el arma y levanto las manos, esperando que eso detenga el asalto.

Pues no.

Una lluvia de dardos vuela hacia mí.

Yo me estremezco.

Capto un rápido movimiento borroso, y de repente tengo a Alex delante, parando todos los proyectiles con su espalda.

Guau.

Mi corazón late como si estuviera en un tiroteo de verdad, y la proximidad de Alex no ayuda.

Está tan cerca que puedo oler su aroma a té y sentir el calor que emana de su gran cuerpo.

Él baja la cabeza y me mira.

Yo levanto la mía y le miro.

Lentamente, se inclina y...

—Ya basta de disparos —dice alguien detrás de mí y Alex se aparta.

Me vuelvo y me encuentro frente al hombre más desaliñado que he visto en mi vida.

Su camisa hawaiana está arrugada, su cabello está despeinado y sus gafas están deformadas, como si las hubiese metido en el microondas por error.

—Robert —dice Alex con una sonrisa. —Ésta es

Holly. Creo que habéis hablado por correo electrónico.

Al pasar junto al escritorio de Buckley, Robert tira accidentalmente un portalápices.

—Lo siento —dice Robert y se inclina para recoger los bolígrafos.

—No te preocupes. —Buckley se aclara la garganta varias veces—. Yo lo recojo, jefe.

Mientras Robert me estrecha la mano, me aseguro de que Buckley realmente se encargue del desorden... aunque no es que eso ayude a que este lugar se vuelva menos caótico por arte de magia.

Alex debe haber notado algo de mi desconcierto. Insiste en que hablemos con Robert en una sala de reuniones y elige una que está maravillosamente ordenada, sin duda un lugar donde se reúnen con clientes y cosas por el estilo.

Mientras nos sentamos alrededor de la mesa, Alex ofrece a Robert una descripción general de la conversación en el hospital y una lista de juegos en el ámbito del proyecto.

—¿Y *War of Sword*? —pregunta Robert—. Sería una buena opción para el hardware de destino.

Alex suspira.

—Demasiado violento para el grupo demográfico objetivo. Quizás en una fase posterior.

—Espera —digo— *War of Sword*, el juego que tanto te gusta, ¿es uno de los vuestros?

Robert asiente con tanta fuerza que sus gafas deformadas casi se le caen de la nariz.

—Es el bebé de Alex.

—Más bien un proyecto que me apasiona —dice Alex—. La idea era crear un juego por mí mismo y ver qué pasaba.

—Sí —dice Robert con cierto orgullo en su voz—. Lo que pasó fue un gran éxito económico.

—Fenomenal —digo—. Ahora tengo muchas ganas de probarlo.

Robert y Alex intercambian miradas emocionadas.

—Tenemos un espacio para eso —dice Alex—. ¿Quieres verlo?

—Claro —digo, aunque ahora ya no estoy tan segura.

Espero que la habitación no esté tan desordenada como el resto de este sitio.

Alex y yo dejamos a Robert y nos dirigimos hacia allí. Cuando entramos en la habitación, exhalo un suspiro de alivio. Está vacío, el único mueble es una cómoda en la esquina.

Alex se acerca a la cómoda y saca un par de cascos de realidad virtual.

—¿Te sientes bien usando equipos fabricados por tu competencia?

Asiento.

—Tengo esa marca de visor en casa. Es uno de los pocos, aparte del nuestro, que encaja en mi cabeza.

Me entrega el equipo y me lo pongo.

—¿Todos estos juegos están hechos por vosotros?

—pregunto mientras observo el panel de control desordenado.

—Sí —dice Alex—. Tienes que buscar el icono de la espada.

Empiezo el juego y dejo que Alex me guíe a través de la creación de personajes.

Minutos después, soy una elfa con rasgos faciales no tan diferentes a los míos, solo algo caricaturescos. Como armas, elijo un arco con flechas, más una fina espada.

Cuando comienzo el juego, aparezco en un pueblo medieval y Alex me dice que vaya a la posada y coja una silla.

—Este es un juego multijugador —dice mientras obedezco—. Estoy a punto de reunirme contigo.

Emocionada, me quedo mirando hacia la entrada de la posada. Un minuto después, él entra.

Su avatar es un minotauro: cuernos, patas con pezuñas y todo. Más importante aún, es un minotauro musculoso sin camisa, con una cara que se parece inquietantemente a la de Alex.

Maldita sea. Ahora estoy excitada por algo mitad humano, mitad vaca. Antes de darme cuenta tendré un fetiche por los hombres que dan de mamar.

—Hola —dice el minotauro, y su voz me llega por partida doble: desde los altavoces de los auriculares y desde el Alex real.

—Pareces un pelín cornudo —digo y hago una mueca. Él hizo la misma broma sobre el dik-dik hace unas horas.

Tiene la amabilidad de reír antes de darme un ovillo de lana.

—Con eso en tu inventario, podrás encontrarme sin importar dónde esté en este mundo.

Mientras pongo el ovillo en mi bolsa de viaje, me doy cuenta de un hecho espantoso que no había notado hasta ahora.

Son mis manos élficas.

Solo tienen cuatro dedos en cada una.

¿Por qué? Maldita sea, ¿por qué?

No es que los elfos sean conocidos por su número no primo de dedos. Todo lo contrario: se supone que tienen una larga vida, lo que un elfo de cuatro dedos no tendría porque esa imperfección le haría tener tendencias suicidas.

—Voy a unirme a un amigo en la batalla —dice Alex—. Sacude ese hilo para seguirme.

—Claro —digo titubeante.

Por lo general, yo sería anti-batalla, pero tal vez esto funcione a mi favor... alguien podría cortarme un dedo de cada una de mis manos en la próxima pelea.

Una chica tiene derecho a soñar.

Alex desaparece. Saco la lana y la sacudo.

¡Fiuuu!

La posada que me rodeaba se ha esfumado... y ha sido reemplazada por una escena sacada del infierno.

Capítulo Treinta Y Cinco

La pradera que hay junto al bosque está plagada de miembros de cuerpos, y a todo ese gore se añade, para rematar, que todas las manos y pies tienen cuatro dedos.

Me estremezco. Resulta que no son solo los elfos los que sufrimos esa maldición.

En medio de una cacofonía de sonidos, una colección de criaturas diversas se están destrozando unas a otras. A pesar de su aspecto de dibujo animado, el grado de violencia que se aprecia es feroz y cruel, demasiado para mí.

Algo salta desde detrás de un árbol. Saco mi espada de su vaina y decapito a lo que resulta ser un colega elfo.

Así que este es un mundo del tipo elfo-come-elfo.

A lo lejos, Alex está destrozando a alguien con sus cuernos de minotauro.

Maldita sea. Mi reflejo nauseoso no puede soportar un segundo más de esto.

Me quito el visor y trato de calmar mi respiración entrecortada.

Alex también se quita el suyo y me mira preocupado.

—¿Estás bien?

—Sí —miento—. Solo un poco de mareo de la realidad virtual. Ya se me pasará.

Él se apresura hacia la cómoda y trae una botella de agua y una pastilla.

—Tómate esto.

—¿Qué es? —pregunto.

—Biodramina.

—No, gracias. Solo me beberé el agua. —Agarro la botella y bebo con avidez hasta que las imágenes de miembros de cuatro dedos no son más que un recuerdo lejano.

—¿Mejor? —pregunta él.

Asiento.

—¿Quieres tomarte el resto del día libre?

Niego con la cabeza.

—¿Qué tal si volvemos al trabajo? —sugiere.

—Gran idea —accedo, y eso es lo que hacemos.

———

—¿Quieres trabajar en pareja? —pregunta cuando salimos del ascensor, una vez de vuelta en nuestras oficinas.

Echo un vistazo a mi escritorio.

—Déjame revisar mi correo electrónico primero y luego me paso.

—Hecho. —Él se dirige a su oficina.

Cuando termino con mi bandeja de entrada, todavía no me siento preparada para enfrentarme a Alex, así que muevo algunos de los escritorios desalineados y elimino varios de los objetos de encima para asegurarme de que sumen un número primo.

—¿Quieres organizar mi despacho? —pregunta Bella cuando me pilla poniendo la grapadora de Alison en un cajón.

Intento ocultar mi entusiasmo.

—¿Puedo? ¿Ahora mismo?

—Tal vez en otra ocasión. —Ella sonríe—. Estoy bastante segura de que mi hermano te está esperando.

Glub. Tiene razón.

—Nos vemos luego —digo con valentía y me dirijo a la oficina de Alex.

Si está molesto por haber tenido que esperarme, no lo demuestra.

—¿Vas a controlar? —es lo único que me pregunta, y cuando digo que sí, me deja hacerlo. Unas horas después, él toma las riendas.

Al igual que el día anterior, la codificación en pareja con Alex se convierte en algún tipo de tortura sensual. Pierdo la noción del tiempo hasta que él me arrastra de nuevo a Miso Hungry a las ocho de la tarde.

En medio del choque entre el déjà vu y el sueño

húmedo, siento esta cena no-cita idéntica a lo que sería una cita real... y tengo que recordarme constantemente a mí misma que no debo hacerle ni decirle nada inapropiado a mi jefe.

La tentación es formidable.

Heroicamente, me resisto a ella, y él me lleva otra vez de vuelta en su limusina, donde es un milagro que no volvamos a besarnos.

En casa, libero toda mi frustración sexual con Optimus Prime... hasta que se le agotan las pilas.

Entonces, y solo entonces, me quedo dormida.

———

Los días que siguen se ajustan a la misma fórmula: voy a trabajar, reviso mis mensajes y codifico en pareja con Alex hasta el almuerzo. Luego él insiste en llevarme a Pelmennaya. Después, trabajamos juntos un poco más y cenamos en Miso Hungry.

Todas las tardes me lleva a casa y todos los días estamos a un tris de besarnos, pero no lo hacemos. Y cada noche Optimus Prime tiene que recoger los pedazos.

—La integración del traje avanza muy bien —me dice Bella una mañana mientras reviso los correos electrónicos en mi escritorio—. Sois asombrosos. —Entonces procede a contarme cómo ha probado el traje con todo lujo de bochornosos detalles.

—Bueno, —dice al terminar la avalancha de

información que yo preferiría ignorar— te dejo. Alex, sin duda, está suspirando por tu compañía.

Antes de que pueda responder, ella se aleja, así que me reúno con Alex y todo el ciclo de codificación-almuerzo-codificación-cena-limusina-masturbación se repite una vez más.

Y luego otra vez. Y otra vez.

Capítulo Treinta Y Seis

A MEDIDA que pasan las semanas, empiezo a conocer mejor a Bella y me doy cuenta de lo brillante que es. Por su parte, ella me trata cada vez más como a una amiga, lo que estimula mi enamoramiento platónico-lésbico por ella hasta llevarlo al territorio de «dispuesta a acosarla».

Temo el día en que se entere de mi intención original de perjudicar el producto de sus sueños.

De hecho, rezo para que nunca lo haga.

La peor parte, sin embargo, es que cada día que pasa socava mi determinación de permanecer en modo estrictamente profesional con Alex, especialmente porque en cada viaje en limusina, parece estar a punto de besarme, pero no lo hace.

Está llegando al extremo de que no estoy segura de si estar agradecida o mosqueada por su comedimiento.

———

—Necesito un favor —dice Alex cuando estoy a punto de salir de la limusina el siguiente viernes por la noche.

Guau. ¿Por fin es el momento? ¿Estamos a punto de tirar la maldita decencia por la ventana?

Estoy preparada. ¿O no?

Maldita sea. Tengo que contestarle.

—¿Qué es? —pregunto, sin conseguir sonar despreocupada.

—Sabes qué, no importa —dice él—. No es apropiado.

Sí. Sí. Sí. Parece que finalmente tiene la decencia de hacerme una proposición indecente.

Me inclino hacia adelante.

—Por favor. ¿Qué querías pedirme?

Suspira y se frota la frente.

—Está bien, este domingo por la mañana, cerrarán el restaurante de mis padres porque van a pintarlo, y Bella quiere aprovechar para organizarle una intervención a mi padre sobre su forma de beber.

Maldita sea. Eso no tiene nada que ver con lo que creía que iba a decirme. En un abrir y cerrar de ojos, paso de querer tirármelo a sentirme fatal por él.

—¿Tan lejos ha llegado la cosa?

Él frunce el ceño.

—No solía desmayarse como lo hizo en su cumpleaños, pero mamá dice que ha sucedido dos veces desde entonces.

Quiero acercarme y darle un abrazo tranquilizador, pero me las arreglo para resistirme… Me he vuelto bastante buena controlando mis impulsos últimamente.

—¿Quieres que esté ahí contigo? —Por horrible que parezca la idea de esa intervención, si me necesita, estaré allí.

—No. Papá ya se va a enfadar bastante sin añadir a nadie extra. Si aparece alguien que de fuera de la familia, simplemente se irá.

—Ya veo —digo y al momento me siento culpable por el alivio que me invade—. Entonces, ¿cuál es mi papel en eso?

—Mi cuidador de mascotas habitual estará fuera el fin de semana —dice.

Parpadeo, sin saber qué tiene que ver eso con nada.

Se pellizca el puente de la nariz.

—No me queda mucho tiempo para buscar a otra persona, pero quiero que alguien se quede en casa con Belcebú.

Yo abro mucho los ojos.

—¿Quieres que le haga de niñera a tu perro?

Imágenes de pezones accidentalmente al descubierto o algo peor revolotean por mi mente… su cachorro se merece ese nombre suyo tan demoníaco.

—Sabes qué, no importa —dice él—. Ahora que lo oigo decir en voz alta, me doy cuenta de lo raro que suena que yo te pida una cosa así.

No es tan raro si él me ve como una amiga, o

como algo más, pero no se lo digo. Sin embargo, sin consultarlo conmigo, mi boca responde:

—Estaré encantada de ayudarte. Es que me has pillado por sorpresa, nada más.

Me mira con tanta intensidad que mi estómago da una voltereta.

—¿Estás segura?

—Muy segura. —Ojalá tuviera tanta confianza como sueno tener.

—Genial. —Me lanza una sonrisa que me hace sentir que mi inminente tortura valdrá la pena—. Tendrás que dejarme hacer algo por ti como agradecimiento.

Las imágenes clasificadas X de mis noches con Optimus Prime se proyectan de repente en el primer plano de mi mente.

—¿Como qué?

Él titubea un instante.

—¿Qué tal si te preparo la cena?

¿Él me preparará la cena *a mí?* El proverbio dice que el camino para llegar al corazón de un hombre es a través de su estómago, pero es posible que yo no sea inmune a la noción inversa, lo que hace que esta sea una mala idea.

—No es necesario que hagas eso.

—Insisto. Además, sería bueno que vinieras el día anterior, para poder mostrarte dónde están todas sus cosas. De esta manera, podemos dormir hasta tarde el domingo por la mañana... Sé que me va a hacer falta el sueño extra.

Así que, ¿una cena el sábado por la noche? ¿Una cena que va a cocinar él mismo? ¿Por qué esto me suena mucho más como una cita que todas las nocitas que hemos tenido?

—¿A qué hora? —es todo lo que me permito preguntar.

—¿Cuándo cenas tú normalmente?

—A las 7:09 —le espeto.

Él sonríe.

—Por supuesto. Esa es una hora prima y de primera para cenar. De acuerdo, será a las 7:09... aunque tal vez deberías venir un poco antes para que podamos comenzar en ese preciso momento.

—De primera —digo, un poco mareada—. ¿Qué tal si llego a las 6:31?

—Perfecto. Tendré la limusina esperándote a las 6:13.

Espero no sentirme mañana como me estoy sintiendo ahora mismo, o de lo contrario no podré probar bocado.

—Te veo mañana —digo y salgo de la limusina antes de hacer algo de lo que me arrepienta… como preguntarle si quiere subir o hacerle un chupetón en forma de pentagrama en el cuello.

O las dos cosas a la vez.

Capítulo Treinta Y Siete

APENAS DUERMO ESA NOCHE, así que me paso la mayor parte del sábado volviendo a ver *Downton Abbey*, releyendo *Orgullo y prejuicio* e interactuando con Euclides.

Ninguna de esas cosas me calma.

Da igual cuántas veces me recuerde a mí misma que la cena de esta noche no es una cita: mi tensión arterial se niega a normalizarse. Me siento desubicada, incapaz de concentrarme en mi rutina habitual. Incluso me salto el almuerzo, lo que podría resultar ser algo bueno si la cocina de Alex no es muy buena... por lo de que a buen hambre no hay pan duro y todo eso.

¿Es posible que me calme si investigo cuáles son las costumbres al ir de invitada a una casa rusa?

Pues no.

Saber que debes quitarte los zapatos y no estrechar la mano en el umbral no es tan útil.

Por otra parte, veo un consejo útil el hecho de llevar un regalo, algo de lo que casi me olvido. Aparentemente, una caja de dulces es lo tradicional.

Mmm. No tengo ninguna caja, pero tengo un alijo de Fry's Turkish Delight envueltos individualmente que pedí del Reino Unido. Con suerte, la clave será lo de los dulces, no lo de la caja. Meto diecinueve en mi bolso.

Cuando la hora prima se acerca, me acicalo mis partes femeninas, librándome todo el vello fino que ha reaparecido desde que me hice la cera, no porque esté planeando que Alex las vea, sino porque ese cachorro podría arrancarme las bragas en lugar del sostén esta vez. Si eso sucede, y si Alex mira, quiero asegurarme de que las cosas se vean bien arregladitas.

Se me ocurre otra pregunta: ¿qué se pone uno para la cena que le está cocinando su jefe?

Después de una larga deliberación, decido que no puedo equivocarme si me pongo el modelo que Gia me obligó a comprarme para la fiesta de cumpleaños. Además, el maquillaje no estaría de más. Y unos elegantes zapatos. Y por mor de la consistencia, también me arreglo el pelo para que esté bonito.

Cuando suena la alarma de mi teléfono a las 5:57, me examino en el espejo y asiento con aprobación.

Estoy tan lista como puedo estarlo para esta nocita.

———

El corpulento conductor de la limusina me abre la puerta cuando me acerco.

—Gracias —digo.

—No problema —responde él con fuerte acento ruso.

Dentro del coche me está esperando un té recién preparado: un toque agradable.

Veo cómo el tipo le envía un mensaje de texto a alguien, probablemente esté haciéndole saber a Alex que me ha recogido. Luego cierra la partición entre nosotros, y yo solo espero que no envíe más mensajes de texto mientras conduce.

Para cuando nos detenemos junto al edificio de Alex, me siento tan nerviosa que haría falta una semana de *Downton Abbey* para calmarme.

El chófer me abre la puerta de la limusina.

El rascacielos frente a nosotros es elegante y brillante. El tipo me lleva al vestíbulo y saluda al guardia de seguridad antes de acompañarme hasta un ascensor. Sin una sola palabra, presiona el botón del piso 107 antes de girarse para irse.

—*Do svidaniya* —digo.

Finalmente, una sonrisa del hombre taciturno.

—*Do svidaniya*.

Las puertas se cierran.

Aguanto la respiración hasta que las puertas se abren justo en un apartamento donde Alex ya me está esperando. En ese instante, el aliento se me escapa con un jadeo fuerte, y no porque el lugar sea un ático elegante que debe de haber costado millones.

Como yo, Alex se ha vestido de gala y lleva un traje similar al que usaba en el restaurante, solo que aún más elegante. ¿Tal vez a uno hecho a medida?

Incluso se ha puesto una corbata. ¡Una corbata!

Obligo a mi boca a cerrarse antes de que la baba empiece a chorrear.

También vuelve a estar bien afeitado, como en el cumpleaños de su padre. Sin embargo, ni siquiera *esa* es la razón por la que tengo que luchar contra el impulso de arrancarme ese traje y follármelo aquí y ahora hasta dejarlo sin sentido.

El problema es su peinado.

Sus mechones negros están pulcramente peinados hacia atrás… exactamente como siempre había fantaseado.

En conjunto, es el epítome de lo bien acicalado.

Acicalado de tal forma que hace que se te caigan las bragas al suelo, se te endurezcan los pezones y se te haga la boca agua.

¡Puto estrógeno del demonio!

¿Cómo se supone ahora que debo actuar con propiedad?

Capítulo Treinta Y Ocho

—Estás increíble —soltamos los dos al unísono.

Él sonríe.

—Iván me dijo que te habías arreglado. Realmente no tenías que hacerlo —Casi puedo oír lo que no me dice: «Pero me alegro de que lo hicieras».

¿Así que eso es de lo que iba el mensaje de texto? Supongo que tengo que agradecérselo al conductor por incitar a Alex a acicalarse tan bien como lo ha hecho.

De repente, un fuerte ladrido resuena en el gran pasillo, seguido por el clic-clac de las uñas de un cachorro contra los suelos de madera y luego el sonido de un topetazo.

La criatura mezcla de koala y perro se precipita hacia mí y su cola se agita tan rápido que apenas es posible seguir el movimiento con los ojos.

Con una maldición rusa, Alex se lanza a por su mascota, pero Belcebú lo esquiva y salta sobre mí, levantándose sobre sus cuartos traseros para que nos encontremos cara a hocico.

Instintivamente, mi mano derecha cubre mi entrepierna y mi mano izquierda sostiene la parte superior de mi vestido.

No más problemas de vestuario causados por sus patas, muchas gracias.

Como el cachorro no puede conseguir que yo enseñe mis pezones ni mi clítoris, se conforma con hacerme lo que me moría por hacerle a su amo: lamerme la cara igual que si estuviera cubierta de mantequilla de cacahuete.

Si Bella estuviera aquí, probablemente le pondría al cachorro ansioso una voz en off que dijera algo como: «Estás muy rica. Tan rica. ¿Quieres jugar? ¿Quieres cazar moscas? Soy Belcebú... ese es el Señor de las Moscas, ya sabes. ¿A las moscas les gusta el beicon? ¿Quieres un poco de beicon? Me muero por el beicon. ¿Tu nombre es Kevin?»

—Chico malo —dice Alex con severidad, apartando a Belcebú—. Nosotros no lamemos a los invitados.

¿Nosotros? Alex puede lamerme, no hay problema. Demonios, volveré a aguantar que el perro me lama si es un requisito previo.

—Discúlpame. Puedes lavarte la cara ahí. —Alex hace un gesto hacia una puerta al final del pasillo.

Empiezo a quitarme los zapatos según las normas de la etiqueta rusa, pero Alex dice que no es necesario. Cuando insisto, me entrega un par de pantuflas.

—Estas son de Bella, pero a ella no le importará si las usas.

Me alegro de haber insistido. Quitarse los zapatos es claramente lo suficientemente importante como para que Bella guarde unas pantuflas aquí.

Con las pantuflas adecuadas, voy deprisa al baño, me lavo y me vuelvo a aplicar el maquillaje.

Cuando salgo, Alex está solo.

—Pongo una golosina dentro de un juguete especial —explica—. Estará intentando sacarla un buen rato, y así podemos disfrutar de la paz por ahora.

Miro a mi alrededor.

El pasillo está lleno de todo tipo de juguetes para perros.

Mi impulso de recogerlos es potente, pero lucho contra él y miro a las paredes en busca de ayuda.

Sorpresa, sorpresa. Todo está cubierto con carteles con *Tetris Payout*, *Super Tetris*, *Tetris Plus*, *Tetris 4D*, *Tetris League*... y la lista sigue y sigue.

—No era consciente de que había tantas versiones del juego —digo mientras mis ojos se mueven de una a otra.

Alex sonríe con orgullo.

Ven, déjame mostrarte algo.

Me lleva a una habitación grande que solo se puede describir como el refugio de un hombre, aunque también hay una presencia importante del mejor amigo de ese mismo hombre, en forma de huesos y juguetes a medio roer.

No debo ponerme a limpiar. Sería una locura tan grande como besarle el cuello.

—¿Ves eso? Alex señala la pared junto a un televisor gigante.

Guau. Todas las consolas de videojuegos de las que yo haya oído hablar están conectadas a ese televisor, y dentro de la mayoría de ellas hay un juego de *Tetris*, algunos correspondientes a los carteles que acabo de ver y otros no.

Creo que esta colección tiene sentido: los videojuegos *son* su pasión.

Su teléfono emite un zumbido.

—Son las 7:01 —dice—. Vayamos a la cocina para que podamos empezar a cenar a tiempo.

Mientras lo sigo de habitación en habitación, me doy cuenta de lo enorme que es realmente este ático... especialmente para la ciudad de Nueva York.

Los desarrolladores de juegos claramente ganan mucho dinero.

La cocina resulta ser la única habitación ordenada de la casa. Hay flores y velas en la mesa, muy al estilo de una cita, si me preguntas.

Saca una silla para mí, y cuando tomo asiento, me quedo pasmada mirando los dos platos frente a mí.

Uno contiene veintitrés piezas de rollo de aguacate, mientras que el otro contiene la misma cantidad de pelmeni.

Aparto la vista del banquete y le miro asombrada.

—¿Lo has hecho tú?

—Bueno, sí. —Se sienta frente a mí, donde hay un despliegue de comida similar—. No estaba seguro de cuál de las dos cosas prefieres los fines de semana, así que me decanté por ambas.

—Bien jugado —digo, salivando como uno de los perros de Pavlov—. Creo que tiraré la casa por la ventana y comeré de las dos.

Él sonríe.

—Creo que yo haré lo mismo. A lo loco.

Ataco primero los pelmeni.

Mmm. Por lo general, no me gusta la variación en las recetas, pero este lote es diferente en el buen sentido.

Se lo digo a Alex.

—Añadí un ingrediente secreto a la receta del restaurante de mis padres —me explica.

—¿Un ingrediente secreto? —Pruebo el rollito de aguacate, y también sabe mejor que de costumbre, pero más sutilmente—. ¿También hay uno en el sushi?

—Sí. Y supongo que ahora tendré que decirte de qué se trata —dice con fingida desgana.

Imito su tono.

—Es lo único cortés que puedes hacer.

—Vale. Pensé que, dado que vamos a comer japonés y ruso, ¿por qué no fusionar los dos...? así que puse un toque de jengibre en el pelmeni y un poco de crema agria en el arroz del sushi.

—Ah. —Pruebo otro trozo de cada uno—. Eso *es*

lo que hiciste. Claramente si alguna vez te va mal en tu actual trabajo, siempre tendrás una carrera como chef. No suelo ser ninguna fanática de los platos que saben diferente. En realidad lo odio. Pero estos me encantan.

Él pone una mano sobre la mía y sonríe.

—Supongo que tengo el toque mágico.

Oh, sí. La magia de su toque dispara zumbidos de conciencia por todo mi cuerpo y hace que mi respiración se atasque en mi garganta.

—Perdona. —Él retira su mano.

—Está bien —consigo decir, y necesito hacer acopio de toda mi fuerza de voluntad para no agregar algo como: «Me ha gustado mucho, mucho, *mucho*».

—Me alegro de que te haya gustado —dice él.

¿Su caricia? No, se refiere a la cena. Mierda, ese pelo tan bien peinadito hace que me resulte difícil pensar.

—Me gustan tus recetas —digo cuando he recuperado el uso del cerebro—. Pero ahora hay un problema: no podré comer las versiones normales de estos platos en el futuro.

Al igual que si cualquier otro hombre me tocara como acaba de hacerlo Alex, también lo sentiría como algo inadecuado.

Maldita sea.

Ya puedo despedirme de otros chefs *y* hombres.

Él saca su teléfono y escribe un mensaje.

—Te acabo de enviar la receta exacta del pelmeni

y puedo hablar con la gente de Miso Hungry sobre los rollitos.

—Gracias —digo y me tapono la boca con uno de ellos antes de que pueda decir algo inapropiado, como: «¿Puedo corresponder a tu amabilidad con mi cuerpo?».

—De nada. —Su mirada es cálida en mi rostro—. Tengo que admitir que he disfrutado haciéndolo para ti.

Mi corazón se acelera.

—¿Has cocinado antes para otras mujeres?

Buena jugada. Tan sutil como un toro en una tienda de porcelana.

Sus ojos brillan con un intenso azul oscuro.

—Sólo con las que he salido.

—Oh. —¿Así que soy la primera por la que hace esto sin estar saliendo? Para ser honesta, no me gusta la idea de que haya salido con nadie, pero obviamente debe haberlo hecho. Suponiendo que también podría seguir con las preguntas inapropiadamente personales, pregunto tan casualmente como puedo—: ¿Y cuántas han sido?

Él se pone a pensar mientras se muerde el labio.

Caramba. ¿Será un número astronómico? Podría ser. Un tío como este debe de tener montones de mujeres arrojándose a sus pies.

Esas cabronas.

¿Todavía está pensando?

¿Por qué, oh, por qué se lo habré preguntado

siquiera? ¿Por qué preguntar algo cuya respuesta podrías odiar?

—Seis —dice finalmente.

Oh.

Bueno, seis no está mal. Quiero decir, es un número terrible en sí mismo, pero en lo que respecta a las ex, es agradable y bajo, lo cual es bueno. Además, esto significa que si de alguna manera me convirtiera en su novia, una fantasía agradable, sería su número siete.

Como en una novia de categoría número primo.

Me gusta cómo suena eso.

¿O una novia de categoría número primo es otro término para esposa? Si no lo es, debería.

—He tenido otras citas y cosas así aparte de esas seis —prosigue—. Pero solo esas relaciones llegaron a la etapa de cocinar, y todas menos una no fueron mucho más allá de eso. La última duró un par de años pero luego se enfrió.

—¿Por qué? —le pregunto. Lo que quiero decir en realidad es: *¿Por qué una mujer cuerda y de sangre caliente te dejaría escapar de sus garras?*

Él se encoge de hombros.

—A ella no le gustaba que yo estuviese tan metido en los videojuegos.

Lo miro boquiabierta.

No. No es broma.

—Pero esa es tu pasión —exclamo, con demasiada vehemencia para que suene decoroso. En un tono más tranquilo, agrego—: Eres brillante en ese campo.

—Gracias —se inclina hacia adelante con su mirada fija en mi rostro—. Supongo que ella no era la indicada.

Mi pulso late con fuerza en mis oídos.

—Supongo que no.

Puede que no sea un pensamiento amable, pero estoy súper contenta de que ella no fuese la indicada... quienquiera que fuese. No me importa si es egoísta, pero si yo no puedo tener a mi jefe, nadie debería.

—¿Y tú? —pregunta él.

Maldita sea. Supongo que yo misma me lo he buscado.

—Yo no he cocinado para nadie.

Me lleno bien la boca esperando que él deje el tema.

Pues no.

Él chasquea la lengua haciendo un ruidito de desaprobación.

—Sabes lo que quiero decir.

Ahora la comida tiene un sabor insípido. Respiro hondo y le cuento lo de mi puta mierda de relación con Beau.

Mientras voy hablando, hay algo en la empatía y la comprensión que reflejan sus ojos que me impulsa a compartir con él más de lo que nunca había compartido con nadie.

—Me desarrollé tarde, así que no tuve muchas citas en el instituto ni en la universidad. Sencillamente no conectaba con muchos chicos, ¿sabes? Así que cuando conocí a Beau un par de años después de graduarme, me sentí tan aliviada que ignoré muchas de las banderas rojas. Todas ellas, en realidad. Salimos durante meses antes de besarnos en la boca, pero lo único que me importaba era que él era un matemático al que también le gustaba la rutina. — Hago una mueca, todavía enojada conmigo misma—. No sabía que era gay, obviamente, así que sencillamente no me sentía deseada. Al principio, él trató mi himen como si fuese algo verdaderamente sagrado. Luego, una vez que finalmente lo hicimos, no quiso volver a hacerlo en siglos... ni hacer cosas como practicar sexo oral conmigo, ni siquiera besarme mucho. Al final, rompimos y cuando él salió del armario un año después, para mí fue un alivio, porque eso explicaba muchas cosas. Aun así, no he estado de humor para citas desde entonces.

La mandíbula de Alex se tensa.

—Ese cabrón. No puedo creer que esté furioso con un tío por *no* querer hacerte cosas, pero ya ves. No quiero robarle las palabras a Rhett Buttler pero «deberían besarte, a menudo. Y alguien que sepa cómo».

Cojo mi vaso de agua y me lo bebo de un trago. Esto está empezando a parecerse más a una cita que la vez que él sí me besó.

Bueno, ya que he sido yo la que ha hecho trizas lo de mantenerse en plan profesional narrando mi triste historia, debería ser yo quien lo arreglara.

¿Pero cómo? ¿Pidiendo más comida? Estoy un poco llena y él parece haber terminado. Tal vez debería hablar de algo asqueroso... ¿como mocos o cuadrados o números pares?

Como no me viene nada a la mente, pregunto sobre algo interesante pero no de índole sexual.

—¿Puedes mostrarme tus habilidades con el *Tetris*?

Él sonríe.

—Me encantaría, pero ¿qué tal si primero te enseño todas las cosas del perro?

Obvio. Eso es mucho menos sexy que el *Tetris*. ¿Por qué no se me habrá ocurrido a mí?

Nos terminamos lo que queda en nuestros platos, y me guardo para después su oferta de té: eso demuestra lo realmente llena que estoy. Él parece estar igual de lleno, ya que acepta mi ofrenda de dulces sin comerse ninguno.

Luego lo ayudo a ordenar la cocina... una actividad que acaba por ser demasiado erótica para que me resulte cómoda. Verle secar los platos que yo lavo es definitivamente excitante.

Cuando acabamos, me muestra dónde están la comida para perros y los comederos y luego me lleva fuera de la cocina mientras me explica más cosas perrunas, incluyendo cuándo pasear a la bestia peluda.

—Hablando de Belcebú... —susurra mientras entramos en lo que parece ser su oficina en casa.

El cachorro se ha quedado dormido acurrucado

en la alfombra y agarrando una pelota: debe ser el juguete con la golosina adentro.

Ooooh. Belcebú claramente está soñando con perseguir algo, sus patas se mueven en el aire y hace pequeños sonidos de ladridos.

Bien, los cachorros pueden ser impredecibles y desordenados, pero está claro que también son adorables... especialmente cuando duermen.

—Ven —susurra Alex—. Te había prometido una demostración de *Tetris*.

Entramos de puntillas en su refugio masculino y cerramos la puerta para no despertar al cachorro.

Alex enciende su Xbox.

Su versión del juego se llama *Tetris Effect: Connected*, y es una obra de arte audiovisual que supone más una experiencia psicodélica en toda regla que un juego de rompecabezas.

Dejando a un lado la estética del juego, ver jugar a Alex es una aventura en sí misma.

Este debe de ser el preciso aspecto que tenía Mozart al tocar el piano en su mejor momento.

Estaba tan, tan equivocada cuando pensé que esta sería una experiencia segura y no sexual... Es justo lo contrario. Esto es incluso más excitante que ver a Alex escribiendo códigos.

Cada vez que borra cuatro líneas a la vez, lo que se llama hacer un tetris, el juego muestra una animación de fuegos artificiales para celebrarlo. Hace que me lo imagine entrando en mí de la misma manera que el bloque I entra en el agujero al que va destinado, y los fuegos artificiales que resultarán de eso.

Maldita sea.

Entre su aspecto acicalado, la cena y esto, deberían darme una medalla por no abalanzarme sobre él. Una estrella de color rosa por reprimir la libido bajo una tentación extrema.

¿Tal vez podría escabullirme al baño y hacerme un rapidito manual?

—Mira eso —dice Alex, reventando mi burbuja de pajeo—. Jacob dice que está jugando con el chico ese que se ha ganado su merecido. ¿Debería cambiarme a *Halo*?

—Claro —le animo.

Un instante después, hay personas armadas con coloridos trajes espaciales en la pantalla.

—Ahí —dice la voz de Jacob desde el altavoz, y su personaje le dispara a un tipo que sostiene un rifle grande a lo lejos.

El personaje de Alex corre hacia su presa, esquivando de alguna manera todas las balas, y luego le golpea en la cara con una pistola.

—Guau —dice Jacob emocionado—. Eso ha sido alucinante.

Y es verdad. Ahora mismo estoy todavía más cachonda. Esto debe de sacar de mí lo que fuese que las mujeres de las cavernas solían sentir cuando sus hombres protegían a la tribu, o luchaban por ellas contra otros cavernícolas.

Yo solo sé que quiero saltar sobre él, pero no

puedo. No mientras Jacob pueda oírlo... sin mencionar todas las razones habituales.

Para mantenerme cuerda, agarro una caja con juguetes para perros y recojo un pato mordisqueado del suelo para meterlo dentro.

Alex levanta la vista del juego.

—¿Te has puesto a ordenar?

—¿Te importa que lo haga?

Él sonríe.

—Adelante.

Excelente. Canalizo mi frustración sexual hacia la limpieza.

Cuando todos los juguetes para perros están en la caja, clasifico la colección aleatoria de videojuegos de Alex por consola, género y año de publicación.

Oh si, esto está muy bien, demasiado bien, de hecho.

La limpieza siempre me pone de buen humor, lo que en este contexto está teniendo un efecto afrodisíaco.

Maldita sea.

Debería irme a mi casa o si no...

—Vaya, gracias —dice Alex, y me doy cuenta de que ha apagado el juego y está mirando los resultados de mi trabajo con asombro—. He tenido la intención de hacer eso desde siempre... pero dudo que hubiera usado un sistema tan inteligente.

Soy un volcán de lujuria a punto de estallar.

Lo está diciendo en serio, puedo verlo, lo que lo convierte en el más raro de los unicornios: una persona que agradece mis esfuerzos organizativos en lugar de encontrarlos molestos.

Bueno, eso ha sido la gota que ha colmado el vaso.

Mientras codificaba con él todas estas semanas, me he mantenido firme.

Cuando se ha vestido de gala y ha peinado su cabello hacia atrás, me las he arreglado para quedarme con las bragas puestas.

Mientras lo veía jugar al *Tetris*, ya estaba a punto de ceder, y él no colaboró en absoluto al vencer a ese matón en *Halo*… pero me resistí la tentación.

Que le guste cómo he ordenado sus cosas es lo que me empuja hacia el abismo.

Si no lo beso ahora, lo lamentaré para siempre.

Cerrando la distancia entre nosotros, le agarro por la corbata y acerco su boca a la mía.

Capítulo Treinta Y Nueve

Nuestros labios chocan.

¡Santos números primos!

¿Quién diría que besarse podría ser tan cegador? Me preguntaba si tal vez el último beso me había parecido tan asombroso debido al alcohol que tenía corriendo por mis venas, pero no. En todo caso, esta vez es mejor... y el listón ya estaba por las nubes.

Nuestras lenguas están danzando.

La habitación parece girar, esta vez sin la ayuda del vodka.

Él muerde ligeramente mi labio inferior.

Mis pezones están tan duros que duelen, y el calor en mi interior está alcanzando los 1.373 grados.

Me acerco más a él y noto su erección contra mi vientre, lo que me da ganas de arrancarle los pantalones para poder verla, saborearla y empujarla profundamente dentro de mí.

Después de lo que me parece como una hora de

felicidad, se aparta y acuna mi cara entre sus grandes manos.

—¿Estás segura de esto?

—Tu dormitorio —jadeo—. Ahora.

Él responde con un gruñido afirmativo, luego me coge en brazos igual que a una recién casada y sale de la habitación.

—Tomo la píldora y estoy limpia —susurro. O sea, si la palabra *dormitorio* no le ha dado pistas sobre mis intenciones, eso debería dejarlo claro como el cristal, ¿no?

—Yo también —dice con voz entrecortada—. Me refiero a limpio, no con la píldora.

Mi sangre se vuelve lava caliente y mis bragas se empapan. Esto es real. Está ocurriendo. Su respuesta significa: «Sí, Holly, voy a follarte hasta que pierdas el sentido, muchas gracias».

Al acercarse a una puerta cerrada, la abre de una patada y entra a grandes zancadas, luego me deposita suavemente en la cama.

Mientras me quito la ropa frenéticamente, contemplo lo que me rodea con alivio. El dormitorio está aún más ordenado que la cocina, y eso eleva mi excitación ya desquiciante hacia unas cotas aterradoras.

¿Necesito preocuparme? He oído hablar de personas que se ríen hasta morirse, así que ¿puedes ponerte tan cachondo como para que te pase algo?

Esa hipótesis se pondrá a prueba en unos

instantes. Alex recorre mi cuerpo con su mirada celeste y gruñe:

—Eres preciosa.

Yo me quedo sin habla cuando le veo quitarse el traje y la camisa.

¡Ay Diooos! Es como mirar directamente al sol. Los deliciosos músculos que elegí para el Alex virtual palidecen al lado de los reales. Supongo que mi imaginación y la tecnología digital no estaban preparadas para este nivel de perfección masculina.

Se quita los pantalones.

Aquí, también, los poderosos músculos expuestos a mi mirada dejan a la versión virtual por los suelos.

Y luego se quita los bóxers.

Noto un dolor en la mandíbula que me hace dar cuenta de que mi boca está abierta a la anchura de una pitón a punto de tragarse a su presa.

Hablando de pitones, la polla de Alex es más grande que cualquiera de las opciones disponibles en esa selección de realidad virtual. Creo que se sentiría más como en su casa en la otra aplicación, la que tiene todas esas espadas.

¿Por qué no estoy asustada?

Su erección empequeñece a Optimus Prime… lo que significa que ese honorable título debe ser transferido.

Sí. De ahora en adelante, *este* es Optimus Prime.

O simplemente Prime para abreviar, lo único abreviado referente a él.

Alex se acerca a la cama.

—Voy a probar cómo sabes. —El hambre en su mirada subraya sus palabras pronunciadas roncamente.

Trago saliva con dificultad.

—¿Probarme?

Flexionando los músculos, trepa por encima de mí y desliza su callosa palma por mi muslo.

—Quiero hacerte arder como nadie lo ha hecho jamás.

No hay palabras. Enmudezco.

Arrastra su lengua por mi pantorrilla.

Apenas puedo contener un gemido.

Su lengua continúa el viaje sobre mi rodilla y subiendo por mi muslo hasta que encuentra el vértice entre mis piernas.

Ese gemido se escapa de mi garganta.

Esto no es justo. No puede simplemente comenzar esta aventura sexual con mi fantasía más profunda y salvaje.

Pone la lengua plana y la apoya contra mi clítoris.

Agarrando las sábanas con los puños, me corro con un grito ahogado.

Él mira hacia arriba con una sonrisa maliciosa, luego vuelve a bajar y me lame una, dos, tres veces… y otro orgasmo activa cada una de mis terminaciones nerviosas.

¡Uf! Me alegro de haberme corrido en el lametón número tres y no en el cuatro.

Sin embargo, no se detiene y puedo sentir esa sensual sonrisa suya contra mi sexo.

Otro lametón. Dos. Tres. Cuatro.

Su lengua es un puto genio.

Antes de lamerme por quinta vez, abandona burlonamente el clítoris a favor de mis pliegues… lo que no incluyo en mi cuenta.

Apretando los dientes, me vuelvo contra él, desesperada por una liberación. Él capta la indirecta y regresa al clítoris a por el número cinco, pero todavía no he llegado.

Lametón seis.

Más cerca, pero aún no canto bingo, lo cual está bien. No quiero correrme en un número no primo.

Vale. Ahora sí que hay mucho en juego con el siguiente lametón. Si no me corro ahora, tendré que sobrevivir a los próximos cuatro y aguantar hasta que lleguemos al onceavo.

Debe de saber lo que necesito porque hace el séptimo lametón lento y lánguido.

¡Sí! Por fin. Los dedos de mis pies se curvan y mi gemido suena más bien parecido a un grito.

Antes de que pueda reanudar sus atenciones, me escurro y salgo de debajo de él.

Él mira hacia arriba, con una pregunta escrita en sus ojos.

—Mi turno para probarte —jadeo—. Túmbate.

Él lo hace.

Le beso y le lamo la cara como siempre había soñado, luego le planto besos pequeños y juguetones en el cuello antes de deslizar mi lengua sobre las colinas de sus pectorales y por las crestas de sus abdominales hasta que estoy en la base de Prime.

Alzando la vista para encontrarme con su mirada voraz, lamo su helado en toda su dura y enorme longitud.

Igual que un gato disfrutando de una caricia, él cierra los ojos con gesto de placer.

¿Es eso de la punta una gota de fluido preseminal?

Curiosa, lo lamo. Es delicioso, y un preludio de cómo sería si se corriera en mi boca, que es otra de mis fantasías.

En respuesta a mis atenciones, Prime se pone increíblemente más duro.

Envuelvo mis labios alrededor de la punta y dejo que se deslice más profundamente en mi boca.

Es como seda sobre acero.

—Joder —gime Alex.

Animada, giro mi lengua alrededor de la punta... tres veces en el sentido de las agujas del reloj, luego tres veces en el sentido contrario.

Él me agarra por los hombros y sus fuertes dedos se me clavan en la carne.

Hago siete remolinos en el sentido de las agujas del reloj mientras él aprieta mis hombros casi hasta el punto hacer que me duela, y luego hago siete remolinos en la otra dirección.

Respirando con fuerza, me aparta.

—Quiero estar dentro de ti —dice con voz ronca y su acento es más fuerte que nunca.

—Yo también —jadeo—. Quiero decir, tú dentro de mí, no yo dentro de ti.

Con una pizca de esa sonrisa diabólica suya, vuelve a capturar mi boca con un beso, y sin que nuestros labios se separen, me tumba sobre mi espalda.

Mi corazón martillea en mi caja torácica, con mis sentidos completamente consumidos por él, por su olor, su tacto, su calor... Es como si estuviera surfeando a través de una tormenta marina subida en la ola de nuestro beso. Su cuerpo sobre el mío es el único puerto en medio del torbellino sensual, sus labios el único ancla que me mantiene a salvo.

Él entra en mí, y me siento estallar en fuegos artificiales, igual que en el juego, cuando hacía un tetris con un bloque en I largo y duro.

Su primer empentón es demasiado suave, así que agarro sus glúteos firmes como el acero y lo atraigo hacia mí.

Sus pupilas se dilatan y el segundo empentón es más rápido y profundo.

Mi cuerpo se curva y se dobla, moldeándose contra el suyo.

—Eso es —gruñe, y el tercer empujón es aún mejor. El cuarto también es bastante bueno, considerando el número.

Con el quinto, gimo de placer. Un orgasmo se está creando en mi interior, pero está muy lejos, lo cual es aterrador porque ¿y si cae en la cuenta incorrecta?

Gimo en el trece y el diecinueve, y al empujar el

veintitrés, él está entrando y saliendo de mí como el pistón de un motor... pero lo quiero aún más rápido, así que aprieto su musculoso trasero y lo empujo más adentro.

Sí. Joder, sí. Los gemidos se escapan de mis labios en los números veintinueve y treinta y uno, y como a través de un beso, él gruñe algo así como «joder, qué bien» en el treinta y siete.

En el cuarenta y uno, sus movimientos se vuelven terriblemente potentes y casi demasiado rápidos para contarlos... y yo disfruto de cada uno de ellos.

En el cincuenta y tres, cuento el sonido de la carne golpeando contra la carne en lugar de las embestidas en sí mismas, porque todo se ha convertido en una nube de placer difuso sin un comienzo ni un final discernibles.

Ochenta y tres. Estoy cerca, pero todavía no puedo correrme. Ni en los no primos ochenta y cuatro, ochenta y cinco, ochenta y seis, ochenta y siete u ochenta y ocho.

Está el ochenta y nueve y es excelente, pero todavía no he llegado, aunque estoy tan cerca que puedo saborearlo.

¿Podré aguantar hasta el noventa y siete?

Plas, plas, plas, plas, plas, plas, plas, plas.

Mis uñas se clavan en sus nalgas en el noventa y siete, cuando me corro con un grito.

Una sonrisa satisfecha, puramente masculina, curva sus labios mientras sigue empujando.

Y empujando.

Contar es más difícil ahora.

¿Ha sido ese el ciento cuarenta y nueve?

Otro orgasmo comienza a prepararse, este con la fuerza de un tsunami.

En el ciento noventa y siete, ya me da igual correrme al ritmo de un número primo o no. Solo quiero la dulce liberación.

En el doscientos veintitrés, mi garganta está ronca de tanto gritar de placer.

Trescientos siete. Estoy *tan* jodidamente cerca.

—Yo también —gruñe.

Joder. ¿He dicho eso en voz alta?

Da igual.

Estamos en el trescientos diecisiete, el negro de sus pupilas casi supera al azul, y yo estoy a punto de explotar.

Debo contenerme solo un poquitín.

Solo unos pocos más.

La liberación se prepara y prepara.

Y luego, en el trescientos treinta y uno, un número primo, Alex gruñe de placer, y sus ojos se cierran mientras Optimus Prime se sacude dentro de mí.

Joder, sí. El orgasmo de mi propia tormenta toca tierra. Todos mis músculos se contraen como uno solo mientras grito de éxtasis.

Vagamente, soy consciente de que Alex me está abrazando y besando, pero sigo montando la ola de placer, una infinitamente más intensa que todas mis sesiones de consolador juntas.

Cuando me recupero lo suficiente para ser capaz

de volver a pensar de nuevo, él me está limpiando con una toalla húmeda y tibia.

—Eso es muy agradable —murmuro, y luego bostezo.

Él me mueve hasta que estamos en posición de cuchara, conmigo como la cucharita más pequeña.

Mientras yazco allí, rodeada de su calidez, me siento increíblemente satisfecha, y en esa tierra brumosa entre la vigilia y el sueño, me asalta un pensamiento.

Sea lo que sea esto entre nosotros, podría funcionar. No es el Diablo que pensé que era cuando nos conocimos. Me gusta. Me gusta de verdad. Mucho más de lo que nunca me gustó Beau.

El mayor obstáculo es nuestro lugar de trabajo conjunto. Pero tal vez nadie me juzgue por acostarme con el jefe. Tal vez estar con él no será tan complicado como yo me temía, y tal vez pueda lidiar con los aspectos más confusos de su vida.

Con ese pensamiento agradable, navego hacia la tierra de los sueños.

Capítulo Cuarenta

ME DESPIERTO con una lengua húmeda lamiéndome la cara.

Los recuerdos de la noche anterior me inundan.

¿Es esta la forma de Alex de ir a por más?

Si lo es, sí, por favor.

Mmm. Su lengua me parece muy larga. Según lo que recuerdo de anoche, no me pareció tan larga. Lo que sí era extraordinariamente largo era su polla. Y era gruesa y...

Abro los párpados.

Unos ojos dorados me están mirando desde una cara de koala.

¡Puaj!

Esta lengua no es la de Alex.

Con una sonrisa de cachorro, Belcebú le da un lametón más a mi cara.

—¡Fuera! —le aparto con una risita.

Si llegas a la primera base con un cachorro, ¿qué sería: pedofilia o zoofilia?

Su loco entusiasmo no disminuye por mi rechazo y Belcebú simplemente traslada sus atenciones babosas a la cara de Alex... ¿y quién puede culparlo?

—¿Holly? —murmura Alex medio dormido.

—Pues no.

Él abre los ojos, se echa a reír y aparta al cachorro mientras le explica que despertarnos así es de perritos malos.

—Hola —digo cuando ha terminado de darle la charla.

Hasta con la cara cubierta de baba de perro, Alex está para comérselo. Él me sonríe.

—Hola a ti también.

—¿Qué hora es? —Miro al sol que entra por la ventana.

—Joder. La hora. —Alex se pone de pie de un salto, gloriosamente desnudo.

Coge su teléfono y ladra algunas palabras en ruso.

—Ya llego tarde —explica ante mi mirada interrogante—. Me olvidé de poner la alarma. Ten.

—Me pasa una bata que me va cinco tallas grande y comienza a vestirse.

Cuando su gloriosa desnudez está tristemente cubierta, me pongo la bata y, a sus indicaciones, lo sigo al baño. Belcebú corre desmañadamente detrás de nosotros, entra y se pone a beber agua de la taza del inodoro.

—¡No! —grita Alex con severidad y cierra la tapa—. Eso también es de perro malo.

Belcebú le lanza una mirada contrita, moviendo la cola a modo de disculpa.

Ooh. Me gusta el Alex mandón. ¿Quizás uno de estos días podríamos jugar a la cachorrita y su amo?

Alex me entrega un cepillo de dientes todavía dentro de su envoltorio con el logo de un dentista, y luego compartimos nuestras rutinas matutinas uno al lado del otro y la domesticidad de todo eso da tironcitos de algo dentro de mi pecho.

Mientras tanto, el cachorro ha superado su contrición. Está corriendo en círculos a nuestro alrededor, escabulléndose entre nuestras piernas como un gato y, en general, actuando como si estuviese sufriendo una sobredosis de cocaína cortada con anfetaminas.

—Tengo que irme corriendo. —Alex saca su teléfono—. ¿Qué te gusta comer para desayunar?

—Gachas de avena.

Él hace algunos gestos con el dedo y unos clics.

—En un ratito deberían llegarte unas gachas. —Le sonríe a Belcebú, que acaba de saltar dentro de la bañera y está tratando de roer el bote del champú. Alejándolo de la botella, él me mira—. ¿Te importaría sacarlo a dar un paseo?

Le lanzo al diablillo una mirada dudosa pero con valentía digo:

—No hay problema. Después de eso, ¿podré usar tu ordenador? Iba a traerme el portátil para ponerme al día con el trabajo, pero como seguramente recuerdes, anoche no pude volver a casa.

Ahora su sonrisa es toda dirigida a mí.

—Recuerdas que es domingo, ¿verdad?

Me encojo de hombros.

—Algunos miembros de mi equipo dijeron que trabajarían este fin de semana, así que me siento obligada a hacer lo mismo: por solidaridad y eso.

—Tú misma. —Me lleva a su despacho, donde me da acceso al ordenador como usuario invitado—. Puedes iniciar sesión de forma remota en tu ordenador de la oficina. De esa manera, tendrás todo configurado según tus preferencias.

—Tú vete a lo tuyo —digo con una sonrisa—. Ya me las apañaré.

Alex no parece tener muchas ganas de irse. Le pone la correa a Belcebú, aunque podría haberlo hecho yo, y le mete una chuche dentro del juguete, explicando que debería usarlo cuando quiera un descanso de mi bebé peludo.

—Ya llegas tarde —le digo, con un falso tono de bronca.

—Dame un beso y me voy.

Estoy encantada de hacerlo. Este beso de despedida es tan sexy como el de anoche… y de repente, no quiero que se vaya. Y a juzgar por su mirada anhelante, él también preferiría quedarse y follar más conmigo.

¿Nos estamos convirtiendo los dos en unos obsesos del sexo, igual que mis padres?

—Te veo luego —dice con aire de reluctancia.

—Hasta luego —me despido, tratando de no babear mientras lo veo caminar hacia el ascensor.

Belcebú ladea la cabeza y gime cuando las puertas se cierran detrás de su amo.

Le acaricio la cabeza grande y peluda.

—Sé cómo te sientes, amigo. Ahora déjame vestirme para poder llevarte a dar un paseo.

Capítulo Cuarenta Y Uno

Es oficial.

La mejor manera de enamorarse perdidamente de un cachorro es sacarlo de paseo.

Alimentado por una energía aparentemente inagotable, Belcebú olfatea cada centímetro de nuestro camino hacia el parque y ladra a cosas que yo ni sabía que nadie querría ladrarles, como dientes de león en flor y una caja de cartón vacía.

Una vez que llegamos al área del parque donde puedo soltarle, corre a toda velocidad hacia un espejismo que solo él puede ver y luego salta sobre lo que sea que esté imaginando. Luego, localiza un palo y me lo trae con clara intención:

«Juguemos a buscar y a traer».

Lanzo el palo hasta que se me cansa el brazo, pero él no parece quedarse sin aliento ni remotamente.

Bueno, no se puede evitar. Vuelvo a ponerle la correa

y continuamos paseando hasta que por fin hace lo suyo en un césped cercano, momento en el que me doy cuenta de que cuando se trata de recoger caca de perro en una bolsa, la peor pesadilla de Gia, no es algo tan asqueroso como uno podría imaginar, aunque en este momento podría bien tratarse de algo tipo «el amor es ciego».

Cuando llegamos a casa, Belcebú corre detrás de mí por el apartamento como un patito pegado a su mamá, incluso cuando necesito usar el baño.

Es tan adorable que me olvido de enfadarme.

Aun así, en cuanto salgo, le preparo su comida y su agua con la esperanza de que un coma alimenticio lo calme un poco, y él se lanza a por ello con entusiasmo.

Mientras le observo comer, suena el timbre de la puerta.

Es un repartidor con mis gachas.

Por fin. Estaba a punto de probar la comida para perros.

Sirvo las sencillas gachas en un bol, me acomodo en la cocina y devoro mi comida mientras leo las noticias en mi teléfono. No es hasta que termino con mi comida cuando me doy cuenta de que algo no va bien.

Belcebú ya no está conmigo en la cocina.

Con un mal presentimiento, voy a buscar a la pequeña bestia.

Maldita sea.

Todos los juguetes que había recogido

cuidadosamente en su caja vuelven a estar tirados por el suelo.

Cojo la caja y comienzo a guardarlos... eso es, hasta que Belcebú salta sobre mí y me hace tirarla. Ladrando con entusiasmo, comienza a arrastrar los juguetes por todo el apartamento una vez más.

Tal vez debería simplemente dejar correr lo de este desorden.

Puedo hacerlo.

A veces.

Quiero decir, sobrevivo a la casa de Gia con mi cordura intacta.

Aguanto unos sólidos treinta segundos. Luego, impulsada por una compulsión irrefrenable, vuelvo a recoger los juguetes.

Belcebú recrea inmediatamente el desastre. Debe de ver esto como un juego divertido.

Empiezo a sentirme abrumada y, a diferencia de lo que sucede con Euclides, no puedo quitarme el visor de realidad virtual cuando me canso de lidiar con este tipo de mascota.

Entonces recuerdo el juguete con la chuche escondida que Alex le dejó preparado.

Ajá.

Puedo limpiar el desorden una vez más, y esta vez a Belcebú no podría importarle menos. Toda su atención está puesta en el juguete con la golosina dentro.

Excelente. Quizás podría trabajar un poco ya que estoy.

Entro en la oficina de Alex, y cuando me conecto, mis pensamientos se dirigen a los eventos de anoche. Inmediatamente, preguntas como: «¿Qué ha significado?» y «¿Qué pensarían mis compañeros de trabajo si se enterasen?» brotan como malas hierbas.

Quizás Belcebú me haya hecho un favor al tenerme detrás de él todo el rato.

Decido distraerme con el trabajo, me conecto de forma remota al ordenador de la empresa y trabajo en el código de Euclides... algo que no he tenido la oportunidad de hacer desde hace un tiempo. Cuando termino, abro mi bandeja de entrada para poder pedirle a Alison que revise mi trabajo, pero un correo electrónico de ella ya me está esperando allí, un mensaje que envió el viernes.

El tema suena a mal agüero:

«Me ha llegado un rumor sobre ti».

Abro el correo electrónico y se me hiela el estómago.

Según Alison, todos cotilleos junto a la botella de agua fría no hablan de otra cosa: Alex y yo nos acostamos juntos.

Me quedo mirando a la pantalla, perpleja, y luego le respondo:

¿Quién ha iniciado este rumor de mierda?

Después de hacer clic en enviar, caigo del todo en la cuenta.

¿Cómo podría saberlo alguien de la oficina? ¿Hay una cámara oculta en el dormitorio de Alex?

No, eso es ridículo. E incluso si la hubiera, el

correo electrónico de Alison es del viernes, *antes* de que nos acostásemos.

Alguien mintió cuando empezó a propagar este rumor, pero ahora ya no es mentira.

Me sujeto mi repentinamente dolorida cabeza.

¿En que estaría pensando anoche?

Ni siquiera pensaba en nada. Solo desaté mis hormonas. Ambos lo hicimos, y ahora mi vida laboral se está volviendo tan desordenada como este apartamento, y eso es demasiado para mí.

Me suena el móvil.

Es Alex.

¿Ya se ha enterado? ¿Está a punto de decirme cuánto lamenta lo de anoche?

Respiro hondo y contesto.

—*Privet*.

—*Privet*. —Su voz suena como si estuviese sonriendo—. Sólo quería ver cómo llevas el día hasta ahora y darte noticias.

Así que él no lo sabe.

¿Se lo cuento?

No. Ya tiene bastante de lo que preocuparse, con su padre.

—El día ha ido bien y Belcebú está estupendamente —digo—. ¿Cómo ha ido la intervención?

Él suspira.

—Tan bien como puede ir algo así. Papá nos ha ofrecido un compromiso. Beberá cerveza en vez de vodka.

Me quedo mirando el móvil, boquiabierta. ¿Es que el estrés me ha dejado sin la capacidad de comprender, o este supuesto compromiso cojea del todo?

—La última vez que lo miré, la cerveza tenía alcohol —digo con cautela—. ¿No es eso a lo que queríais que renunciara?

—Sí, pero es un paso en la dirección correcta. Si se limita a la cerveza, no tendrá suficiente espacio en el estómago para alcanzar los niveles de alcohol en sangre que alcanza con el vodka.

—Supongo...

—Es un resultado decente, créeme. La generación de rusos de papá se burla de cosas como el programa de doce pasos.

Vale, ¿le hablo del rumor ahora?

—Bueno —dice él antes de que yo pueda reunir el valor—. Voy para allá. Hasta ahora.

Cuelga antes de que yo pueda decirle nada.

Vale. Es el destino.

Vuelvo rápidamente a mi bandeja de entrada para ver si Alison me ha respondido.

No, ¿y por qué iba a hacerlo? Sigue siendo domingo.

Justo cuando estoy a punto de salir del panel de correo electrónico, llega un correo electrónico de Alison después de todo.

Esperaba que estuvieras conectada este fin de semana, comienza. Solo que en lugar de nombrar nombres, Alison procede a decir que tendrá que preguntar cuidadosamente por ahí para averiguar quién inició el rumor.

Maldita sea. Lo que realmente es relevante es que ella no me pregunta si el rumor es cierto. ¿Significa eso que no se lo ha creído o que ella *sí* cree que me estoy acostando con nuestro jefe?

Acostándome con el puto jefe.

¿Cómo me he convertido en un cliché tan sucio e inapropiado?

Me paseo arriba y abajo por la habitación y luego clasifico todos los bolígrafos de Alex por orden de longitud.

Cuando me quedo sin desórdenes físicos que arreglar, busco más código al que aplicarme y me fijo en un error sencillo en la lista de la cola de integración.

En cuanto empiezo, me doy cuenta de que echo de menos tener a Alex a mi lado.

¿En serio? ¿Nuestra programación en pareja ha arruinado mi capacidad para codificar de forma independiente?

Vaya maldito desastre.

Al poco, me doy cuenta de que soy incapaz de concentrarme en corregir el error, así que escribo un comando para revertir los cambios que acabo de hacer.

Espera, ¿lo he escrito correctamente?

Antes de que pueda verificarlo, me suena el teléfono.

Es el Dr. Piper.

Lo cojo.

—¡Hola!

—Hola —dice el Dr. Piper, y no suena como su alegre yo habitual—. Me temo que tengo malas noticias.

Capítulo Cuarenta Y Dos

EL RITMO de mi corazón se dispara a ciento treinta y siete latidos por minuto.

—¿Le ha pasado algo a Jacob?

—No, perdona. No son ese tipo de malas noticias.

Exhalo sonoramente.

—Gracias a Dios. ¿Entonces qué querías decir?

Él suspira.

—¿Recuerdas a ese consultor que te mencioné?

Casi pregunto: «¿El maligno?» pero en vez de eso opto por responder con un simple «sí».

Con todo lo que ha estado sucediendo, en realidad me había olvidado por completo del Consultor Maligno.

—Bueno, acaba de mandarme un correo electrónico —dice el Dr. Piper—. Me ha contado qué tipo de productos está a punto de lanzar el Grupo Morpheus.

¿Qué?

¡Oh no!

No. No. No.

¿Cómo se ha enterado el Consultor Maligno de lo de la pornografía? ¿Y por qué diablos se lo ha contado?

Esto no es competencia de un consultor.

El Dr. Piper vuelve a suspirar.

—Esperaba que me dijeras que son un montón de mentiras.

Niego con la cabeza y luego me doy cuenta de que no puede verme.

—No puedo negarlo —digo de mala gana.

Un suspiro más fuerte.

—Lo siento, querida, pero entonces tenemos un problema. Quiero decir, no conmigo personalmente, sino con el resto de mi equipo. Querrán dejar el proyecto cuando se lo diga mañana... y tengo que decírselo. Lo siento.

Estúpidamente niego con la cabeza mirando al teléfono una vez más.

—Voy a decirles a los de los 1000 Demonios que procedan —explica—. Vuelvo a decirte que lamento todo esto, pero tengo las manos atadas.

—Lo comprendo —me las arreglo para responder con un hilo de voz y cuelgo.

Las lágrimas están punzándome la parte posterior de mis ojos y siento como si las paredes del despacho me estuvieran presionando.

Esto es malo. Muy, muy malo. ¿Qué voy a hacer? ¿Cómo soluciono este enorme lío? ¿Cómo puedo...?

Se oye el sonido de las puertas del ascensor al abrirse, seguido de unos ladridos entusiasmados.

Salgo tambaleante de la habitación hacia el jaleo y casi tropiezo dos veces con los juguetes del perro.

Belcebú ha debido de tomarse un descanso de la golosina para volver a liarla, recreando una metáfora visual de mi maldita vida.

—Perro malo —le está diciendo Alex con severidad cuando llego hasta ellos.

Belcebú tiene las orejas gachas.

Sigo la mirada de Alex.

Por supuesto. Mis taconazos yacen ahí destrozados en pequeños pedacitos, al igual que mis sueños.

—Lo siento mucho —dice Alex mirándome—. Puedes ponerte las zapatillas de mi hermana para volver a tu casa. Y te compraré otro par de zapatos.

Yo cierro los puños.

—Me importan un carajo los putos zapatos.

Él hace una mueca.

—Has hablado con el Dr. Piper, ¿verdad?

Así que Alex es la «gente de 1000 Demonios» con la con la que el Dr. Piper ha dicho que se pondría en contacto.

Asiento porque no me fío de ser capaz de soltar una palabra.

—Es una situación jodida —dice Alex, frotándose la cara con la mano.

Siento la necesidad de salir de aquí antes de

ponerme a gritar, o algo peor que le haga creer que estoy loca… o asustar al pobre cachorro.

Me dirijo hacia la puerta, pero Alex me bloquea el camino.

—¿A dónde vas?

—A casa. —Intento escurrirme por su lado, pero es como un muro de cemento.

—Hay algo más de lo que quería hablarte —dice mientras doy un paso atrás, y podría jurar que hay una expresión de decepción en su rostro.

¿Se atreve a estar molesto conmigo?

Le miro con los ojos entornados.

—¿De qué se trata? ¿También perdiste tu contrato con el hospital por las cosas que afirmas que no son porno?

Él suspira.

—El Grupo Morpheus es una empresa separada de 1000 Demonios. Ya hemos hablado sobre esto.

Sí. Lo recuerdo. Fue cuando dijo que lo que acaba de pasar no pasaría.

Mi ira se intensifica a cada segundo.

Entiendo que la vida pueda ser injusta, pero esto es ridículo. Él se acuesta conmigo, pero solo *mi* reputación está hecha jirones. A los dos nos pillan trabajando en pornografía, pero solo *mi* proyecto queda cancelado.

Él frunce el ceño.

—He visto los correos electrónicos de hoy de la gente que está escribiendo códigos.

Me quedo boquiabierta.

—¿Quieres hablar de trabajo en medio de todo esto? ¿Es la integración del traje lo único que te importa?

Su expresión se torna furiosa y me hace pensar en aquel día en que me sorprendió irrumpiendo y entrando en su oficina.

—Te dije que es importante para Bella, ¿recuerdas? Dijiste que no volverías a sabotearlo. ¿Recuerdas también esa parte?

Retrocedo ante la ira en *su* voz.

—¿De qué estás hablando?

Él se acerca a mí.

—Mira, entiendo que hoy ha sido un día estresante para ti, pero eso no significa que puedas…

—¿Estresante? —Mis emociones rebosan fuera de control y todo el estrés reprimido y la frustración se liberan al mismo tiempo. Sé que estoy gritando, pero no me importa—. Estresante ni siquiera se acerca. ¡Este es el peor día de mi vida!

—Y yo empatizo contigo, pero…

—¿Vas a quitarte de mi maldito camino? —Sueno tan histérica en este punto que Belcebú se pone a lloriquear… que es exactamente lo que yo quería evitar.

Tensando la mandíbula, Alex se quita del medio.

—Vete, si tienes que hacerlo.

Me apresuro a entrar en el ascensor y clavo el dedo en cada piso que es algún número primo. Mientras baja el ascensor, grito con toda las fuerzas de mis pulmones entre cada una de las paradas.

Ignoro la limusina de Alex y tomo un taxi.

El viaje hasta casa transcurre envuelto en una neblina de emociones tumultuosas, y una vez que llego allí, me pongo *Downton Abbey* y lloro hasta que me quedo dormida en el sofá.

Capítulo Cuarenta Y Tres

ME DESPIERTO con la espalda rígida y la cabeza palpitante. Me arrastro hasta sentarme, me froto los ojos irritados y cuando el mundo vuelve a ser visible, los acontecimientos del domingo por la mañana regresan a mí a toda velocidad. Se me hace un nudo en el estómago y se me encoge el pecho como si estuviese atrapada en un tornillo de banco mientras voy recordándolo todo.

He perdido el contrato con el hospital por el que tanto había trabajado.

Mi proyecto favorito de realidad virtual está prácticamente muerto.

Y como guinda estelar sobre este pastel de caca, todos mis compañeros de trabajo saben que me he estado acostando con el jefe.

Hablando de lo cual: ¿por qué estaba Alex actuando de una forma tan rara ayer por la noche?

Soy yo la que debería estar disgustada, no él.

Además, ¿de qué iba eso que dijo de los correos electrónicos? ¿Por qué estaba hablando de sabotaje?

Me levanto de un salto y busco mi teléfono, pero en vano.

Maldita sea. Ahora que lo pienso, es posible que me lo dejase sobre la mesa de la oficina de Alex.

Abro mi portátil para comprobar la hora.

Guau. Es lunes por la mañana... No es de extrañar que me duela la espalda... Me he pasado toda la noche durmiendo en un sofá enano.

Bien, volvamos al misterio del correo electrónico.

Entro de forma remota en el ordenador de mi trabajo y busco en mi bandeja de entrada los mensajes del domingo.

Maldita sea. La gente entró en pánico porque parecía que faltaba un año de trabajo en el repositorio de código.

¿Lo habré vuelto a hacer?

Frenéticamente abro la ventana donde traté de deshacer mis esfuerzos de codificación de ayer, y efectivamente, realmente la lié con ese comando. Incluso me dio la sensación de que podría haberlo hecho y justo iba a comprobarlo cuando la llamada del Dr. Piper me distrajo.

No es de extrañar que mis compañeros de trabajo estén volviéndose locos.

La buena noticia es que sé cómo solucionarlo, ya que cometí este tipo de error una vez.

Me cuesta unos minutos, pero cuando termino, todo queda fantásticamente bien.

¡Uf!

Respondo a uno de los correos electrónicos llenos de pánico y explico que el problema ya está solucionado. Cuando hago clic en «enviar», noto el nombre de Alex en el campo de direcciones y recuerdo su acusación.

Ay, joder.

Ahora entiendo por qué parecía decepcionado.

Seguramente creyó que las malas noticias del Dr. Piper me habían llevado a estropear el código a propósito, y yo no lo negué ni le expliqué lo que había sucedido en realidad.

Le envío rápidamente un correo electrónico preguntándole si podemos hablar, luego me apresuro a ir al baño para lavarme la cara y cepillarme los dientes.

Cuando termino con mi rutina matutina, compruebo si Alex me ha respondido.

Pues no.

Me como mi avena y vuelvo a comprobar.

Nothing de nothing.

Es oficial.

Ahora Alex me odia. Por lo que sé, puede haber bloqueado mi dirección de correo electrónico, y hacer que mis mensajes se vayan directos al correo no deseado. O tal vez me hayan despedido y mis correos electrónicos ya no llegan a nadie de la empresa.

Dejo mi cuenco vacío en el fregadero con tal fuerza que se hace añicos.

Mi corazón late a un ritmo enfermizo, y el nudo

de mi estómago crece hasta que la avena amenaza con salir volando de ahí.

La he cagado.

Es posible que lo mío con Alex se haya terminado.

Si fuese una persona racional, me sentiría feliz por este hecho. Suponiendo que todavía tenga un trabajo, que terminemos significa que volvemos a la relación de empleador y empleada, que es el arreglo apropiado. El que es menos complicado. Ese en el que la gente no puede cotillear sobre si me estoy tirando al jefe en secreto.

Tendría que alegrarme, pero en cambio, mi corazón se parece a ese pobre cuenco destrozado.

Mis interacciones con Alex se despliegan en mi mente. Codificar en pareja... nosotros bailando en el cumpleaños de su padre... el beso... los orgasmos del domingo... Todo el tiempo que hemos pasado juntos ha grabado a Alex a fuego en mi corazón, y saber que lo he perdido me hace darme cuenta de ese hecho... o más bien, admitirlo.

Desesperada, reviso mi correo electrónico una vez más.

Hay mensajes de agradecimiento de los desarrolladores que confirman que el código ha vuelto a la normalidad, por lo que todavía estoy en el sistema de correo electrónico de la empresa.

Sin embargo, nada de Alex.

Mi pecho se comprime aún más y las lágrimas amenazan con inundar mis ojos de nuevo, pero lucho contra ellas y cuadro los hombros.

A la mierda ir por ahí llorando y lamentándose.

Me niego a dejar que nuestra relación se desmorone.

Necesito arreglar esto, y si Alex quiere ignorarme, joder, tendrá que hacerlo en mi puta cara.

Me visto a toda prisa, agarro las ganzúas de Gia por una corazonada y salgo corriendo hacia la oficina.

Es hora de que mi diablo y yo tengamos una pequeña charla.

———

En mis prisas por llegar al despacho de Alex, casi derribo a Alison.

—Hola —dice ella—. Estoy llegando al fondo de lo del origen del rumor. Solo dame unas horas más.

—Gracias mil —jadeo—. Envíame un correo electrónico con lo que averigües. Hoy no tengo mi teléfono.

Ella asiente y yo reanudo mi carrera, solo para encontrarme la oficina de Alex cerrada cuando llego.

Llamo a la puerta.

Él no me abre.

¿Me está ignorando?

Un momento, no, eso tiene ningún sentido. Cualquiera podría estar llamando.

¿A menos que pueda verme a través de una cámara de seguridad?

La idea me enfurece. Por otra parte, en el fondo

ya había sospechado que esto podría suceder, ya que me he traído las ganzúas.

Miro a mi alrededor.

Nadie me está prestando atención alguna, pero sigue siendo una locura que esté a punto de hacer esto a plena luz del día.

Bueno, si Alex está mirando, puede detenerme abriendo la puerta.

Llamo por última vez.

Silencio.

Me trabajo rápidamente la cerradura con las ganzúas.

Con el corazón en la garganta, abro la puerta.

Vacía.

¿Dónde demonios está?

Por otra parte, si no está en el trabajo, tal vez no esté ignorando mis correos electrónicos después de todo. Quizás simplemente se haya tomado un día libre.

Cierro la puerta y voy volando a la oficina de Bella.

Ella tampoco está.

Corro hasta mi escritorio y reviso mi correo electrónico para ver si hay algún mensaje de alguno de los hermanos Chortsky.

Nada.

Como Alex está incomunicado, le escribo a Bella:

Quería charlar contigo. No tengo mi teléfono. ¿Podemos hacer un Skype? Mi nombre de usuario es PalindromicPrime1035301.

Espero unos minutos, pero Bella no responde ni me invita a ninguna videoconferencia.

Vale. Como sé dónde vive Alex, le haré una visita.

———

Cuando entro corriendo en el edificio de Alex, choco contra el pecho de un guardia de seguridad.

—¿Puedo ayudarla? —gruñe, agarrándome cuando casi me caigo hacia atrás.

Maldita sea. No es el que estaba el domingo, así que debo de parecerle una total desconocida.

—He venido a ver a Alex Chortsky —digo sin aliento, retrocediendo—. En el piso 107.

El guardia se acerca a su mostrador y comprueba algo en el ordenador mientras yo reflexiono sobre lo fortuito que es que Alex viva en un número de piso primo.

Si eso no es una señal de que él es para mí, no sé qué otra cosa puede ser.

—Lo siento —dice el guardia, sin sonar en absoluto arrepentido—. El Sr. Chortsky ha salido.

Maldita sea.

—¿Cuándo?

Levanta la vista de la pantalla.

—No lo dice, pero debe de haber sido antes de que yo empezase mi turno.

¿Es eso cierto o es una excusa que ha dado Alex por si acaso yo apareciera?

Por otra parte, el guardia ni siquiera me ha preguntado mi nombre.

Yo podría ser Bella. No, probablemente conozca a Bella.

Echo un vistazo al ascensor.

¿Me placaría el guardia si simplemente me lanzase hacia allí?

Incluso si él lo intentara, creo que yo podría conseguirlo.

Me lanzo a una enloquecida carrera.

El guardia no me está persiguiendo. Al menos no puedo oírle hacerlo.

Jadeando, llego a mi destino y pulso frenéticamente el botón.

Parece haber transcurrido todo un año sin que pase nada.

—Necesita la tarjeta para que se abra el ascensor —dice el guardia desde su asiento en tono exasperado—. Supongo que no la tiene, ¿verdad?

Maldiciendo en voz baja, me vuelvo hacia él.

—¿No puede darle a algún botón desde su sitio para dejarme entrar?

—Claro que puedo. Pero no pienso hacerlo, eso seguro.

Vaya, ese maldito... detengo esa línea de pensamiento, porque siempre se gana más usando miel para atrapar moscas que del modo contrario. Regreso al mostrador de recepción y miro al tipo con ojos de cachorrito.

—Por favor. Alex dijo que puedo subir aunque él

no esté.

—¿Puedo ver su identificación? —El guardia extiende la mano.

Cuando se la doy, él teclea algo en su ordenador y niega con la cabeza.

—No está en su lista de invitados.

—No ha tenido ocasión de incluirme aún —digo.

La expresión del guardia se endurece.

—Mire, señorita, tiene suerte de que no llame a la policía. Y solo estoy evitando hacerlo por si es remotamente posible que realmente *conozca* usted al Sr. Chortsky.

—Juro que sí.

—Entonces pídale que la ponga en la lista o vuelva con él, o pídale que le dé su tarjeta.

Odio cuando la gente usa la lógica adecuada en mi contra.

Con un bufido, giro sobre mis talones y salgo para coger un taxi.

Hay otro lugar más en el que Alex podría estar.

Un lugar que no tengo muchas ganas de volver a visitar, para ser sincera.

Un lugar que me recuerda a uno de los círculos del infierno, lo cual es apropiado porque se llama 1000 Demonios.

Por otra parte, Alex lo vale.

Le digo rápidamente la dirección al conductor y me preparo mentalmente para el calvario que me viene encima:

Un maldito asalto con armas Nerf.

Capítulo Cuarenta Y Cuatro

CUANDO EL GUARDIA de seguridad de *este* edificio me pregunta a quién he venido a ver, le doy el nombre de Robert Jellyheim en lugar del de Alex.

Llaman a Robert y él les dice que me dejen entrar. Después de un rápido viaje en ascensor, entro en el piso de los 1000 Demonios y me sumerjo en el armario de la armería.

Ha llegado la hora de sacar las armas de verdad, literalmente.

Busco la más grande y termino eligiendo algo parecido a una escopeta de cañones recortados.

Envalentonada, saco mis auriculares, me los embuto en los oídos y pongo la banda sonora de *Downton Abbey* a todo trapo.

Sí. Los cadáveres están a punto de sembrar el suelo.

Salgo corriendo, y en cuanto mis enemigos me ven, un dardo sale volando hacia mi cara.

Lo esquivo.

¡Pum!

Al menos ese es el sonido que supongo que hace mi recortada cuando aprieto el gatillo, enviando una nube de dardos volando hacia el tipo pelirrojo de cuarenta y tantos que recuerdo del último tiroteo.

Eso le enseñará.

Un nuevo atacante salta de su escritorio.

Lanzo otra nube de dardos contra su pecho.

¿Cómo puede trabajar esta gente aquí? Los escritorios aún están desorganizados, hay munición de juguete desparramada por todo el suelo y lo peor es que nadie ha arreglado lo de las «cuatro sillas junto a muchos de los escritorios».

Una mujer a la que ya le disparé la vez anterior en la entrepierna y las tetas se une a la refriega, buscando venganza.

Aprieto el gatillo de mi escopeta.

No pasa nada.

¿Por qué?

Oh, vale. Tendría que haberlo sabido. Las escopetas no son exactamente conocidas por su gran capacidad de munición.

La dama dispara.

Esquivo su dardo.

Se unen más atacantes.

Un enjambre de dardos está a punto de convertirme en un puercoespín naranja.

Me agacho detrás de un escritorio que me suena de algo.

Una garganta se aclara por encima de mí, una vez, dos veces.

Sí. También cometí este mismo error la última vez.

Levanto la vista y le miro.

Así es. Vuelvo a estar cara a entrepierna con Buckley.

Es la segunda maldita vez que hago esto sin darme cuenta en el fragor de la batalla.

—Discúlpame. —Mientras me quito los auriculares de las orejas y me pongo de pie, vislumbro su monitor… está leyendo un correo electrónico.

El campo «Para» me resulta familiar, pero antes de que pueda procesarlo por completo, Buckley minimiza la ventana.

—Hola —saluda, y luego se aclara la garganta tres veces.

Espera. Ese correo electrónico. ¿Era…?

Un dardo se estrella contra mi sien y otro me golpea en el trasero.

Ajá. No duelen tanto como me temía. No duelen nada, en realidad.

—Ya vale de tiroteo, chicos —dice Robert desde su escritorio cercano.

Me vuelvo hacia él.

No está menos desaliñado que la última vez que lo vi.

—Gracias por dejarme entrar —digo, secándome el sudor de la frente—. De hecho, estoy aquí por Alex.

Robert frunce el ceño.

—Hoy no ha venido.

¿Le habrá dicho Alex que me dijera eso?

No. No me habrían dejado subir si ese fuera el caso.

Me acerco a su mesa.

—¿Sabes dónde está?

Robert niega con la cabeza.

Maldita sea.

—¿Puedo usar tu ordenador para revisar mi correo electrónico? —pregunto, comenzando a sentirme derrotada.

—Claro, pero por favor hazlo rápido.

Él me da acceso, y en forma remota me conecto a mi ordenador del trabajo y reviso mis correos electrónicos.

Nada de Alex todavía, pero hay una respuesta de Bella:

Oye, cariño. Acabo de intentar hacer una conferencia contigo, pero no lo has cogido.

Maldita sea. Querría devolverle la videollamada, pero este es el ordenador de Robert, y se supone que debo terminar deprisa.

Estoy a punto de cerrar la sesión cuando veo un correo electrónico de Alison.

Un momentito más no le hará daño.

Hago clic en él.

Alison dice que ha triangulado el origen del rumor y que tiene un nombre para mí.

Leo el nombre, me froto los ojos y vuelvo a leerlo.

Sí.

Todavía Buckley.

Entonces caigo.

El «Para» en el mensaje que acabo de ver en su pantalla... Estoy bastante segura de que era el correo electrónico del Dr. Piper. O si no, definitivamente alguien con una dirección @ nyulangone.org.

Pero, ¿por qué iba él a enviarles un correo electrónico? A menos que...

Me dirijo hecha una furia hacia el escritorio de Buckley.

—¿Eres tú el Consultor Maligno? —le espeto la pregunta, a mucho más volumen del que pretendía.

Buckley se aclara la garganta.

—¿Qué?

—Basta de jueguecitos —gruño—. ¿Has difundido mentiras sobre mí en la oficina *y* has torpedeado mi proyecto?

Sus dos siguientes carraspeos suenan enojados.

—¿Qué mentiras?

—Que me acostaba con Alex —siseo entre dientes.

Él pone los ojos en blanco.

—¿Y no lo has hecho? Vi cómo te miraba la última vez que estuvisteis aquí. Prácticamente llevaba «Acoso sexual» escrito en la frente.

Soy la persona más anti-violencia que conozco, pero tengo que luchar contra mis ganas de darle un puñetazo. Mucho.

—¿Por qué me harías algo así? —pregunto en vez de eso, aunque ya sospecho la respuesta.

—¿Por qué? —Se aclara la garganta dos veces más—. «Los romances de oficina no son apropiados» —dice con un acento británico que creo que se supone que es una parodia de mi forma de hablar—. Supongo que eso es solo cuando no son útiles para tu carrera, ¿verdad?

Vaya gilipollas. *Está* enojado por mi rechazo a sus intenciones románticas.

Como yo estoy demasiado ocupada hirviendo de ira para responder, él se aclara la garganta cuatro veces más, como si supiera lo doloroso que me resulta oír eso.

—*Yo* debería haber sido el Director Técnico —dice con un tono que rezuma amargura—. No tú.

Entonces no es solo mi rechazo. *Está* resentido porque me ascendieron a Directora Técnica por encima de él.

—Ese proyecto en el hospital era tremendamente importante —digo—. No solo para mí, sino también para los niños.

Él se encoge de hombros, con una expresión desagradable en su rostro.

—Tú ya no eres mi jefa, así que no hay mucho que puedas hacer al respecto.

—No —dice Robert—. Pero *yo* sí.

Buckley pestañea y se vuelve para mirar a su nuevo jefe... y ahora me doy cuenta de que debe de haber estado presente durante toda la conversación.

Buckley da la sensación de que acaba de atragantarse con un carraspeo.

—No he hecho nada malo.

Robert se cruza de brazos.

—¿No acabas de admitir haber hecho afirmaciones difamatorias sobre el dueño de esta misma empresa?

El siguiente carraspeo de Buckley suena asustado.

—No puedes despedirme por algo así.

Los ojos de Robert se entrecierran.

—Oh, claro que puedo. Podría despedirte incluso si no estuvieras en período de prueba. Pero como lo estás, ni siquiera será necesario hacer demasiado papeleo.

Buckley me fulmina con la mirada.

—Espero que estés contenta.

—Ignórale —dice Robert.

Le lanzo a Buckley una mirada destinada a encoger su virilidad durante al menos un año.

—Oh, no te preocupes. En lo que a mí respecta, ni siquiera existe.

Me doy la vuelta y regreso rápidamente al ascensor.

———

En cuanto llego a casa, enciendo el portátil e invito a Bella a una videoconferencia.

El tono de llamada suena y suena.

—Por favor, cógelo —suplico a la pantalla vacía.

La aplicación sigue sonando. Justo cuando estaba a punto de colgar, aparece la cara de Bella, sonriente.

—Hola, Holly. Lo siento, hoy tengo un lío tremendo. Mi otra empresa está lidiando con una emergencia: Woody Harrelson nos está demandando por usar su imagen para nuestra línea de tapones anales.

—Hola —digo sin aliento—. ¿Sabes dónde está Alex?

A modo de respuesta, suena un ladrido de fondo.

Es un ladrido extrañamente familiar, uno que me produce un dolorcito en el pecho.

—¡Belcebú! —exclama Bella con severidad.

Espera, ¿por qué está ahí?

El cachorro vuelve a ladrar.

Bella mira fijamente a alguien fuera de cámara... presumiblemente, el adorable híbrido de koala y perro.

—Apuesto a que es por esto mismo que Alex quiere que vayas a la escuela de adiestramiento canino.

¿Escuela de adiestramiento?

—¿Dónde está Alex? —vuelvo a preguntar.

Ella mira a la cámara.

—No me lo ha dicho. Solo me ha dejado a este pequeño demonio y me ha preguntado por la escuela donde Boner aprendió a ser tan educado —Ella frunce el ceño—. Ahora que lo dices, parecía muy estresado. ¿Va todo bien?

—Maldita sea —murmuro—. Lo he buscado en nuestras oficinas, en su casa é incluso en 1000 Demonios. ¿Dónde está?

Ella frunce todavía más el ceño.

—¿Qué ha pasado?

¿Qué puedo decir? No hay forma de explicárselo todo sin contarle lo del sabotaje... y si lo hago, la perderé a ella igual que acabo de perder a Alex.

Pero no puedo *no* decírselo. Ella tiene derecho a saberlo.

—Es una larga historia —empiezo, y luego respiro hondo y me lanzo a contárselo todo, empezando por el principio.

Para mi sorpresa, cuando llego a la parte del sabotaje, ella se queda sentada tranquilamente, casi con aspecto de estar aburrida.

—¿No estás disgustada? —le pregunto cuando termino.

Ella ladea la cabeza.

—¿Sobre qué parte? Si dependiera de mí decidir con quién se acuesta mi hermano, sin duda te elegiría a ti.

Me inclino más cerca de la pantalla.

—Pero casi saboteé tu proyecto.

Ella menea la cabeza.

—Alex me habló de tu allanamiento aquel día que salimos a pasear a los perros. También me dijo por qué lo hiciste, y eso hizo que me caigas aún mejor. En mi experiencia, las personas resueltas son poco comunes.

Toco la pantalla para que se haga zoom en su rostro.

—¿Entonces lo sabías?

Ella asiente.

Respiro profundamente.

—¿Y aun así quieres que seamos amigas?

Ella sonríe.

—Que sí, joder. Y antes de que me lo preguntes: seré tu amiga incluso si mi hermano termina siendo lo bastante estúpido como para dejarte escapar.

Eso me trae de vuelta a la tierra. Me alejo de la pantalla.

—Entonces, ¿en serio no tienes ni idea de dónde está?

Ella menea la cabeza.

—Déjame enviarle un mensaje de texto.

La veo hacerlo y espero. Y espero.

—Mmm. Déjame intentar llamarle. —Después de un minuto, sus labios pronuncian sin sonido «buzón de voz» y ella dice algo en ruso. Luego cuelga y me pregunta—: ¿Por qué no te relajas por ahora? Cuando tenga noticias suyas, te lo haré saber.

—Gracias. Por favor, dile que el lío del código del domingo no fue otro sabotaje. Fue un error sin ninguna mala intención que ya he solucionado.

—Lo haré.

—Vale —digo, abatida—. Hablamos luego.

—Sí, y también hemos de organizar un brunch.

Asiento y cuelgo.

Ni siquiera la perspectiva de un brunch con Bella es capaz de animarme en este momento.

Me levanto y empiezo a pasearme.

Pasa una hora.

Luego dos.

No hay ninguna videollamada más de Bella.

¿Alex no le ha llamado ni le ha respondido a su mensaje de texto? ¿O tal vez lo haya hecho pero le haya pedido que no me lo dijera?

¿Será que no se cree la historia del error? ¿O simplemente está enojado porque salí de su apartamento de la forma en que lo hice?

Y lo que es más importante: ¿dónde está?

Una idea completamente sin fundamento se cuela en mi cerebro... y hace que mis rodillas se debiliten.

¿Y si Alex ha tenido algún accidente de camino al trabajo?

Lleva desaparecido un buen rato.

Pero no. Seguramente, se lo habrían notificado a su familia y Bella me lo diría si ese fuera el caso.

Espera. Algo que Bella me dijo antes desencadena un recuerdo.

Parecía estresado, dijo. Y recuerdo que Alex le dijo a Jacob que cuando estaba estresado, apagaba el teléfono y jugaba a *War of Sword...* durante horas.

Exhalo un suspiro de alivio.

¿Puede que la respuesta sea así de sencilla?

Si no fuera por ese desagradable encuentro de antes con el guardia de seguridad, regresaría corriendo al apartamento de Alex y volvería a exigirle que me dejara subir. En lugar de eso, agarro un visor de realidad virtual.

Mientras descargo *War of Sword* hago todo lo posible para desterrar los recuerdos de la última vez que jugué a este juego. Entre la violencia y las extremidades de cuatro dedos, esto será tan divertido como que me den un puñetazo en el estómago... cuatro o seis veces.

Aun así, dado que esta es la forma más rápida de hacer que se esfume el fantasma de la idea de que Alex haya tenido un accidente, esto es lo voy a hacer.

Sí.

Rebosante de determinación, hago clic en el icono del juego.

¡Criaturas de cuatro dedos, seré vuestra perdición!

Capítulo Cuarenta Y Cinco

Aparezco en la aldea medieval y hago todo lo posible por ignorar mis manos élficas y su abominable recuento de dedos.

Si Alex está jugando, debería poder alcanzarle como lo hice la última vez.

Saco el hilo especial que me dio para este propósito y lo sacudo.

¡Fiuuu!

Aparezco en un húmedo pasillo subterráneo repleto de cuerpos desmembrados.

Desenvaino mi espada, examino la batalla que se libra a mi alrededor y lucho contra las náuseas.

Todo tipo de criaturas están peleando a muerte, y una vez más, la violencia parece asquerosamente real.

Aun así, esta vez no pienso rendirme. No hasta que encuentre lo que he venido a buscar.

Agarro la espada con más fuerza y busco el avatar de Alex en medio del caos.

Con un repentino grito de batalla, un enano salta hacia mí, sosteniendo un hacha más grande que su cabeza en sus manos cuyos dedos será mejor no contar.

Esquivo el hacha y decapito al enano, luchando contra el impulso de vomitar por la sangre digital.

Entonces mi corazón da un saltito de alegría.

Hay un minotauro con los rasgos de Alex a unos metros de distancia.

No está en el hospital ni en un lugar peor. Como esperaba, simplemente está jugando a su juego para aliviar el estrés.

Me pregunto si yo soy la causa de ese estrés y dónde se encuentra él en el mundo real. ¿Estaba en casa cuando pasé por su edificio pero decidió evitarme? ¿O ni siquiera se enteró de que yo había ido allí?

Antes de que pueda pensar en más preguntas, veo a un orco que va corriendo hacia el minotauro a toda velocidad.

Maldita sea. Alex está ahora mismo luchando contra una elfa. Se lo van a cargar.

Bueno, no si yo tengo algo que decir al respecto.

Saco mi arco y lanzo una flecha hacia la cabeza del orco.

Plash.

La flecha atraviesa el ojo del orco y lo mata al instante.

Al mismo tiempo, Alex atraviesa a la elfa con su cuerno derecho.

Mmm. ¿Tendría que estar celosa?

—¿Holly? —dice Alex al ver mi avatar.

Sonrío en el mundo real.

—Privet. —Ahora cambio el arco por la espada y destripo a un goblin rosa en pleno salto.

—¡Detrás de ti! —grita Alex.

Me agacho y giro al mismo tiempo, y la lanza de un cíclope esquiva mi hombro por unos escasos centímetros.

Balanceo mi espada describiendo un amplio arco y parto al cíclope por la mitad.

Me doy la vuelta y veo a Alex abriéndose paso hacia mí.

Gran idea. Luchando como una guerrera berserker, mato a un golem con mi espada y le disparo a un ogro con mis flechas mientras Alex usa sus cuernos y su tridente para diezmar a un grupo de gnomos y duendes.

Enseguida nos encontramos peleando espalda contra espalda.

—No es justo —ruge un tipo con aspecto de hombre de las nieves—. La colaboración no está permitida en el modo todos contra todos.

Alex le silencia con su tridente.

—Tenía razón —sisea una hidra, pero yo le corto su cuerpo de serpiente por la mitad.

Ojalá ganar discusiones fuese tan fácil en el mundo real.

Seguimos luchando hasta que solo quedamos nosotros dos.

—¿Qué estás haciendo aquí? —pregunta Alex.

Me vuelvo para mirarlo y mi corazón del mundo real palpita en mi pecho.

—Yo no saboteé el código. Fue un error y ya lo arreglé.

La cara del avatar con cuernos no cambia: el juego carece de esa tecnología.

Antes de que pueda lanzarme a darle más explicaciones, el minotauro habla.

—Ya lo sé. Vi tu correo electrónico cuando llegué a casa hace un par de horas. También te contesté. Luego te llamé, pero no respondiste.

Un gran peso se descarga de mis hombros. ¿Llegó a casa hace un par de horas? Eso significa que no pasó de mí cuando fui a su edificio.

¿Y me ha contestado? Maldita sea. Estaba tan ocupada esperando la videollamada de Bella que se me olvidó revisar mi correo electrónico del trabajo.

—Siento no haberlo cogido —digo—. Creo que me dejé el teléfono en el despacho de tu casa.

—Oh. No lo escuché sonar... debe de estar en modo vibración.

Me doy cuenta de que podría parecer agresiva con mi espada así sacada y enhiesta, así que la dejo caer.

—Siento haber salido corriendo. Me sentía abrumada por todas las malas noticias.

Él también arroja su tridente.

—No. *Soy yo quien lo siento.* No debería haber sospechado que habías estropeado el código adrede.

En mi defensa, al principio no lo hice, pero cuando vi cómo estabas actuando, yo...

Levanto mi mano de cuatro dedos.

—No te preocupes por eso. Me alegro de que estés bien.

Ladea la cabeza, un gesto que parece torcido debido a sus cuernos.

—¿Por qué no habría de estarlo?

Sin importarme que suene como una acosadora chiflada, le digo que no pude localizarlo y que lo busqué tanto en sus oficinas como en su casa.

Él sacude sus cuernos.

—Discúlpame. Solo revisé los correos electrónicos del Grupo Morpheus cuando llegué a casa del hospital.

—¿El hospital? —La preocupación vuelve a atenazarme el pecho—. ¿Estás bien?

—Oh, no ha sido una visita médica. Me reuní con el Dr. Piper.

Mi mandíbula está abierta en el mundo real, pero supongo que él no puede ver eso en la realidad virtual.

—¿Por qué?

—He salvado tu proyecto de la mascota de realidad virtual —dice.

—¿Qué? —Mi corazón está aún más acelerado—. ¿Cómo?

Se rasca la cabeza y su mano va y viene de forma poco realista a través de su cuerno izquierdo.

—¿Recuerdas la conversación que tuvimos el día antes de reunirnos con la gente del hospital?

—¿La de cuando me pediste que no mencionara que eras parte del Grupo Morpheus?

Maldita sea. Eso ha sonado resentido.

—Esa misma —dice—. Te tranquilicé entonces, pero más tarde ese mismo día, hablé con Bella sobre ello, y decidimos tomar una medida de precaución en caso de que me equivocara... y me alegro de haberlo hecho.

Me reajusto el visor.

—Bella no me ha mencionado nada de esto antes cuando hablamos.

El minotauro se encoge de hombros.

—¿Tal vez no saliera el tema?

Resisto la tentación de sacudirle para sacarle la información.

—Entonces, ¿cuál fue la precaución?

—Pusimos en marcha una nueva sociedad de responsabilidad limitada. Debido a toda la burocracia, el registro solo quedó completado este fin de semana... y justo a tiempo. La nueva compañía se llama Pet VR LLC, y tú serás la presidenta, mientras que Bella es solo el inversor silencioso, y a través de la compañía de Dragomir, por si acaso. De esta manera, jamás debería haber ninguna asociación entre tu proyecto y el porno.

Estoy a punto de achucharlo con alegría, pero todavía no lo hago. Si resulta que no lo he entendido del todo bien, luego me quedaré hecha polvo.

—Pero el Dr. Piper ya sabe de lo de la pornografía.

La cabeza del minotauro se mueve arriba y abajo.

—Por eso he ido a hablar con él esta mañana a primera hora, antes de que se lo contara a los demás. Lo convencí de que lo mantuviera entre nosotros. En lo que a ellos respecta, han cambiado de proveedor, eso es todo.

Tengo tantas ganas de creer esto.

—¿Y accedió a hacerlo, así de fácil?

El minotauro encoge sus anchos y peludos hombros.

—Tuve que prometerle unas condiciones favorables para cuando se renegocie el contrato de los 1000 Demonios. Es un hombre práctico, y en realidad no le importa lo que el Grupo Morpheus haga o deje de hacer... solo a sus colegas les habría importado.

Me acerco al minotauro e intento besarlo, pero el juego no admite tal cosa, así que mi intención se traduce en un cabezazo.

—No sé cómo agradecértelo —digo, encogiéndome al ver la sangre brotando de la herida que acabo de infligirle.

—Veámonos en persona —dice Alex con voz ronca—. Entonces pensaré en alguna forma en que me lo puedas agradecer.

Mi pulso se acelera y mis ovarios realizan una serie de volteretas.

—Sí, por favor. ¿En mi casa?

—De camino —dice y desaparece.

Rebosante de emoción, me quito el equipo de realidad virtual.

Hay mucho que procesar.

Mi proyecto se ha salvado y Alex no me estaba ignorando hoy. Estaba ocupado ayudándome… a pesar de que creía que yo había intentado sabotear su empresa por segunda vez.

No puedo creer que yo le llamase el Diablo, ni siquiera en broma.

Es más como un ángel de la guarda y un santo todo en uno.

Corro hacia el dormitorio y enciendo algunas velas mientras las implicaciones de lo que acaba de ocurrir continúan revoloteando por mi cerebro.

Alex ya no es mi jefe. No en la forma en que se ha creado la nueva empresa.

Eso significa que soy libre de salir con él… y saldré con él.

De hecho, creo que lo habría hecho incluso si él hubiera seguido siendo mi jefe, lío o no lío. En general, creo que últimamente me siento más cómoda con el caos. Me las arreglé para quedarme dentro de ese juego tan violento hasta el final, sobreviví a la masacre de las armas Nerf e incluso me mantuve firme con Belcebú.

Hablando de lo cual, Bella mencionó que Alex le había preguntado por la escuela de adiestramiento canino para llevar a su cachorro. ¿Eso es para hacerme la vida más fácil a *mí*?

Probablemente, sabiendo lo considerado que es.

Ya he alisado todas las arrugas de las almohadas, he doblado la manta en forma de pentagrama y he contado las velas de alrededor de la cama para asegurarme de que haya diecinueve cuando oigo la melodía de la videoconferencia a lo lejos.

Y ahí está Bella, sonriéndome.

—Alex acaba de llamarme.

—Lo sé —digo—. Me lo ha contado todo.

Su sonrisa se vuelve lasciva.

—Déjame adivinar. Vosotros dos estáis a puntito de consumar la nueva empresa.

—Cuando una dama planea besar, no lo cuenta.

Ella se echa a reír.

—Estoy bastante segura de que esa no es la expresión adecuada.

Suena el timbre.

—Lo siento, tengo que colgar.

Ella menea las cejas.

—Buena suerte.

Desconecto y corro hacia la puerta.

Es Alex, y se ve mucho, mucho más delicioso sin su cuerpo bovino...

Vuelve a estar vestido con un traje a medida, se ha peinado hacia atrás y está bien afeitado. Sospecho que se ha dado cuenta de que es la forma más rápida de ponerme cachonda, y la está utilizando sin piedad para sacar el máximo provecho.

Sin decir una palabra, me besa con lujuria y siento como si el suelo se hubiera disuelto bajo mis pies.

Avanzamos a trompicones hasta mi dormitorio, con los labios pegados y las manos batallando ansiosamente por conquistar el cuerpo del contrario mientras nuestras ropas se caen como por arte de magia. Él profundiza el beso, y cuando quiero darme cuenta, ya han pasado siete orgasmos... seis para mí y uno para él.

Combinados, un número primo perfecto.

———

—Gracias por venir —digo mientras yazco feliz en sus brazos horas después.

—No. —Él me sonríe tiernamente—. Gracias *a ti*.

Me acomodo más cerca de él.

—He decidido contarte algo.

Se levanta sobre un codo y mete un mechón de cabello detrás de mi oreja y su contacto envía un escalofrío placentero por mi columna incluso después de todos los orgasmos.

—Yo también.

—¿Qué?

Su sonrisa se vuelve diabólica.

—Las damas primero.

Vale.

Respiro hondo para sofocar a las abejas que revolotean en mi estómago.

—Creo que encajamos muy bien. Como los bloques L y J del Tetris.

Él se echa a reír.

—¿No nos convertiría eso en dos cuadrados?

—Exacto. Agradables y ordenaditos.

Me mira de reojo.

—Tú eres más bien un bloque T.

¿Igual que su favorito? Las abejas de mi estómago se lanzan a una orgía salvaje.

—Como iba diciendo —prosigo, haciendo acopio de todo mi coraje—. Desde que supe que un corazón tiene cuatro cámaras, pensé que era mi órgano menos favorito... pero ya no lo creo, gracias a ti.

Él se sienta más derecho.

—Como dijo una mujer sabia en una serie asombrosa: «No soy una romántica, pero hasta yo puedo reconocer que el corazón no existe únicamente con el fin de bombear sangre».

¿Acaba de citar a Violet de *Downton Abbey*?

Debe de haberla visto. Por mí.

De repente, lo que quiero decir cristaliza perfectamente en mi mente.

Me incorporo también y estrecho su mano con ambas palmas.

—Te amo —digo con la mayor sinceridad—. Te amo con las cuatro cámaras de mi corazón.

Una sonrisa lenta, perversamente sensual florece en su rostro.

—Yo también te amo, kroshka. Con los cinco órganos vitales de mi cuerpo.

Acunando mi cara entre sus palmas, me besa de nuevo, y volvemos a caer sobre el colchón en una maraña de miembros con nuestros corazones acelerados en sincronía mientras ese beso inicial nos conduce a tantos orgasmos más que acabo perdiendo la cuenta.

Ojalá sean veintitrés.

Mientras estoy en sus brazos después, siento que he llegado al cielo... y pensar que lo único que tenía que hacer para llegar allí era hacer un pacto con mi propio, personal y adorable Diablo.

Epílogo

ALEX

—Ya casi hemos llegado —me susurra el conductor de la limusina.

Me pongo mi librea y me peino el cabello hacia atrás con una gomina con aroma a té que comprado para la ocasión.

A mi dulce kroshka le va a encantar esto, pero para todos los demás, parezco un mayordomo…que es lo que pretendía, en realidad.

La limusina se detiene y le toco en el hombro.

—Ya hemos llegado. Puedes quitarte eso.

Ella se vuelve y su pecho suave y turgente me roza la mano.

No me jodas.

Mi polla, u Optimus Prime para amigos cercanos y familiares, se pone de golpe tan dura como un diamante, como lo hace cada vez que la toco.

—*Do svidaniya*, Euclides —dice ella, y puedo imaginarme a su lindo amiguito respondiendo en ruso. La empresa de mascotas de realidad virtual ha tenido tanto éxito que está a punto de lanzarla en mi patria... algo maravilloso porque muchos de los hospitales de la era soviética son más lúgubres que cualquier cosa imaginable en los EE. UU.

Como resultado de esto, y de salir conmigo, por supuesto, su ruso está mejorando rápidamente. Además, como predije, sus palabros británicos están dando paso a «rusismos», que no es ninguna palabra, pero debería serlo.

En cuanto se quita el visor de realidad virtual, sus inteligentes ojos azules se clavan en los míos.

—¿Puedo ver finalmente la sorpresa, *yobaniy*? —Entonces sus ojos se agrandan al notar lo que llevo puesto—. Me encanta. Ahora, quítatelo.

—Este modelito no es toda la sorpresa —digo con fingida exasperación.

Ella dirige una mirada significativa al bulto en mis pantalones.

—No hace falta que lo jures.

Me echo a reír.

—Él tampoco es la sorpresa. No por ahora.

Ella pliega sus labios en el puchero más besable de todos los tiempos.

—Bueno, será mejor que él y tú, vestido así, figuréis en algún lugar de la agenda oficial.

—Por supuesto. Pero después de la sorpresa de verdad.

Me merezco una medalla por contenerme.

—Vale —ella echa un vistazo a las ventanillas tintadas de la limusina—. Dime ya de qué se trata.

Primero recoloco a Prime, luego salgo del coche y le sostengo la puerta.

En cuanto sale y ve donde estamos, se lleva la mano al pecho y lo devora todo ávidamente con los ojos, sin palabras.

Mi sonrisa es maléfica. Tuve que pedirle a su gemela ilusionista que me ayudara con la planificación y la distracción, para poder organizarle esta sorpresa. Incluso soborné al conductor de la limusina para que superase el límite de velocidad con el fin de acortar la duración del viaje, y sería justo decir que sugerí traer a Bella y Dragomir en este viaje al Reino Unido como parte del mismo plan. Lo que más les gusta hacer a ellos es explorar Londres, razón por la cual mi kroshka esperaba ver algo como Hyde Park o Hampstead Heath en este momento.

Pero no. Bella y Dragomir no están aquí. Solo estamos nosotros... y un gran grupo de mayordomos, doncellas y jardineros.

—¿Es esto lo que creo que es? —dice ella, por fin.

—En efecto, Lady Hyman —digo con mi mejor acento británico—. El Castillo de Highclere, a su servicio.

La sonrisa que me lanza es tan radiante como sus brillantes ojos azules. Con reverencia, susurra:

—Este es el auténtico Downton Abbey.

Asiento, manteniendo mi expresión tan impasible como lo haría su mayordomo favorito.

—¿Y ellos? —Hace un gesto a las personas elegantemente vestidas que nos esperan.

—Unos actores que he contratado —digo—. Algunos incluso salieron en la serie.

Ella suelta unos grititos como una niña y le digo qué más tengo planeado para hoy. Dragomir usó sus contactos para conseguirnos un trato al estilo de la realeza que incluye múltiples servicios de té, una estancia en las mejores habitaciones y, especialmente para Holly, la oportunidad de ordenar cualquier habitación que ella quiera llevando un uniforme de sirvienta.

Vuelve a mirar a su alrededor, como si no creyera lo que están viendo sus ojos.

—Esta es la mejor sorpresa de la historia.

—Hay más —digo y ceremoniosamente le entrego un paquete grueso, hecho a medida en forma de pentagrama—. Esta es la última sorpresa del día, lo prometo.

Su rostro se llena de confusión mientras le da vueltas… el problema con esa forma es saber qué lado está hacia arriba o hacia abajo.

Estoy un poco nervioso por lo que sigue, así que me recuerdo a mí mismo todas las razones por las que debería funcionar bien. Ella ha llegado a amar a Belcebú tanto como yo, y ese traidor peludo probablemente la quiera más a ella que a mí. Más concretamente, se ha graduado en la academia canina, por lo que no forma tantos líos como cuando lo conoció, y yo he estado siguiendo su ejemplo al mantener mi casa limpia y organizada... con todo en números primos siempre que sea posible, por supuesto.

Ah, y no hace falta decir que nos amamos, y que ella ha estado pasando la mayor parte de su tiempo en mi casa sin quejarse. Aun así, no puedo dar por sentado que acepte. Aún con todo eso es posible que ella no esté interesada en mi propuesta.

—¿Qué es esto? —Sostiene una llave de metal en una de sus delicadas manos y una tarjeta de plástico en la otra.

No debo imaginarme a esas manos sujetando a Prime... hace que sea duro caminar. Quiero decir, *difícil* caminar.

Ella me mira con gesto expectante.

Señalo la llave de metal.

—Eso es para la puerta de nuestra habitación en el Castillo. Y *eso* —señaló la tarjeta de plástico— es la segunda sorpresa. —Espero un momento para crear una pausa dramática... otro consejo de su gemela—. Esa es la llave de mi apartamento. Tu llave permanente.

Sus ojos se agrandan.

Le hago mi mejor reverencia de mayordomo y luego le pregunto de la manera más formal posible:

—Lady Hyman, ¿me haría el honor de vivir conmigo?

Con un chillido, me abraza y me estruja: una gran señal, al igual que el beso apasionado subsiguiente, que consigue además levantarle la moral a Prime.

—Sí —dice cuando finalmente nos separamos—. Sería un placer vivir con usted, Lord Chortsky.

Sería impropio levantar mi puño en el aire yendo de esta guisa, así que me conformo con otro beso.

Ahora que esto está hecho, tengo muchas más esperanzas sobre el éxito de mi próxima propuesta. El desafío será superar de alguna manera la sorpresa de hoy.

¿Quizás pueda descubrir un nuevo número primo para ella?

¿O comprar unas propiedades inmobiliarias de primera y construir una réplica de este castillo?

No, eso no es lo bastante bueno. Pero lo resolveré cuando llegue el momento. Por ahora, lo único que necesito saber es que ella es mi futuro… y eso significa que el futuro será todo lo que deseo.

Anticipo

¡Gracias por formar parte del viaje de Holly y Alex!
¿No has tenido bastante y te mueres por saber más de
la familia Chortsky? Entonces lee la historia de Vlad
en *Hard Code — Programado duro* y la de Bella en *Hard
Ware — Diseñado duro*.

¡Y asegúrate de echarle un vistazo a *Engaños reales,* una
nueva comedia romántica protagonizada por el
temerario Tigger (de Diseñado duro) y por la
hermana gemela de Holly, Gia!

Para saber más y registrarte para mi lista de nuevas
publicaciones, visita www.mishabell.com/es/.

Misha Bell es una colaboración del equipo formado
por el matrimonio Dima Zales y Anna Zaires.
Cuando no están haciéndote morir de la risa en su
faceta de Misha, Dima escribe ciencia ficción y
fantasía y Anna, novelas románticas contemporáneas
y oscuras. Si quieres más calor y sensualidad,
especialmente con un multimillonario macho-alfa y
posesivo, échale un vistazo a *El titán de Wall Street* de
Anna Zaires.

Y ahora, pasa la página y disfruta de un avance de
Hard Ware — Diseñado duro y *El titán de Wall Street.*

Extracto de Hard Ware - Diseñado duro

Así que mi chihuahua ha se ha tirado a una osa. Perdón, a una perra enorme, igualita a una osa.

Ahora mismo tengo a su dueño, un tío súper-bueno, abroncándome y exigiéndome que haga una prueba de ETS... a mi mascota, claro está.

¿Queréis saber otro problema de este abuso sexual perruno? El misterioso dueño de la osa puede ser la clave para financiar mi nuevo proyecto y llevar a mi empresa de juguetes al siguiente nivel. Y por «juguetes» me refiero a los que de verdad son divertidos, de esa clase que toda mujer (y hombre) necesita.

Ojalá pudiese descubrir qué es lo que oculta... o conseguir que mi libido se comporte. Porque mezclar negocios y placer es una mala idea, y Dragomir Lamian puede no ser lo que parece.

¿Es eso un *oso*?

Noto como si mis bolas chinas estuviesen a punto de escaparse de mi vagina. Aprieto mis músculos bien entrenados para mantenerlas dentro. Yo misma he diseñado estas bolas, así que sé que si las aprieto una vez más, se activará la función de vibración, y ahora mismo no es buen momento.

La correa que estoy sujetando da un brusco tirón.

—Bonaparte, compórtate.

Mi tono severo resulta inútil. Mi chihuahua sigue tirando de mí, con los ojos clavados en el oso y meneando la cola tan rápido que casi espero que despegue del suelo y salga volando igual que un dron.

Para mi alivio, el oso se limita a olisquear la boca de incendios, ajeno al delicioso aperitivo de dos kilos que tiene a un mero salto de distancia.

Clavo los talones en el suelo y le doy un tirón a la correa.

—En serio, Boner. ¿Es que *quieres* que te coman?

Mi perro deja de tirar y me mira con una mezcla de tristeza e indignación en sus ojos verdes. Como de costumbre, puedo imaginar lo que me dice, o lo que me diría si yo fuese como un encantador de perros y pudiese entenderle:

«*Ma chérie*, ese perro me está ignorando. *¡A moi!* Inconcebible».

Yo le tiro una galleta.

—Está claro que ese oso no tiene buenos modales. Sin embargo, en su defensa, ¿serías *tú* capaz de resistirte a olfatear esa boca de riego? Estamos al lado de Central Park. Seguro que la han utilizado millones de perros como lavabo. El olor debe de ser celestial.

De un salto, Boner atrapa la golosina, se la traga sin masticar y vuelve a poner su atención en el gigantesco objeto de su interés.

Mis ojos también se dirigen hacia el hombre que sostiene la correa de la bestia, y me quedo boquiabierta, al tiempo que mis músculos internos le dan un apretón involuntario a mis bolas chinas.

La vibración se activa, pero yo la ignoro mientras mis ojos recorren con avidez el espécimen masculino alto y atlético que tengo delante.

El dueño del oso está bueno.

Tan bueno como para hacerte estallar en llamas, fundirte las bragas y reventarte el útero.

Está tan bueno que voy a terminar masturbándome pensando en ello.

Espera. Estrictamente hablando, ya me *estoy* masturbando con él: la vibración dentro de mi vagina está acercándome al clímax a cada segundo que pasa. Afortunadamente, él no me está mirando, así que puedo tragármelo sin pasar vergüenza.

El hombre toca todas mis teclas, incluso las que no sabía que tenía.

Su cabello es abundante y sedoso, del color de la piel de visón. Su barba corta y bien arreglada enfatiza su majestuosa nariz y sus rasgos bien marcados. Tiene los hombros anchos y con la cantidad justa de músculo, y un torso para morirse que va reduciéndose gradualmente hasta que desemboca en una esbelta cintura y unas caderas estrechas. Hasta lleva puesto un polo de cuello alto, por amor de Dios... y todo el mundo sabe que eso es el equivalente masculino a ponerse un vestido negro sexy.

¡Oh, y vaya labios! Quiero hacer un molde con esos labios y convertir ese molde en un juguete erótico.

Hablando de juguetes eróticos, las bolas me están llevando cada vez más al límite. Aunque haya quien me acuse de no darle demasiada importancia a esas cosas, hasta yo reconozco que correrme aquí y ahora, delante de un extraño, no sería el comportamiento más socialmente aceptable por mi parte.

Tengo que desactivar las bolas, lo que se puede hacer apretándolas tres veces más. El problema es que cada apretón también aumenta la velocidad a la que vibran, por lo que mi situación empeorará antes de mejorar.

No hay forma de evitarlo, supongo.

Aprieto.

La vibración se intensifica.

Solo dos veces más y...

Boner ladra.

El enorme hocico del oso se despega de la boca de riego, y sus gigantescos ojos castaños se concentran en el aperitivo con forma de perro que tengo a mis pies.

Al conseguir por fin la atención que anhelaba, Boner mueve rápidamente la cola e intenta salir corriendo hacia su perdición.

Yo vuelvo a apretar las bolas, sin querer. Una vez más, y se detendrán. Salvo que ahora mismo la vibración está a tope, y la sensación es alucinante. Tan, tan alucinante...

Mierda. ¿Pero qué haces?

Tienes que apretar una última vez.

Por desgracia, los músculos que necesito para hacerlo se han convertido en gelatina, y tengo problemas para tensarlos.

¿Va a ocurrir?

¿Voy a tener un orgasmo mientras devoran a mi perro, todo eso delante de un desconocido increíblemente sexy?

Me pregunto fugazmente si debería dejar que el oso se comiese a mi mejor amigo para distraer al tipo de mi estallido inminente... y tal vez también para que el dueño del oso se acueste conmigo después para compensarme por mi pérdida.

No, eso es una locura.

Tiro de la correa, frenando en seco a Boner y evitando su posible noble sacrificio.

Pero ahora ya está en el radar del oso.

La bestia se lanza hacia él... y el súbito tirón de su

correa pilla al extraño con la guardia baja. Para cuando se da cuenta de lo que pasa y clava los talones en el suelo, las fauces del oso se encuentran a escasos centímetros de la cabecita del tamaño de una pelota de tenis de Boner.

Agarro con fuerza mi bolso y retrocedo, arrastrando a mi superexcitado amiguito conmigo. Tampoco es que yo misma no esté superexcitada. Me late el corazón con fuerza, y estoy sudando por el esfuerzo de detener el orgasmo mientras las bolas siguen vibrando al máximo.

Apretar no funciona. ¿Y si dejo que suceda mientras pongo cara de póker?

El desconocido le dice algo al oso en un idioma que no reconozco, aunque su tono gutural hace que me parezca un pariente lejano del ruso. Entonces él entorna los ojos en dirección a Boner, y todavía sin volver la cabeza hacia mí, gruñe en un inglés sin acento alguno:

—Mantén a esa rata lejos de mi perra.

Su voz es profunda y tan ridículamente sexy como el resto de él, pero afortunadamente, sus palabras me enfadan lo suficiente como para que el orgasmo inminente se aleje.

Qué pena. Todos estos dones desperdiciados en un hombre que claramente es un imbécil.

Sujeto con más fuerza la correa de Boner y entorno también los ojos en dirección al desconocido.

—Mantendré a mi *perro* alejado de tu *oso*.

Eso es. No está mal como respuesta, considerando mi situación.

Él se digna a dirigirme la mirada, por fin... y de nuevo, me quedo sin palabras.

Esos ojos que me examinan por debajo de un par de cejas pobladas y oscuras son del color más hermoso que he visto en mi vida, una especie de cambiante color avellana que parece oscilar entre el verde oscuro y el castaño con reflejos de ámbar.

Dichos ojos se agrandan mientras recorren mi cuerpo, deteniéndose por un momento en mi falda corta y mis piernas desnudas, pero luego su hermoso rostro adquiere una expresión arrogante.

—¡Oh, por favor! Ella tiene más de perro que lo que tendrá el tuyo en toda su vida.

Su voz rica y profunda conspira con las bolas dentro de mí para acercarme aún más a un lugar en el que no quiero estar.

Tal vez podría hacer lo que hacen los chicos en esta situación: pensar en cosas poco atractivas.

Legañas de los ojos. Cera de orejas. Reventar un grano de pus. Sobacos apestosos. Caspa. Cosas grises sacadas del ombligo. Hongos en las uñas

Pues no. Nada de eso funciona.

¿Mamá?

Eso parece servir.

Hablando de ella, invoco lo que ella llama burlonamente mi «comportamiento de la Reina de las Nieves» y encuentro por fin las palabras para responder al desconocido:

—Ser perro no tiene que ver con la cantidad; se trata de calidad.

Sus espesas cejas se elevan solo una pizca. Está claro que nadie le había respondido así jamás.

—¿Por qué esa cosita chillona está fuera de tu bolso para empezar?

Uf. Definitivamente, es un imbécil. Al menos, su comportamiento molesto está manteniendo a raya el orgasmo. Odio ese estereotipo sobre los chihuahuas. A pesar de que lo he bautizado en honor a Napoleón, la verdad es que Boner no padece el mismo complejo que muchos de sus hermanos de raza tienen, y no es ruidoso en absoluto. Ha ido a la escuela de entrenamiento canino, así que se porta bien. Casi siempre. Él *es* un perro.

Vale. La Señorita Bella se acaba de quitar oficialmente sus guantes de chica educada.

Dirijo una mirada fría a la entrepierna de los vaqueros del extraño y luego miro de nuevo su rostro y arqueo una ceja con malicia.

—Déjame adivinar: ¿lo del perro grande es para compensar alguna otra cosa?

¡Uf! ¿Dónde está mi Oscar? Dudo que ni Angelina Jolie pueda meterse así con alguien mientras contiene un orgasmo.

El cabrón solo sonríe con suficiencia. Con esos ojos de cambiantes colores soltando destellos, replica:

—¿Quieres apostarte algo?

¡Oh no!

Con la imagen de una polla descomunal en mi

mente, pierdo la pelea contra las bolas y finalmente, me corro.

———

Hard Ware - Diseñado duro ya está disponible. Para saber más y registrarte para mi lista de nuevas publicaciones, visita www.mishabell.com/es/.

Extracto de El titán de Wall Street de Anna Zaires

Un multimillonario que busca la esposa perfecta...

A los treinta y cinco, Marcus Carelli lo tiene todo: riqueza, poder y la clase de físico que deja a las mujeres sin aliento. Como multimillonario hecho a sí mismo, dirige uno de los mayores fondos de cobertura de Wall Street y es capaz de hundir a las compañías más importantes con una sola palabra. ¿Lo único que le falta? Una esposa que suponga un logro tan grande como los miles de millones de su cuenta bancaria.

Una loca de los gatos que necesita una cita...

A Emma Walsh, dependienta de una librería de veintiséis años, le han dicho que es la loca de los gatos y con motivos. Ella no está exactamente de acuerdo con esa afirmación, pero es difícil discutir los hechos.

¿Ropa harapienta cubierta de pelos de gato? Correcto. ¿Último corte de pelo profesional? Hace más de un año. Ah, y ¿tres gatos en un pequeño estudio de Brooklyn? Sí, también es el caso.

Y encima no, no ha tenido una cita desde… bueno, ni es capaz de recordarlo. Pero eso tiene solución. ¿No es precisamente para lo que sirven las webs de citas?

Un caso de confusión de identidad…

Una casamentera para la élite, una aplicación de citas, una confusión que lo cambia todo… Tal vez los opuestos se atraigan pero, ¿es posible que duren?

―――――

Estoy casi dando saltitos por la emoción mientras me acerco al café Sweet Rush, donde se supone que he de encontrarme con Mark para cenar. Esta es la cosa más loca que he hecho en mucho tiempo. Entre mi turno nocturno en la librería y su horario de clases, no hemos tenido la oportunidad de hacer más que intercambiar algunos mensajes de texto, así que todo lo que tengo son esas dos imágenes borrosas. Aun así, tengo un buen presentimiento.

Siento que Mark y yo realmente podríamos conectar.

Llego unos minutos antes, así que me paro junto a la puerta y me tomo un instante para quitarme el pelo de gato de mi abrigo de lana. El abrigo es beige, lo cual es mejor que negro, pero el pelo blanco es visible en todo lo que no sea blanco puro. Supongo que a Mark no le importará demasiado, sabe cuánto pelo sueltan los persas, pero aun así quiero estar presentable para nuestra primera cita. Me costó alrededor de una hora, pero conseguí que mis rizos más o menos se comportaran, e incluso llevo un poco de maquillaje, algo que sucede con la frecuencia de un tsunami en un lago.

Respirando profundamente, entro en el café y miro a mi alrededor para ver si Mark podría estar ya por allí.

El sitio es pequeño y acogedor, con asientos estilo reservado dispuestos en semicírculo alrededor de una barra. El olor a granos de café tostados y productos de panadería es delicioso, y hace que mi estómago retumbe de hambre. Planeaba tomarme solo un café, pero también decido comprar un cruasán; mi presupuesto debería llegarme para eso.

Solo hay ocupados unos cuantos reservados, probablemente porque es martes. Los escaneo, buscando a cualquiera que pueda ser Mark, y me fijo en un hombre sentado solo en la mesa más alejada. Está de espaldas a mí, así que todo lo que puedo ver es la parte posterior de su cabeza, pero su cabello es corto y de color marrón oscuro.

Podría ser él.

Haciendo acopio de todo mi coraje, me acerco al reservado.

—Disculpa —digo—. ¿Eres Mark?

El hombre se da vuelta para mirarme y mi pulso se dispara hacia la estratosfera.

La persona frente a mí no se parece en nada a las imágenes de la aplicación. Su cabello es castaño y sus ojos son azules, pero esa es la única similitud. No hay nada redondeado o tímido en los marcados rasgos del hombre. Desde la mandíbula de acero hasta la nariz aguileña, su rostro es audazmente masculino, estampado con una seguridad en sí mismo que raya en la arrogancia. Un toque de barba sin afeitar ensombrece sus delgadas mejillas, haciendo que sus pómulos altos se marquen aún más, y sus cejas son gruesas barras oscuras sobre unos ojos penetrantes y pálidos. Incluso sentado detrás de la mesa, se ve alto y poderoso. Sus hombros parecen kilométricos enfundados en su traje hecho a medida, y sus manos son dos veces más grandes que las mías.

De ningún modo puede ser este el Mark de la aplicación, a menos que se haya pasado un montón de tiempo en el gimnasio desde que se hicieron esas fotos. ¿Es posible? ¿Podría una persona cambiar tanto? No indicó su altura en el perfil, pero supuse que la omisión significaba que era "verticalmente poco agraciado", igual que yo.

El hombre al que estoy mirando no es poco agraciado en ningún sentido, y ciertamente, no lleva gafas.

—Soy... soy Emma —tartamudeo, mientras el hombre continúa mirándome, con rostro serio e inescrutable. Estoy casi segura de que me he equivocado de persona, pero aun así me obligo a preguntar—: ¿Tú no serás Mark, por casualidad?

—Prefiero que me llamen Marcus —me responde, dejándome anonadada. Su voz tiene un sonido profundamente masculino que despierta algo femenino y atávico dentro de mí. El corazón me late todavía más deprisa, y las palmas de mis manos empiezan a sudarme cuando él se pone en pie y me suelta sin rodeos: —No eres lo que me esperaba.

—¿Yo? —¿*Qué demonios?* Una oleada de furia desplaza de un empujón a todas las otras emociones mientras miro boquiabierta al gigante maleducado que tengo delante de mí. El gilipollas es tan alto que tengo que estirar el cuello para mirarlo—. ¿Y tú? ¡No te pareces en nada a tus fotos!

—Creo que los dos hemos sido engañados —dice él, apretando la mandíbula. Antes de que pueda responder, hace un gesto hacia el reservado—. De todos modos, puedes sentarte igualmente y comer conmigo, Emmeline. No he venido hasta aquí para nada.

—Es *Emma* —corrijo, echando chispas—. Y no, gracias. Me voy a ir yendo.

Sus fosas nasales se ensanchan, y da un paso a la derecha para bloquearme el camino.

—Siéntate, *Emma.* —Hace que mi nombre parezca un insulto—. Tendré una charla con Victoria, pero por ahora, no veo por qué no podemos compartir una comida como dos adultos civilizados.

Las puntas de mis orejas arden de furia, pero me deslizo en el reservado en lugar de montar una escena. Mi abuela me inculcó la cortesía desde una edad temprana, e incluso siendo una adulta que vive por su cuenta, me resulta difícil ir en contra de sus enseñanzas.

Ella no aprobaría que pateara a este idiota en las pelotas y le dijera que se fuese a la mierda.

—Gracias —dice, deslizándose en el asiento frente al mío. Sus ojos brillan con un azul gélido mientras coge el menú—. No ha sido tan difícil, ¿verdad?

—No lo sé, *Marcus* —digo, haciendo especial hincapié en su nombre formal—. Solo llevo cerca de ti dos minutos y ya tengo ganas de asesinar a alguien. —Suelto el insulto con una sonrisa propia de una dama, que mi abuela aprobaría, y arrojando el bolso a la esquina del reservado, cojo el menú sin molestarme en quitarme el abrigo.

Cuanto antes comamos, antes podré salir de aquí.

Una risita profunda me sobresalta, y levanto la vista. Para mi sorpresa, el imbécil se está riendo, con sus dientes lanzando blancos destellos desde su rostro ligeramente bronceado. Noto, con envidia, que no tiene ninguna peca; su piel tiene un tono uniforme, sin un lunar de más siquiera en la mejilla. No es guapo al estilo clásico, sus rasgos son demasiado marcados para poder describirlo de ese modo, pero es asombrosamente atractivo de una forma potente y puramente masculina.

Para mi disgusto, una pequeña punzada de calor

me lame las entrañas, haciendo que mis músculos internos se tensen.

No, de ninguna manera. Este gilipollas *no* me está poniendo caliente. Apenas puedo soportar sentarme en la mesa frente a él.

Apretando los dientes, miro mi menú, notando con alivio que los precios en este lugar son realmente razonables. Siempre insisto en pagar mi propia comida en mis citas, y ahora que he conocido a Mark, perdón, a *Marcus*, no estaría fuera de lugar pensar que sería propio de él que me arrastrara a algún sitio lujoso donde un vaso de agua del grifo costase más que un chupito de tequila Patrón. ¿Cómo es posible que me haya equivocado tanto con este tío? Claramente, había mentido sobre lo de trabajar en una librería y ser estudiante. Con qué fin, no lo sé, pero todo lo relacionado con el hombre frente a mí grita riqueza y poder. Su traje a rayas se amolda a su figura de hombros anchos como si estuviera hecho a medida para él, su camisa azul está almidonada y estoy bastante segura de que su corbata de sutiles cuadros es de un diseñador que hace que Chanel parezca una de las firmas de Walmart.

Mientras noto todos esos detalles, una nueva sospecha brota en mi mente. ¿Pudiera ser que alguien me esté gastando una broma? ¿Kendall, tal vez? ¿O Janie? Las dos conocen mis gustos en cuanto a chicos. Tal vez una de ellas decidió atraerme a una cita de esta manera, aunque el por qué me han organizado una cita con *él*, y él ha accedido, es un gran misterio.

Frunciendo el ceño, levanto la vista del menú y estudio al hombre frente a mí. Ha dejado de sonreír y está examinando el menú, con la frente fruncida en un ceño que lo hace parecer mayor que los veintisiete años que figuran en su perfil.

Esa parte también debe de haber sido una mentira.

Mi ira se intensifica.

—Entonces, *Marcus*, ¿por qué me has escrito? —Dejando caer el menú sobre la mesa, lo fulmino con la mirada—. ¿Tienes gatos siquiera?

Él levanta la vista, y su ceño se hace más profundo.

—¿Gatos?... No, por supuesto que no.

Su tono burlón me hace querer olvidarme del todo de lo que mi abuela desaprobaría y darle una bofetada en su cara delgada y angulosa.

—¿Es esto algún tipo de broma pesada para ti? ¿Quién te ha convencido para esto?

—¿Perdona? —Sus pobladas cejas se elevan en un arco arrogante.

—Oh, deja de hacerte el inocente. Me mentiste en tu mensaje y tienes el descaro de decir que *yo* no soy lo que esperabas. —Prácticamente puedo sentir como el humo se escapa de mis oídos—. *Tú* me enviaste un mensaje a *mí*, y yo fui completamente sincera en mi perfil. ¿Cuántos años tienes? ¿Treinta y dos? ¿Treinta y tres?

—Tengo treinta y cinco años —dice lentamente,

volviendo a mostrarme su ceño—. Emma, ¿de qué estás hablando?...

—Ya está bien. —Agarrando mi bolso por la correa, me deslizo fuera del reservado y me pongo de pie. Enseñanzas de la abuela o no, no voy a comer con un imbécil que admite haberme engañado. No tengo idea de qué haría que un tipo así quisiera jugar conmigo, pero no voy a ser el blanco de alguna broma —. Disfruta de tu comida —gruño, dándome la vuelta, y me voy andando a grandes zancadas hacia la salida antes de que pueda cerrarme el paso otra vez.

Tengo tanta prisa por irme que casi derribo a una morena alta y delgada que se acerca al café y al chico bajo y regordete que llega detrás de ella.

El titán de Wall Street ya está disponible. Para saber más y registrarte para mi lista de nuevas publicaciones, visita www.annazaires.com/book-series/espanol/.

Sobre la autora

Me encanta escribir humor (a menudo del tipo inapropiado), finales felices (en los dos sentidos) y personajes lo suficientemente extravagantes como para ser llamados bichos raros (porque… soy un poco bicho). Si quieres saber más, pásate por www.mishabell.com/es/.